간병인의 숨겨진 하루

간병인의 숨겨진 하루

병실, 그 작은 세계 속 희로애락

초 판 1쇄 2026년 02월 05일

지은이 신상봉
펴낸이 류종렬

펴낸곳 미다스북스
본부장 임종익
편집장 이다경, 김가영
디자인 임인영, 윤가희, 윤영빈
책임진행 이지영, 이예나, 안채원, 김은진, 국소리, 송가희

등록 2001년 3월 21일 제2001-000040호
주소 서울시 마포구 양화로 133 서교타워 711호, 808호
전화 02) 322-7802~3
팩스 02) 6007-1845
블로그 http://blog.naver.com/midasbooks
전자주소 midasbooks@hanmail.net
페이스북 https://www.facebook.com/midasbooks425
인스타그램 https://www.instagram.com/midasbooks

© 신상봉, 미다스북스 2026, *Printed in Korea.*

ISBN 979-11-7355-712-5 03810

값 19,500원

미다스북스는 다음세대에게 필요한 지혜와 교양을 생각합니다.

병실,
그 작은 세계 속
희로애락

간병인의
숨겨진 하루

신상봉 지음

미다스북스

여기서 보고 듣고 겪은 이야기들은
단순한 '간병의 기록'이 아닙니다.
인간이 얼마나 연약하면서도 존엄한 존재인지를
매일 깨닫게 해주는 순간들입니다.

이곳에 들어온 순간부터
'환자'라는 이름으로 살아가는 사람들.
하지만 저는 생각합니다.
그들은 환자 이전에 '사람'이었다고.

이 일에는 특별한 기술적 능력이 필요하지 않습니다.
다만 한 사람을 마지막까지 '사람'으로 대할 수 있는
따뜻한 마음, 그것 하나만이 유일한 자격입니다.

그래서 간병사는 기술자가 아닙니다.
직업인 동시에 삶의 태도이고,
노동인 동시에 흔들리지 않는 신념입니다.

누군가는 요양병원이라는 공간에서
'삶의 끝'을 떠올리겠지만,
저는 오히려 이곳에서 '마지막 사랑의 시작'을 봅니다.

사랑이라는 감정은 우리를 인간답게 만듭니다.
우리가 무언가를 기다릴 수 있게 하고,
그 하루를 견딜 이유를 만들어 줍니다.

누구에게도 환영받지 못하고,
위로받지 못한 채 살아가는 이들,
그들의 마지막을 함께하며 나는 어떻게 버티고,
때로는 무너지고, 다시 일어나는지를 기록하고 싶었습니다.

들어가는 글

하루를 견디는 손끝에서, 누군가의 생이 이어진다.

이 글은 고백입니다. 한 사람의 이야기일 뿐이지만, 그 속에서 누구나 겪을 수 있는 삶의 조각을 꺼내 공유하는 고백입니다.

저는 간병사입니다. 명함도, 사무실도, 출퇴근도 없는 직업. 하루 24시간, 병실이라는 작은 세계 속에서 누워 있는 이들과 함께 시간을 보냅니다.

처음 이 일을 시작할 때만 해도, 이렇게 오래 머물 줄은 몰랐습니다. 한두 달 하다 그만둘 거라 생각했고, 글을 쓰기 위한 경험이 될지도 모른다고 가볍게 여겼습니다. 그러나 하루하루, 한 사람 한 사람, 각기 다른 고통들을 마주하며 깨달았습니다. 이곳은 단순한 병실이 아니라 삶의 마지막 페이지가 쓰이는 곳이며, 누군가의 가장 외로운 순간이 펼쳐지는 무대라는 것을. 그리고 저는 그 무대의 조용한 스태프였습니다. 때로는 조연이었고, 때로는 누군가의 마지막 관객이었습니다.

이 글을 쓰기 시작한 것은, 어디에도 털어놓을 수 없는 마음의 무게 때문이었습니다. 말하면 오해받을까 봐, 지쳐서 떠나는 것처럼 보일까 봐, 그저 속으로 삼켜야 했던 감정들. 그러나 그 감정들은 자꾸만 가슴을 두드렸습니다.

여기서 보고 듣고 겪은 이야기들은 단순한 '간병의 기록'이 아닙니다. 인간이 얼마나 연약하면서도 존엄한 존재인지를 매일 깨닫게 해 주는 순간들입니다. 누구에게도 환영받지 못하고, 위로받지 못한 채 살아가는 이들, 그들의 마지막을 함께하며 제가 어떻게 버티고, 때로는 무너지고 다시 일어나는지를 기록하고 싶었습니다.

이 글은 저 혼자만의 기록이 아닙니다. 제가 돌봤던 수많은 환자의 얼굴, 그들이 남긴 말과 눈빛, 한숨, 손끝의 떨림이 담긴 작고 고요한 연대입니다.

간병을 처음 시작하는 이들에게는 현실을 알리는 책이 될 수 있을 것입니다. 병상 곁에서 가족을 돌보는 이들에게는 작은 위로가 되기를, 인생의 마지막을 준비하는 이들에게는 함께 걷는 마음이 닿기를 바랍니다. 그리고 무엇보다, 지금도 병상 곁에서 조용히 밤을 지새우는 수많은 간병사들에게 이 말을 전하고 싶습니다.

"당신이 돌보는 그 하루가, 누군가의 삶을 조금 더 인간답게 만들어 주고 있습니다."

이 글은 작은 등불이 되고 싶습니다. 병실의 어둠 속에서도 삶은 여전히 반짝이고 있다는 것을, 누군가는 알아주기를 바라며.

몸을 돌보는 일이
마음을 깨우기까지

스스로 갇힌, 내 인생의 가장 고요한 감옥. 사람이 자발적으로 갇히는 일이 또 있을까요? 누군가는 실제 감옥에, 누군가는 '먹사니즘'이라는 울타리에, 또 다른 누군가는 병원이라는 낯선 공간에 갇힙니다. 저는 지금 그 셋 중 하나에 놓여 있습니다.

법에 의한 구속은 죄를 지었을 때 이루어집니다. 법정이 판결을 내리면, 국가는 철문을 굳게 잠급니다. 우리가 농담처럼 '국립호텔'이라 부르는 곳은 어쩌면 세상에서 가장 규칙적이고 안전한 곳일지도 모릅니다. 정해진 식사, 정해진 시간, 정해진 공간. 자유는 없지만 삶의 리듬만큼은 존재합니다.

하지만 저는 그 어떤 법도, 판결도 없이 이곳에 들어섰습니다. 아무도 저를 막지 않았죠. 어쩌면 그게 더 두려웠습니다. 저는 도망치듯 한 병원에 발을 들였고, 그 순간부터 간병인이라는 이름을 달게 되었습니다. 누구도 강요하지 않았지만, 마치 자발적으로 구속당한 사람처럼 병실에 머물렀습니다.

제가 들어간 병실은 209호였습니다. 크게 난 창문으로 빛이 한
껏 쏟아져 들어왔습니다. 침대 다섯 개가 놓인 좁은 공간에는 각자
의 시간에 갇힌 환자들이 있었습니다. 말없이 누워 있는 이, 의미
를 잃은 눈빛, 가끔씩 터져 나오는 짧은 비명과 신음. 그 안에서 저
는 간병인이라는 이름으로 하루를 버텨야 했습니다.

처음엔 모든 것이 낯설고 두려웠습니다. 아기 기저귀도 갈아 본
적 없는 제가, 노인의 대소변을 처리하며 손에 묻은 것을 아무렇
지 않게 닦아 내야 했습니다. 처음엔 울컥 올라오는 구역질을 삼켰
지만, 나중엔 그것마저 무뎌졌습니다. 누구 하나 친절히 알려 주
지 않았습니다. 전임자는 "이렇게 하면 돼요."라고 시범을 한 번 보
여 주고는 사라졌고, 저는 인터넷을 붙잡고 허둥지둥했습니다. 검
색창에 '마비 환자 휠체어 옮기기', '침대에서 휠체어로 안전하게 이
동' 같은 문장을 입력하며 새벽을 버텨 냈습니다. 환자의 몸은 생소
하고 무거웠지만, 오롯이 제가 책임져야만 했습니다.

간병이라는 일은 단순히 몸을 쓰는 일이 아닙니다. 한 사람의 일
상을 대신 살아 주는 일입니다. 침대에 묶인 사람을 대신해 시간의
손을 잡고 걸어가는 일입니다. 제가 음식을 떠먹여 주지 않으면 밥
을 먹지 못하고, 제가 약을 챙기지 않으면 통증을 견뎌야 합니다.
저는 그 사람의 팔이자 다리이자, 목소리가 되어야 했습니다. 그
무게는 생각보다 훨씬 컸습니다.

사실, 이 일을 시작한 건 고귀한 목적이나 선한 의지 때문이 아

니었습니다. 저는 도망치고 싶었습니다. 삶이 버거웠고, 생활은 엉망이었고, 관계는 망가져 있었습니다. 누군가의 실망 어린 눈빛을 마주하는 일이 두려웠고, 매일 반복되는 좌절 속에서 저는 저를 감당할 수 없었습니다. 그래서 선택했습니다. 세상과 단절되어, 하루 내내 병실에 갇혀 살 수 있는 간병이라는 직업을요.

의외로 마음이 편했습니다. 누가 제 이름을 부르지도, 저를 평가하지도 않았습니다. 이름 대신 '209호 간병인'이라 불리고, 감정 대신 '업무'가 우선이었습니다. 감정을 잠그고 시간을 흘려보내는 동안, 저는 조금씩 사라졌습니다. 처음엔 그게 위로였습니다. 저 자신이 사라지는 것, 존재감 없이 하루를 끝내는 것, 그것이 제게 도피이자 구원이었는지도 모릅니다.

시간이 흐르면서 저는 문득 깨달았습니다. 이곳은 단순히 병원이 아니었습니다. 그 공간 속에는 끝없이 이어지는 기다림과 함께 찾아오는 불안, 때로는 모든 것을 내려놓은 듯한 체념 그리고 지극한 애틋함이 켜켜이 쌓여 있었습니다. 환자가 말하지 않아도 그 모든 마음이 느껴집니다. 누군가 자신을 보살피고 있다는 사실을, 그리고 그 손길이 진심에서 우러나오는 것인지, 아니면 그저 의무감에서 비롯된 것인지도 말입니다.

무표정한 얼굴로 기저귀를 갈던 순간, 환자의 눈동자가 저를 꿰뚫듯이 응시하던 그 순간은 지금도 제 마음에 선명히 남아 있습니다. 그 순간의 감정은 다름 아닌 부끄러움이었습니다. 사람을 사람으로 온전히 마주하지 못했던 저 자신에 대한 깊은 성찰이었습니다. 그 눈빛 앞에서 저는 비로소 저 자신을 깊이 들여다보게 되었습니다.

그때부터 저의 간병은 조금씩 다른 빛을 띠기 시작했습니다. 환자의 눈을 따뜻하게 마주하고, 말없이 그들의 손을 잡아 주었습니다. 짧은 인사 한마디가 얼마나 큰 위로와 따뜻함을 전해 줄 수 있는지, 저는 그제야 비로소 마음 깊이 깨달았습니다. 간병은 결국, 한 사람의 마음을 어루만지고 돌보는 섬세한 일이라는 것을요.

이 일을 하며 저는 한 가지 사실을 절실히 깨달았습니다. 세상은 점점 늙어 가고, 돌보는 손은 점점 사라지고 있다는 것입니다. 지금도 병원의 대부분은 외국인 간병인에 의해 돌아가고 있습니다. 말이 잘 통하지 않아도, 문화가 달라도, 그들은 묵묵히 이 일을 합니다. 한국인은 오래 버티지 못합니다. 감정 소모가 너무 크고, 존중받지 못하며, 그 무게가 너무 크기 때문입니다.

어쩌면 앞으로는 정말로 노인이 노인을 돌보는 사회가 올지도 모릅니다. 이미 그런 장면은 낯설지 않습니다. 누구도 책임지지 않는 이 구조 속에서, 가족은 부담을 떠안고, 개인은 소진됩니다. 간병은 이제 개인의 문제가 아니라 사회의 문제입니다. 하지만 우리는 아직 그 무게를 진지하게 마주하지 않습니다.

그래서 저는 이 글을 쓰기로 했습니다. 거창한 메시지를 담으려는 것도, 세상을 바꾸겠다는 것도 아닙니다. 그저 누군가가 이 글을 읽고 간병이라는 단어 앞에 잠시 멈춰 서기를 바랍니다. 언젠가 당신도 이 문턱에 서게 될 수 있습니다. 병실 앞에서, 혹은 자신의 병실 안에서. 누구도 이 일을 피해 가지 못합니다. 단지 시기의 차이일 뿐입니다.

저는 지금, 그 시간 속에 있습니다. 누군가의 하루를 대신 살아 주는 이 자리에서, 저의 이야기를 시작해 봅니다. 저는 어쩌다 간병인이 되었습니다. 하지만 그 '어쩌다'의 하루들이 모여, 지금의 저를 만들고 있습니다. 그리고 오늘도 조용히, 누군가의 손을 붙잡고 하루를 살아 냅니다.

2부

돌봄 노동의 철학

1부

병실, 그 작은 세계 속 삶

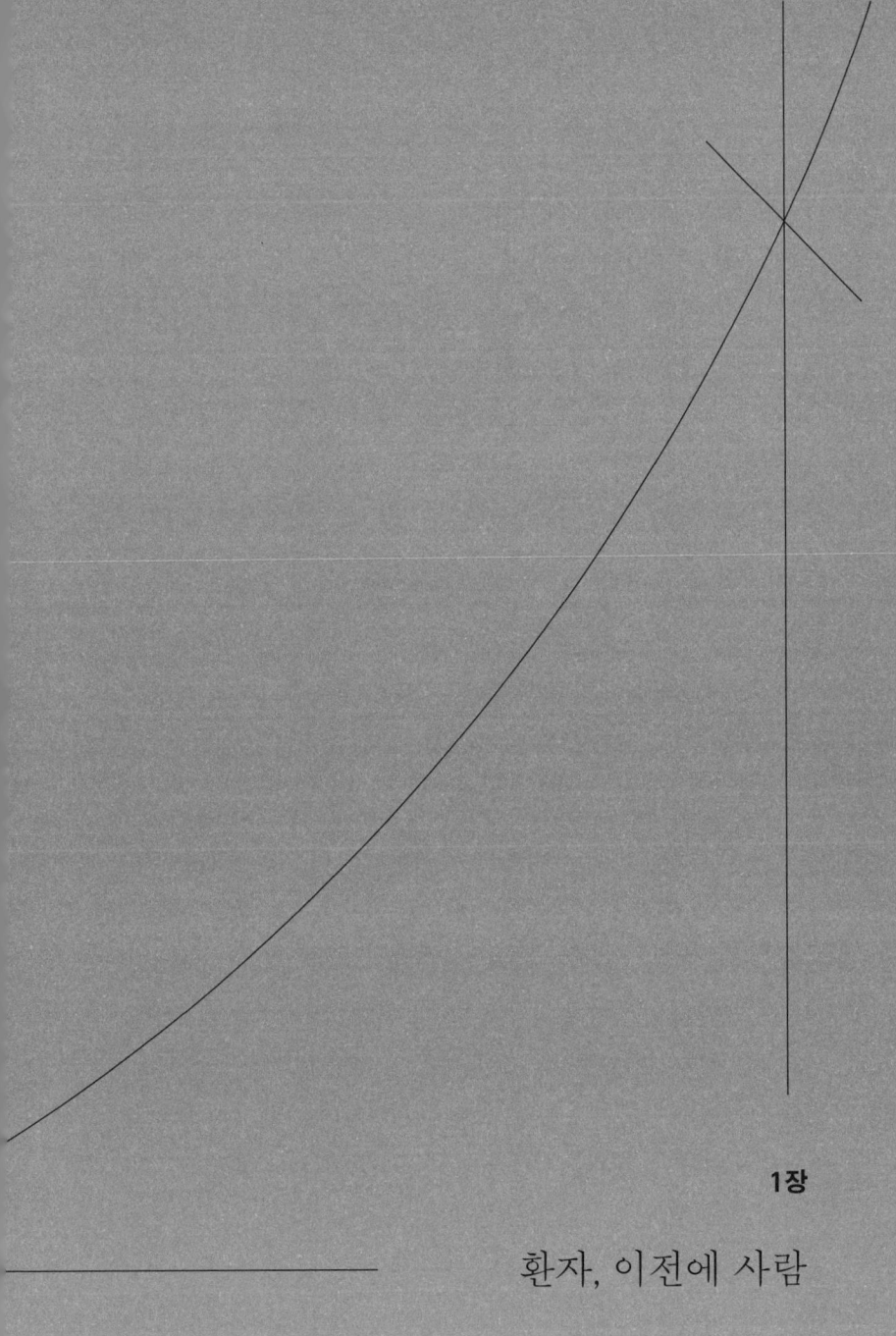

1장

환자, 이전에 사람

환자가 아닌 사람을
돌본다는 일

요양병원이라는 단어는 익숙하면서도 낯설게 다가옵니다. 병원이란 치료의 공간이라고 생각했지만, 이곳에서 저는 치료보다 돌봄이 훨씬 더 중요하다는 사실을 매일 절감합니다. 병명보다 더 무거운 것은 '일상'을 잃어버린 사람들의 이야기입니다. 이곳에는 그런 분들이 많습니다. 거동이 불편한 분들, 침대에서만 지내야 하는 분들, 낙상으로 뼈가 부러지거나 허리가 휘어 버린 분들. 물론 병을 앓아 입원한 이들도 있지만, 사실 대부분은 '집에서 감당할 수 없어' 들어오신 분들입니다. 어쩌면 가족들도, 본인도 원치 않던 선택이었을 것입니다.

자신의 힘으로 대소변을 해결할 수 있다는 것, 평소엔 아무렇지도 않게 여겼던 이 기본적인 기능이 이곳에서는 자존심과 직결됩니다. 스스로 용변을 볼 수 있는 분들은 다소 불편해도, 여전히 '나'를 유지하고 있다고 여깁니다. 하지만 그렇지 못한 분들은 마음 깊은 곳 무언가를 내려놓아야 합니다. 누군가에게 기저귀를 갈아 달라고 부탁하고, 뒤처리를 맡긴다는 건 생각보다 훨씬 무겁고 아픈 일입니다. 특히 평소 깔끔하게 살아온 성향의 여성 환자들일수록, 일상생활의 자율성을 상실한 상황에서 더 큰 심리적 충격을 받는 경향이 있습니다. 생리 현상과 관련된 일을 스스로 해결할 수 없다는 현실을 받아들이는 과정에서 자존감이 상처받고, 수치를 느낀다는 걸 이들의 태도에서 감지합니다.

기저귀를 갈아야 하는 상황이 오면, 일부 환자들은 간병인과 눈을 마주치지 않으려 하거나 짧은 말로 사과의 뜻을 내비치기도 합니다. "미안해요, 내가 이 지경이 돼서…." 이러한 말은 단순한 예의의 표현이 아니라, 자신의 몸을 더 이상 통제할 수 없다는 데서 오는 무력감, 그리고 타인의 도움을 받아야만 하는 현실에 대한 유감의 표시로 볼 수 있습니다. 이런 반응은 환자의 인격이나 삶의 궤적을 고려할 때 매우 자연스러운 심리적 반응입니다. 간병인의 입장에서는 이러한 정서를 인지하고 존중하는 태도가 중요합니다. 물리적인 도움을 제공하는 것에 그치지 않고, 환자가 처한 상황의 민감함을 이해하며 불필요한 수치심을 유발하지 않도록 말투, 시선, 동작 하나에도 세심한 주의를 기울일 필요가 있습니다.

이곳에 들어온 순간부터 '환자'라는 이름으로 살아가는 사람들. 하지만 저는 생각합니다. 그들은 환자 이전에 '사람'이었다고. 간병인도, 간호사도, 의사도, 자연스럽게 그들을 '사람'이 아닌 '대상'으로 다루고 있는 건 아닌가. 마치 감정을 가진 존재가 아니라, 기능을 상실한 기계처럼.

그렇게 되면 속도가 중요해집니다. 정확하고 빠른 처치, 분주한 손, 시간 단위로 짜인 스케줄, 돌봄은 종종 효율성에 밀려납니다. 때로는 말없이 퉁명스럽게, 때로는 감정이 사라진 얼굴로 다가가는 이들을 보며 마음 한구석이 싸늘해집니다. 물론 이해합니다. 한정된 인력, 과도한 업무, 감정 노동의 고단함. 그 속에서 감정을 담아 돌본다는 건 어려운 일입니다. 하지만 저는 그럼에도 불구하고, 사람으로 대하고 싶습니다. 환자가 아닌, 사람으로.

프랑스의 이브 지네스트와 로제트 마레스코티는 신체와 심리의 온전성을 바탕으로 한 돌봄 철학 및 기법에 '휴머니튜드(Humanitude)'라는 인류학적 개념을 재사용합니다. '휴먼(human)'과 '애티튜드(attitude)'의 합성어입니다. 따뜻한 시선, 부드러운 접촉, 다정한 말투. 말 그대로 '사람답게 대하는 태도'입니다. 어쩌면 너무 당연한 이야기일지도 모르겠습니다. 그런데 이상하게도, 가장 당연한 것이 가장 쉽게 잊힙니다.

저도 그리 잘하고 있는 건 아닙니다. 쉽지 않습니다. 대부분의 환자들은 인지 기능이 저하되어 있거나, 감정이 날카롭습니다. 이유 없는 짜증, 반복되는 불만, 때로는 욕설까지. 저를 사람으로 보지 않는 눈빛에 마음이 상할 때도 많습니다. 하지만 그럴 때마다 스스로 되묻습니다. "누가 더 정신이 또렷한가? 내가 더 잘 참아야 하지 않나?" 제가 돌보는 분은 다섯 분입니다. 각자 사연이 있고, 성향도

다 다릅니다. 웃음을 잃지 않은 분도 있지만, 침묵만 남은 분도 있습니다. 하루하루 상태가 달라지니, 케어도 매번 새롭습니다. 개개인에 맞게 도와드리고 싶지만, 시간은 정해져 있고 손은 두 개뿐입니다. 개인 간병인이 아닌 이상, 모든 요구에 섬세히 대응할 수는 없습니다. 그래서 가끔은 죄송합니다. 더 해 드리고 싶은데, 그러지 못하는 제 자신이 원망스럽습니다.

그렇다고 제가 로봇은 아닙니다. 감정이 있고, 지치는 날도 있습니다. 웃음이 나지 않는 날도 있고, 울컥하는 날도 있습니다. "왜 이렇게 말을 안 듣지?", "왜 나를 이렇게 대하지?" 속으로 분노가 차오를 때면, 저도 모르게 표정이 굳습니다. 하지만 다짐합니다. 내일 아침이 오면, 다시 웃으면서 인사하자, 어제는 어제로 넘기고, 오늘은 오늘답게 시작하자고. 저의 감정이 그들의 하루를 결정짓지 않기를 바랍니다.

그럼에도 불구하고, 저는 사람입니다. 누군가에겐 더 마음이 가기도 합니다. 한마디 다정한 말에 눈빛이 환해지는 할머니가 있고, 손을 꼭 잡고 있으면 고개를 끄덕이는 할아버지가 있습니다. 그럴 때면, 저도 모르게 그분들께 더 시선이 갑니다. 하지만 그걸 티 내면 안 되기에, 닌자처럼 조용히, 조심스럽게 마음을 얹습니다.

요양병원에서의 시간은 길고 느립니다. 그 안에서 사람도, 생각도 단단해질 줄 알았는데, 오히려 쉽게 부서지는 날이 많습니다. 저도 모르게 욱하는 날이 있고, 사소한 일에 지쳐 멍하니 병실 창밖을 바라볼 때도 있습니다. 그러면 스스로에게 묻습니다. "나는 지금 누구를 돌보고 있는가? 환자인가, 인간인가?"

저는 인간을 돌보고 싶습니다. 하루하루를 겨우 버티는, 그럼에도 여전히 사람인 그들을. 제가 할 수 있는 최선을 다해서, 어제보다 조금 더 부드러운 손으로, 조금 더 낮은 자세로. 그러니까 이 일은 단순한 간병이 아닙니다. 이건, 인간을 지키는 일입니다. 그리고 저는 그 일을 배웁니다, 오늘도.

호칭 하나의 무게

어느 책에서 읽은 적이 있습니다. 어떤 병원에서는 환자를 '환자' 라고 부르지 않는다고 했습니다. 대신 병원에 오기 전 그 사람이 가졌던 직책이나 이름으로 불러준다고요. 그 이유가 흥미로웠습니다. '환자'의 '환(患)' 자는 병들 환, 즉 아픈 사람을 뜻하니, 그 단어를 들을 때마다 스스로가 '아프다'는 자각이 강화된다는 것입니다.

예전에 유행했던 책 『시크릿』에서도, 바라는 것을 입 밖으로 자주 말하면 현실이 된다고 했습니다. 그런 맥락에서 보자면 '환자'라는 단어 자체가 그들에게 끊임없이 '나는 아프다'는 메시지를 반복 학습 시키는 셈이 아닐까 싶습니다. 그렇다면 호칭 하나가 생각보다 큰 영향을 줄 수도 있습니다. 요양병원이라면 특히 더 그렇습니다. 여기서는 '아버님', '어머님'이라고 부르는 것도 나쁘지 않다고 봅니다. 실제로 그분들 모두 누군가의 아버지이자 어머니이니까요. 하지만 현실은 대부분 '환자분'이라는 말이 관행처럼 쓰이고 있습니다.

저는 나름대로 고민 끝에 어르신, 혹은 선생님이라는 호칭을 사용하고 있습니다. 연세가 많으신 분들은 그렇게 부르고, 나이 차이가 조금 나는 분들에게는 이름 뒤에 '님'을 붙입니다. 예컨대 '상봉 님'처럼요. 정확한 기준이 있는 건 아니지만, '환자분'이라는 말은 왠지 마음에 걸려서입니다.

말이 삶을 만든다는 믿음은 단지 철학이 아닙니다. 실제로 가수들이 자기가 부른 노래 가사처럼 살아간다는 말도 있지 않습니까. 말은 단순한 소리가 아니라, 반복될수록 내면의 그림을 그리는 힘이 있음을 배웁니다. 그래서 저는 생각합니다. 호칭 하나도 그냥 부르는 게 아니라, 존중의 의미를 담아 불러야 한다고요. 상대방에게는 그 사소한 말 한마디가 하루를 견디는 힘이 될 수도 있으니 말입니다.

"악마는 디테일에 있다." 작은 것들이 결국은 큰 차이를 만듭니다. 병원이라는 공간 역시 마찬가지입니다. 환자라는 '고객'을 어떻게 대하고 부르는가는, 병원이 환자를 어떻게 바라보는지를 보여주는 작지만 강력한 신호입니다. 비즈니스 용어로 말하자면, '프로덕트 아웃' 방식이 아니라 '마켓 인' 방식이 필요합니다. 제가 하고 싶은 것, 제공하고 싶은 것만 밀어붙이는 게 아니라 상대가 원하는 것을 먼저 듣고 응답하는 방식 말입니다. 병원도 마찬가지입니다. 병원의 입장에서 판단하는 것이 아니라, 환자의 관점에서 모든 것을 바라봐야 함을 배웁니다. 그렇게 관점을 바꾸는 순간, 많은 것이 새롭게 보이기 시작합니다.

간병사로 일하면서, 대부분의 병원이 환자의 불편함보다는 업무의 편의성에 초점을 맞추고 있다는 사실을 발견합니다. 불편한 점을 말해도 개선되는 경우는 드물고, 보호자들이 이야기해야 겨우 반응이 오는 수준입니다. 그조차도 빙산의 일각일 뿐입니다.

저는 늘 생각합니다. 개선이 아닌, '근본적인 해결'을 고민해야 한다고요. 눈앞의 상황을 덮는 미봉책은 또 다른 문제를 낳기 마련입니다. 헝클어진 실타래를 푸는 대신, 알렉산드로스 대왕처럼 단칼에 잘라 내는 방법을 선호합니다. 그래야 새 판을 짤 수 있으니까요. 병원의 가장 큰 문제는, "원래 그렇게 해 왔다"는 고정관념입니다. 문제가 보여도, "원래 그런 거야."라고 넘기고 맙니다. 그러나 지금은 디테일의 시대이고, 분초의 시대입니다. 아주 작은 차이가 경쟁력이 되고, 작은 불편함 하나가 환자에게는 고통이 될 수 있습니다.

저는 생각합니다. 요양병원에도 디자인 경영이 필요하다고 말입니다. 심리상담, 미술치료, 음악치료 같은 프로그램도 더 체계화되어야 하고, 벽의 색, 안내판의 글씨, 환자의 이름표 하나에도 디자인의 철학과 관점이 깃들어야 함을 배웁니다. 디자인이란 결국 문제를 해결하는 도구입니다. 환자들이 지루하게 흘려보내는 시간을, 의미 있고 감정적으로 안정된 시간으로 바꾸기 위해 디자인적 사고가 반드시 필요합니다. 여유가 있다면, 환자를 위한 서체도 개발해야 하고 색상도 치유와 연관된 색으로 일관성 있게 구성해야 합니다. 하지만 아직은 대부분의 병원이 거기까지 신경 쓰지 못하고 있습니다.

　모르면 그냥 지나칠 수도 있겠지만, 이제는 너무 많은 것들이 눈에 보입니다. 그리고 그런 점들이 보여서, 저는 오늘도 조금 답답합니다. 저는 바랍니다. 병원이 '치료하는 곳'을 넘어, '살아가는 곳'이 되기를. 그 시작은 어쩌면 '호칭 하나 바꾸는 일'에서 시작될지도 모릅니다.

진심을 전하는 돌봄,
휴머니튜드

우연히 책을 읽다 '휴머니튜드'라는 돌봄 기법을 알게 되었습니다. 간병을 막 시작했을 무렵, 책임감뿐 무엇을 어떻게 해야 하는지 몰라 매일같이 멘붕 상태였던 저에게는 마치 동아줄을 붙잡은 기분이었습니다.

'인간(Human)'과 '태도(Attitude)'를 합쳐 만든 단어인 휴머니튜드는 말 그대로 '인간적인 태도'로 돌보는 것을 의미합니다. 이 기법은 간병 초보였던 제게 큰 울림을 주었고, 그 이후 제 돌봄의 방식은 완전히 달라지기 시작했습니다.

첫 번째 원칙은 눈 맞춤입니다. 대화를 하는 동안 눈이 다른 곳을 향한다면, 그것은 상대를 건성으로 대하고 있다는 의미입니다. 건강한 사람에게도 눈 맞춤은 중요한 의미를 전달하지만, 치매 환자나 심리적으로 불안정한 환자들에게는 더욱 절실한 치료 방식입니다. 눈을 마주치는 행위는 환자들에게 애정과 존중을 전달하고, 신뢰를 형성하는 방법임을 확신합니다.

두 번째는 따뜻한 대화입니다. 환자들은 대화의 결핍 속에 살아갑니다. 병실에서는 간호사와 간병사를 제외하고는 이야기를 나눌 사람이 거의 없습니다. 가끔 같은 병실 환자와 짧은 대화를 나누기도 하지만, 긴밀한 교감으로 이어지기란 쉽지 않습니다. 이럴 때 필요한 것은 진심 어린, 애정이 담긴 말입니다. 과장하지 않고, 긍정적이고 희망적인 메시지를 나누는 것만으로도 환자들의 얼굴이 환해지는 것을 경험합니다.

세 번째는 다정한 스킨십입니다. 많은 경우, 등을 부드럽게 쓰다듬거나 손을 잡아 주는 방식으로 이루어집니다. 이는 "당신은 소중한 존재입니다."라는 메시지를 몸으로 전달하는 행위입니다. 말처럼 쉽지는 않았지만, 돌봄 초보였던 저는 이 세 가지를 교리처럼 여기며 꾸준히 실천하고자 노력했습니다. 처음엔 어색했지만 시간이 지날수록 자연스러워졌고, 그것들은 이제 저만의 돌봄의 기본이 되었습니다.

눈 맞춤, 진심 어린 대화 그리고 스킨십. 이 세 가지가 어우러지자, 환자들은 조금씩 마음의 문을 열기 시작했습니다. 처음에는 저희 병실 환자들에게만 적용했지만, 차츰 병동 전체로 확장해 나갔고, 그에 대한 반응도 확연히 달라졌습니다. 누군가에게는 인사부터 시작했고, 누군가에게는 가볍게 손을 잡아 주는 스킨십으로 다가갔습니다. 그렇게 어렵지도 않은 일이었지만, 변화는 기대 이상이었습니다. '돌봄'이란 결국 사람이 사람을 진심으로 대하는 일임을 그제야 온몸으로 깨달았습니다.

저는 간병사의 자질 중 가장 중요한 것이 인성이라고 생각합니다. 스킬은 배우면 되지만, 인성은 바꾸기 어려운 본질입니다. 기본적인 태도가 결여된 사람이라면, 간병은 물론 인간관계 자체가 어려울 수밖에 없습니다. 그런 이들이 간병을 하게 되면, 환자를 돌보기는커녕 '자기 편한 방식'으로 길들이기 시작합니다. 제 눈으로 목격한 바 있습니다. 그 환자는 공포 속에서 매일을 견뎌야 했고, 보호자가 개입해 간병사가 교체되기까지 한참 걸렸습니다. 돌봄이 아니라 학대에 가까운 그 상황에서 환자는 얼마나 외롭고 무서웠을까요?

환자는 약자일 수밖에 없습니다. 돌봄을 맡겨야 한다는 미안함, 직접 돌보지 못한다는 죄책감이 섞여 보호자조차 제대로 상황을 알지 못하는 경우도 많습니다. 간병사와 24시간 함께 지내는 환자 입장에서는 작은 일에도 예민해질 수밖에 없고, 무심코 던지는 말 한마디, 무표정한 얼굴 하나에도 상처받습니다. 보호자 면회는 잠깐이고, 매일을 함께하는 사람은 바로 간병사이기 때문입니다. 실제로 병원 간병사에 대한 교육과 감독 시스템은 거의 없습니다. 관리 사각지대가 존재하고, 그 피해는 고스란히 환자에게 돌아갑니다. 물론 모든 간병사가 그렇다는 건 아닙니다. 하지만 일부라도 이런 이들이 존재한다는 점만으로도, 시스템 정비가 필요하다는 사실은 충분히 알 수 있습니다.

그래서 저는 생각했습니다. 비록 작고 느린 변화일지라도, 제가 먼저 실천하는 것. 우리 병동 안에서라도 '휴머니튜드'를 바탕으로 한 돌봄 교육을 시도해 보고 싶습니다. 효과가 있든 없든 상관없습니다. 중요한 것은 그 마음입니다. 제가 진심으로 환자를 돌보고 있다는 것, 그 믿음을 환자들에게 전달하는 것입니다.

저의 목표는 단순한 간병사가 아닙니다. 저는 '프로 돌봄 노동자'가 되고 싶습니다. 몸뿐만 아니라 마음까지 돌볼 수 있는, 한 사람의 인간으로 환자와 마주하는 간병사. 그런 간병사가 되고 싶습니다. 그리고 그 길을, 오늘도 한 걸음씩 걸어가고 있다고 확신합니다.

새로운 환자가 오는 날

공동 간병일을 하다 보면 퇴원과 입원이 꼬리에 꼬리를 물게 됩니다. 때로는 손이 거의 가지 않는 환자가 들어오기도 하고, 반대로 두세 배의 힘이 드는 환자가 오기도 합니다. 어중간한 경우도 있지만 대부분은 극과 극을 오갑니다. 그러다 보니 새로운 환자가 들어온다는 소식이 들릴 때면, 자연스레 긴장이 됩니다.

병원에서도 저희끼리 쓰는 줄임말이 있습니다. 새로 들어오는 환자를 '신환'이라고 부릅니다. 처음엔 그게 무슨 뜻인지 몰라 어리둥절했던 기억도 있습니다. 이제는 신환이라는 말만 들어도 자동적으로 몸이 반응합니다. 간호사실은 분주해지고, 저희는 새 시트와 환자복을 준비해 병상 곁에서 환자를 기다립니다.

하지만 어떤 환자인지는, 막상 들어와 보기 전에는 알 수 없습니다. 그래서 이 일은 항상 '복불복'입니다. 나름대로 마음속에서 예상 시나리오를 몇 개쯤 그려 보지만, 정작 도착한 환자는 그 어느 시나리오에도 들어맞지 않을 때가 많습니다. 그럴 땐 그저 묵묵히 제 일을 해 나갑니다. 그게 간병인의 숙명입니다.

힘든 환자는 보통 오래 머물지 않습니다. 증세가 악화되면 중환자실로 옮겨지고, 상태가 좋은 환자는 나아지면 재빨리 퇴원을 합니다. 하지만 그 '짧은 시간'이 간병사에게는 꽤 길게 느껴집니다. 체력은 물론이고 감정 소모도 큽니다. 그래서 어떤 간병사들은 다루기 힘든 환자를 다른 병실로 옮겨 달라고 병원에 요청하기도 합니다. 대부분의 요청은 거절당합니다. 그런데 가끔은 그 거절이 다른 방식의 보상으로 돌아오기도 합니다. 간병비를 조금 올려 주는 것입니다. 고된 노동에 대한 일종의 보상입니다.

그렇다 해도 저는 다르게 생각합니다. 누가 보기에 손이 많이 가는 환자라 해도, 그 환자가 바로 저에게 온 인연이라면, 그건 저에게 주어진 역할이고 기회입니다. 어떤 환자가 제 병상에 들어올지는 제가 선택할 수 없지만, 그들을 어떻게 돌볼지는 제 선택입니다.

간병 일이라는 것이 늘 그렇습니다. 감정의 파도 위에 떠 있는 느낌입니다. 때로는 짜증과 힘겨움이 몰려오지만, 가만히 마음을 가라앉히면, 그 이면에 따뜻함과 감사가 있습니다. 새로운 환자를 맞는다는 것은 어찌 보면 새로운 사람의 삶에 들어가는 것입니다. 그 사람의 하루와 고통, 그리고 회복의 여정을 함께하는 것입니다.

사실 걱정이란 것도 따지고 보면 쓸모없는 경우가 많습니다. 어느 연구에 따르면, 사람들이 하는 걱정의 40퍼센트는 현실에서 일어나지 않을 일에 대한 것이고, 30퍼센트는 이미 지나간 일에 대한 후회라고 합니다. 22퍼센트는 사소한 문제에 불과하고, 우리가 정말 바꿀 수 있는 걱정은 4퍼센트에 불과하다고 합니다. 이 말을 들었을 때, 문득 저 자신도 병실에 새로운 환자가 온다는 말에 쓸데없는 상상을 하며 시간을 허비하지는 않았나 싶었습니다.

그래서 저는 이제 이렇게 생각합니다. 대응해야 하는 일이 일어났을 때만 대응하면 된다고요. 그 전까지는 제가 지금 해야 할 일에 충실하면 그만입니다. 가끔은 이런 마음가짐을 되새기려 제 방식대로 말장난을 합니다. 병실 복도에 누군가가 쓰레기를 버려 두었을 때, 저는 마음속으로 이렇게 말합니다. "아, 누가 이렇게 좋은 '행운'을 놓고 갔을까?" 그리고 그 쓰레기를 줍습니다. 어떤 이들은 고개를 갸웃할지 모르지만, 저에게는 그게 행운입니다. 누군가는 해야 할 일이 저에게 왔다는 건, 그만큼 제가 그걸 할 수 있는 사람이라는 뜻이니까요.

환자도 마찬가지입니다. 손이 많이 가는 환자를 만났을 때, 저는 속으로 이렇게 말합니다. '이 일은 내가 해야 할 일이었구나. 내 손을 기다린 거였구나.' 그렇게 마음을 돌리면 신기하게도 일이 힘들지 않습니다. 오히려 제가 그 환자에게 도움이 되고 있다는 사실 하나만으로 뿌듯함을 느낍니다.

물론 가끔은 마음처럼 쉽지 않을 때도 있습니다. 그렇게 생각한다고 해서 매번 웃으며 일할 수 있는 것도 아닙니다. 하지만 그럴 때마다 저는 다짐합니다. '이 또한 지나갈 것이고, 그 지나간 자리엔 뿌듯함이 남을 것이다.' 환자가 퇴원할 때 저는 축하해 주고, 새로운 환자가 올 때는 약간의 설렘으로 하루를 맞이합니다. 그렇게 또 하루가 지나갑니다.

간병인의 하루는 다르지 않습니다. 하지만, 다르게 받아들이는 법을 배운 사람은 다르게 사는 것을 배웁니다.

요양병원의 꽃,
재활치료실에서 피어나다

　요양병원 생활을 이어 가다 보면, 단조로운 시간 속에서 특별한 의미를 지닌 공간들이 하나둘 눈에 들어옵니다. 그중에서도 저에게 가장 의미 깊게 다가오는 곳은 바로 '재활치료실'입니다. 겉보기엔 병원의 지하 1층에 자리한 작은 공간이지만, 그 안에서는 매일 수많은 '다시 걷고 싶은 몸'들과 '다시 살아가고 싶은 마음'들이 땀을 흘리며 움직입니다.

　제가 일하고 있는 병원에서도 이 재활치료실은 요양병원의 심장처럼 돌아갑니다. 공동 병실에서 근무하는 간병사로서 저는 정해진 시간에 환자를 휠체어에 태워 재활실로 모시고, 치료가 끝나면 다시 병실로 안내하는 일을 매일같이 반복합니다. 이것이 낮 시간대의 주업무이자, 때로는 가장 힘든 일이기도 합니다. 특히 경직이 심한 환자를 휠체어에 앉히는 일은 말처럼 쉽지 않습니다. 고정된 다리, 뻣뻣한 몸, 균형 잡기 어려운 상체를 조심조심 다뤄야 합니다. 몸을 움직이지 못하는 분들은 제 손끝 하나, 허리 기울임 하나에 온몸이 맡겨진 셈이기에, 긴장의 끈을 놓을 수 없습니다.

간병 일을 막 시작했을 무렵, 이 일을 하며 종종 당황하곤 했습니다. 옆 병실 간병사들에게 방법을 물어도 "그냥 해 보면 돼.", "자기 방식대로 하면 돼."라는 말뿐이었습니다. 하지만 몸이 경직된 환자를 단지 '그냥' 다룰 수는 없었습니다. 저는 결국 재활치료사에게 직접 도움을 청했고, 유튜브에서 관련 동작들을 참고해 저만의 방법을 터득해 나갔습니다. 작업치료와 물리치료의 기본 원리를 조금씩 익혀 가면서, 단지 환자를 옮기는 것이 아니라 '움직일 수 있도록 돕는 것'이라는 감각을 갖게 됩니다.

요양병원에 입원한 환자 중 재활을 받을 수 있다는 것은, 그만큼 아직 '회복 가능성'이 있다는 뜻입니다. 하지만 일부 재활치료는 보험이 적용되지 않는 비급여 항목이라 금전적 부담이 따르고, 그래서 꾸준히 받기 위해선 가족의 경제적 여건과 환자 본인의 의지가 함께 필요합니다. 현실적인 벽은 있지만, 그럼에도 불구하고 많은 분이 아픔을 견디며 재활치료를 이어 갑니다. 걷지 못하던 사람이 보조기를 잡고 한 걸음 한 걸음 떼는 순간, 그 자리에 함께 선 간병사로서 느끼는 감동은 이루 말할 수 없습니다.

저는 환자들을 늘 재활치료 10분 전에 미리 모시고, 끝나는 시간에도 일찍 가서 기다리는 편입니다. 재활치료사들이 종종 말합니다. "간병사 선생님처럼 하는 분은 거의 없어요." 다른 간병인들은 전화를 해야 오고, 치료가 끝난 뒤에도 기다리게 하는 경우가 많다고 합니다. 그 말이 저에게 칭찬이 되는 것은 아니지만, 저는 환자를 '해야 할 일'이 아닌, '내가 함께 살아가는 사람'으로 여기고 있기 때문에 그저 당연하게 행동하는 것뿐입니다.

병실에서도 저는 틈이 나면 경직 환자의 작업치료를 조금씩 도와 드립니다. 전문가는 아니지만, 꾸준한 움직임이 경직을 조금씩 풀어 준다는 사실을 알기에 성심껏 손발을 움직여 드립니다. 작은 움직임 하나에도 눈빛이 달라지는 환자를 볼 때면, 고단한 하루의 피로가 말끔히 사라집니다.

요양병원의 일상은 생각보다 단조롭습니다. 환자분들은 식사와 약 복용, 취침에 대부분의 시간을 할애하고, 외래 진료나 치료가 없는 날은 하루 내내 침대에 누워 있는 것이 전부일 때도 있습니다. 특히 거동이 불편한 분들은 재활 외에는 할 수 있는 일이 거의 없습니다. 그만큼 재활치료는 단순히 몸을 움직이는 것이 아니라 삶의 흐름을 되살리는 소중한 일입니다.

간혹 침상에서조차 옮기기 어려운 환자의 경우, 치료사가 직접 병실로 와서 재활을 도와주기도 합니다. 이런 모습을 볼 때마다 저는 마음속으로 감탄합니다. 이토록 묵묵하게 환자의 몸을 움직여 주고, 굳은 손가락을 하나하나 펴 주는 그들의 손길 속에는 단순한 직무 이상의 진심이 담겨 있습니다.

저는 간병인으로 일하면서, 재활치료야말로 요양병원의 '꽃'이라고 믿게 됩니다. 치료실에 들어서는 환자들은 물리적 기능만을 회복하려는 것이 아니라, 잃어버린 자존감과 일상의 균형을 되찾기 위해 싸우는 중입니다. 그 용기 앞에 저는 매일 마음속으로 박수를 보냅니다. "한 번만 또 한 번만 더 움직이면 분명히 좋아집니다." 저는 재활실에서 만나는 환자들에게 종종 이 말을 건넵니다. 물론 그건 제3자인 저의 말일 뿐이지만, 때로는 그 한마디가 누군가에게 버틸 힘이 되기를 바라며 조심스럽게 던지는 말입니다.

오늘도 재활실에는 누군가의 희망이 숨을 쉬고 있습니다. 그리고 저는 그 숨결을 옆에서 함께 들이마시며, 또 하루를 시작합니다.

엄마들이 생겨난다

　간병 생활이 길어지면서, 제게도 엄마들이 하나둘 생겨나기 시작했습니다. 첫 번째 '엄마'는 제가 밥 수발을 들기 시작한 어느 여성 환자였습니다. 다른 공동 병실에서 두 명의 환자 식사를 챙겨야 했던 날, 저는 주저하지 않고 자청해 그 일을 맡았습니다. 마침 고향도 같은 경상도라 말씨가 익숙했고, 서로를 금세 알아보고 정이 들었습니다. "아들 같은 사람이 밥을 떠먹여 준 건 선생님이 처음이에요." 그분은 그렇게 말하며 웃었지만, 그 안에 스며 있는 서운함이 제 가슴을 툭 건드렸습니다. 저는 정작 제 어머니께 그런 것을 해 드리지 못했습니다. 딸들은 익숙하게 하는 일일지 몰라도, 아들들은 쉽지 않습니다. 저 역시 그랬으니까요.

　옆 병실이라 자주 드나들다 보니 그분의 과거도 어렴풋이 보이기 시작했습니다. 이미 재산은 대부분 아들과 딸에게 증여한 상태였고, 살던 집조차 손녀에게 넘겨줬다고 했습니다. "그땐 내가 금방 죽을 줄 알았지…." 자조 섞인 한숨이 흘렀습니다. 이제 갈 곳은 아들 집뿐인데, 아들 집에서 살 가능성이 없다는 사실은 본인도 알고 있었습니다. 이 병원에서 생의 마지막을 보내리라는 것을 담담하게 받아들이고 있는 모습이 짠했습니다. 그래서 저는 농담처럼 말했습니다. "이제 뜯어먹을 것도 없으니 낙동강 오리알이네요." 웃었지만, 그 웃음 너머의 정적이 길었습니다.

그분이 어느 날은 자녀들이 면회 오지 않는다고 하소연하시는데, 다른 할머니가 툭 던진 한마디가 정곡을 찔렀습니다. "돈 가져가라 하면 총알같이 오겠지." 그 말에 저는 아무 대꾸도 하지 못했습니다. 부모 자식 사이의 정마저도 물질이 가르는 시대. 그 현실이 참 아팠습니다. 병원에서 생활하면서 저는 마음속으로 다짐했습니다. 저는 절대로 이곳에 오지 않기로 말입니다. 어떤 선택을 하더라도, 요양병원은 제 마지막 장소가 아니기를 바랍니다.

여기 계신 분들 대부분은 인지 기능이 떨어져 있습니다. 그렇지 않은 분들은, 오히려 그만큼 더 힘들어합니다. 자신의 음식이 아님에도 누군가가 먹어 버리기도 하고, 물건을 집어 가기도 합니다. 그걸 알고도 참아야 하는 입장은 생각보다 가혹합니다.

첫 번째 엄마도 인지는 분명하지만 거동이 불편해 재활치료 외에는 대부분을 누워서 지내야 합니다. 휠체어로 겨우 이동해 낮에는 화장실을 가지만, 밤에는 기저귀를 써야 합니다. 그분처럼 깔끔한 성격의 사람에게 이는 삶의 품위를 송두리째 잃는 느낌일 것입니다. 그러나 공동 병실의 구조상, 어쩔 수 없습니다. 간병사도 잠을 자야 하고, 그에 대한 이해가 없으면 언쟁이 생깁니다.

그래도 그분은 웃으며 말하곤 했습니다. "209호에 데려가서 당신이 계속 봐 주면 안 돼?" 기저귀 갈아 주는 일, 목욕시키는 일을 제가 할 수 없다는 사실을 알면서도 그렇게 말하십니다. "엄마인데 뭐가 문제냐"고 반문하시는 말에 저는 뭐라 답하지 못했습니다.

요즘 간호사들도 농담처럼 말합니다. "그 어르신은 선생님을 아들이라 하시던데요?" 새로 들어온 환자 중 한 분도 어느 날 저를 붙잡고 묻습니다. "나도 아들이라 부르면 안 될까요?" 그러다 보니 정말, 제게는 점점 '엄마'들이 생겨나는 것을 느낍니다.

눈물로 전하는 편지 한 통

추석 연휴였습니다. 휴가를 내고 오랜만에 집에서 쉬고 있는데, 휴대전화로 문자가 하나 도착했습니다. 지난달 퇴원했던 환자, 송 아저씨의 둘째 딸이 보낸 것이었습니다. 내용은 아버지가 추석이라며 제게 안부와 함께 꼭 전하고 싶은 게 있다는 말이었습니다.

하필이면 제가 병원에 복귀하는 날이기도 했습니다. 곧이어 아저씨의 큰딸이 서울에서 병원으로 직접 오겠다는 전갈이 왔습니다. 며칠 후, 그녀는 남편과 함께 우리 병실을 찾아왔습니다. 성심당 빵 선물세트와 함께, 전에 약속했던 만년필 그리고 『철학은 날씨를 바꾼다』라는 한 권의 책을 손에 들고 있었습니다. 그 안에는 손편지가 고이 담겨 있었습니다.

인사를 나누고 근황을 물어보는 와중에, 그녀의 눈시울이 붉어졌습니다. 저도 애써 감정을 누르느라 힘겨웠습니다. 이야기가 길어지면 저도 올 것 같아 서둘러 작별 인사를 하고, 조용히 편지를 꺼내 읽었습니다.

신상봉 선생님께

안녕하세요. 저는 송○○의 큰딸입니다.

직접 말씀드리고 싶지만, 괜히 눈물이 날까 봐 편지로 대신합니다.

먼저, 몇 번을 말씀드려도 부족하겠지만 다시 한번 감사드립니다.

아버지에게 따뜻한 의지가 되어 주셔서 정말 감사합니다.

평생 고향을 떠난 적 없는 분인데, 치료를 위해 서울에 오셔서 무려 8개월을 낯선 곳에서 버티셨습니다.

몸도 마음도 많이 지친 그 시간의 끝자락에, 선생님이 계셔서 우리 가족 모두 위로받을 수 있었습니다.

대전에 내려간 뒤 아버지가 정말 기뻐하셨어요.

본인이 직접 고른 집이라 그런지 무척 마음에 들어 하셨고, 오랜만에 익숙한 동네에서 지내는 걸 참 좋아하셨습니다.

더 오래 계시면 좋았겠지만, 폐에 물이 차 갑작스레 입원하시게 되었어요.

물을 빼도 또 찰 수 있다고 합니다.

암세포가 계속 폐에 물을 만들어 낸다고 합니다. 전형적인 말기 암 증상이라고 하더군요.

연휴 동안 상태가 좋아졌다가 다시 나빠지기를 반복했어요.

나빠질 때는 당장 한 치 앞도 예상하기 힘들 정도였습니다.

서울 간다는 말에, 아버지께서 선생님 꼭 챙겨드리라고 하시더군요.

모시떡도, 함께 식사도 어려울 것 같다는 걸 본인도 아셨던 것 같습니다.

전, 아버지의 마음을 대신 전할 뿐입니다.

퇴원 당시 드리지 못했던 책과 만년필을 함께 드립니다. 부디 기쁘게 받아 주시길 바랍니다.

선생님의 책이 나오면 꼭 알려 주세요. 기대하며 기다리겠습니다.

이 세상에는 정말 많은 사연이 있다는 걸, 이제야 조금씩 알 것 같습니다.

그 모든 이야기들에도 불구하고, 선생님의 앞날이 꽃길이기를 기도하며 응원하겠습니다. 언제나 건강하고 행복하시길 바랍니다.

정말 감사했습니다.

송○○ 님의 큰딸 드림

PS. 책이 나오면 꼭 소식 전해 주세요. 번호는 절대 안 바꿀게요.

010-○○○○-○○○○

저는 성심당 빵을, 그를 기억하는 간호사들과 보호자분들 그리고 저 자신을 위해 나누어 먹었습니다. 하지만 사실 그 빵 한 조각을 삼키는 것도 쉽지 않았습니다. 가슴이 먹먹했습니다. 간신히 하나를 입에 넣으며, 눈물을 삼켰습니다. 그리고 바로, 그에게 보내는

답장을 썼습니다.

송 아저씨께

이 글을 쓰는 내내 함께한 시간들이 자꾸 떠오릅니다.

오늘 큰따님께서 아저씨의 마음을 정성스럽게 담아 오셨습니다.

저는 그 마음이 너무 커서, 결국 눈물밖에 드릴 수가 없었습니다.

오히려 제가 아저씨와 함께한 시간 속에서 많은 걸 얻었습니다.

강인함과 인내 그리고 조용한 용기까지도요.

하지만 혹시라도 제가 미처 보살피지 못한 순간이 있지 않았을까

하는 불안감에 마음이 무겁기만 합니다.

그로 인해 불편하셨을까 두렵기도 하고, 무엇보다 죄송한 마음이

앞섭니다.

함께했던 그 시간들은 제 인생에 결코 잊을 수 없는 귀한 기억이

되었습니다. 아저씨께서 나눠 주신 따뜻한 마음은 늘 제 안에 남

아 있을 겁니다.

병원 생활의 탈출구는 그곳을 통과해 나가는 것이라 믿습니다.

분명히 입구가 있다면 출구도 존재하리라 생각합니다.

언젠가 함께 따뜻한 밥 한 끼 할 날을 손꼽아 기다리겠습니다.

저는 믿습니다. 꼭 그날이 올 거라고요.

그러니 내일은 내일에게 맡기고, 우리는 오늘을 지독하게 사랑해

봅시다.

할 수 있는 것들을 마음껏 사랑하시길 바랍니다.

그리하여 그 사랑이 바다를 이루어, 모든 걸 덮을 수 있기를 바랍니다.

아저씨의 하루하루가 사랑으로 가득 차길 간절히 소망합니다.

고마움과 함께 눈물로, 진심을 담아 마음을 전합니다.

그날 하루는 감동과 눈물, 그리고 복잡한 감정으로 소용돌이쳤습니다. 저는 그에게 전해질 이 마음이 기적처럼, 쾌유의 길로 이어지기를 간절히 빌었습니다. 이 세상 모든 신께 기도하듯 말입니다.

똥공장 할머니와 병동의 웃음꽃

어제 우리 병동에 웃음꽃이 활짝 피었습니다. 늘 무겁고 정적인 공기가 감도는 이 병동에 모처럼 생기와 활기가 돌았습니다. 그 중심에는 얼마 전 치매로 입원한 한 할머니가 계셨습니다.

그 할머니는 전형적인 치매 환자이긴 하지만, 하루 중 절반은 놀랍도록 또렷한 정신 상태를 유지하십니다. 밤이면 병실 전체를 휘저으며 지갑을 찾으시다가도, 낮에는 요란한 동작과 함께 병원 복도를 걸으며 "국민체조!"를 외치십니다. 마치 이곳이 병원이 아니라 동네 공원이라도 되는 양, 호쾌하고 유쾌한 몸짓을 보여 주십니다.

어제 점심 식사 후에, 운동 삼아 복도를 걷고 계시길래 다가가 인사를 건넸습니다. "할머니, 식사 많이 하셨어요?" "그럼, 많이 먹었제!" 그 말씀을 하시며 배를 두드리던 할머니가 이어 한마디를 덧붙이셨습니다. "아직 내 똥공장은 잘 돌아가!"

그 말에 병동에 있던 간병사와 보호자들은 모두 **빵** 터지고 말았습니다. 환자복을 입고 있는 이 공간이 잠시 공연장이 된 듯, 박장 대소가 터졌습니다. 이 삭막한 병동에서 유쾌한 언어유희 한마디로 사람들의 마음을 한껏 밝히다니. 순간, 저는 생각했습니다. 이곳에 숨겨진 재치와 삶의 이야기들이 얼마나 많을까, 하고 말입니다.

병동이라는 공간은 단지 환자만 모여 있는 곳이 아닙니다. 이곳에는 그들이 살아온 시간, 감춰진 개성, 꾹꾹 눌러 담은 이야기들이 함께 있습니다. 환자복으로 몸을 감싸고 있지만, 그 안에는 유쾌하고 다채로운 삶이 숨어 있다는 것을 느낍니다.

저는 병동에서 환자들과 더 자연스럽게 소통하기 위해 나름의 '작은 실험'들을 해 봅니다. 옆 병실 치매 할머니에게는 일부러 거수경례를 하며 "충성!"이라고 인사를 합니다. 그 할머니도 저만 보면 활짝 웃으며 같은 방식으로 인사를 돌려주십니다. 단순하지만 그 인사 하나로 하루가 달라진다는 사실을 경험합니다.

또 어떤 할머니는 뭐든 저에게 부탁하십니다. "자네는 뭐든 다 들어줄 것 같아." 하고서는, 간호사에게 부탁할 일도 저에게 털어놓으십니다. 저는 웃으며 "가능한 선에서만요."라고 답하지만, 할 수 있는 것은 최대한 도와드립니다. 한번은 난감한 부탁을 받은 적도 있습니다. 형편이 어려워 공동 간병실이 아닌 스스로 케어하는 병실로 옮겨 달라는 것이었습니다. 안타까운 마음에 수간호사에게 사정을 전했지만, 결국 보호자의 동의 문제로 부탁을 들어드리지 못했습니다. 그 뒤로 복도에서 마주칠 때마다 저도 모르게 조심스러워졌습니다. 속내를 나눈 만큼 어딘가 불편함이 남아 있었는지도 모릅니다.

저는 얼굴 표정 관리에도 늘 신경을 쓰는 편입니다. 언젠가 지하철에서 반대편 승객들을 바라보다 문득 생각했습니다. "얼굴은 내가 보는 게 아니라, 남이 보는 것이구나." 지친 표정과 무표정으로 얼마나 많은 이에게 부정적인 에너지를 흘려보냈을까 싶었습니다. 그날 이후, 의식적으로 얼굴의 근육을 풀고 입꼬리를 올리기 시작했습니다. '밝은 표정'이야말로 제가 줄 수 있는 작은 선물이라고 생각했기 때문입니다.

물론 원래 저는 무표정한 얼굴입니다. 말을 하지 않으면 화난 줄 알 정도입니다. 그래서 더욱 노력합니다. 누군가의 얼굴을 마주할 때마다, 제 표정도 빠르게 '정비'합니다. 잊지 않으려 노력하지만, 가끔은 까먹습니다. 그럴 때면 다시 입꼬리를 올립니다. 하루에 한 번이라도 웃을 수 있다면, 그건 제가 세상에 한 번 더 따뜻함을 전한 셈이라는 것을 깨닫습니다.

이 병동에서, 저는 가능하면 '웃음'을 만들어보고자 다짐합니다. 때론 썰렁한 아재 개그라도 투척해 봅니다. 모두가 웃지 않아도 좋습니다. 단 한 명이라도 웃는다면, 그걸로 충분합니다.

저는 이제 그 할머니를 '똥공장 할머니'라 부를 생각입니다. 혹시 화내실까 걱정도 되지만, 언젠가 그 별명을 들으시고 다시 한번 호탕하게 웃어주실지도 모릅니다. 그 웃음 한 번이, 이 병동을 환하게 밝히는 힘이 될 테니까요.

삶으로 피어난 진정한 선함

요양병원이라는 곳은 인연보다는 끈기와 인내가 더 많이 필요한 공간입니다. 하지만 놀랍게도 그 팍팍한 땅에서도 예상치 못한 소중한 인연이 조용히 피어납니다. 처음 그녀의 이름을 들었을 때, 마치 익숙하고 아름다운 멜로디처럼 제 마음이 반응했습니다. 단순히 제 조카와 같은 이름이라는 우연 때문이었을까요? 그 이름이 풍기는 부드러운 어감 너머로, 저는 그녀에게서 말로 표현할 수 없는 따뜻한 기운을 느꼈습니다.

그녀는 편찮으신 어머니를 지극정성으로 돌보는 딸이었습니다. 그녀의 모든 행동에는 세심함이 깃들어 있었고, 조용한 말투 속에는 오랜 간병 생활의 고단함이 고스란히 배어 있었습니다. 누가 보아도 쉽지 않은 여정을 묵묵히 걸어 온 사람이었죠. 그러나 이 모든 것보다 제 마음에 더 깊이 각인된 것은 바로 그녀가 자신의 삶을 살아 내는 방식, 그 자체였습니다.

희생과 담담함: 삶으로 증명하는 아름다운 품성

얼마 전, 그녀가 동생에게 신장을 이식해 주었다는 놀라운 소식을 들었습니다. 그녀는 마치 대수롭지 않은 일인 양 담담하게 말했습니다. "제가 줄 수 있어서 다행이었어요." 어떤 이들은 그 말을 듣고 놀라움에 고개를 갸웃거렸을지 모르지만, 저는 그 순간 그녀가 어떤 사람인지 너무나 명확히 알 수 있었습니다.

착함이란, 단순히 입으로 말하는 덕목이나 좋은 행동의 나열이 아닙니다. 그것은 자신의 삶으로 온전히 살아 내는 품성입니다. 묵묵히, 자신을 내주며 타인의 고통을 덜어 주는 일. 아무런 원망도, 계산도 없이, 오직 온화한 미소로 모든 것을 마무리하는 삶. 그녀는 그런 숭고한 삶의 방식을 꾸준히 이어 가는 드문 사람이었습니다.

요양병원이라는, 몸과 마음이 지치기 쉬운 고단한 공간에서 그녀는 오늘도 어머니의 손을 다정히 잡고 병원 복도를 오갑니다. 가끔은 뒤에서 어머니의 등을 부드럽게 쓸어 주고, 어머니가 좋아하시는 음식을 조용히 챙겨 주며 많은 말을 아낍니다. 하지만 그 작은 행동 하나하나에서 가족을 향한 그녀의 깊고 헌신적인 사랑이 선명하게 보입니다.

배려와 존중: 내면의 선함이 빚어 낸 태도

이야기를 나눌 때마다 그녀는 언제나 상대방의 입장을 먼저 생각했습니다. 늘 온화한 미소로 고개를 끄덕이며 상대의 말에 귀 기울였고, 힘든 자신의 상황은 살짝 뒤로 감춘 채 다른 사람의 피곤함부터 먼저 헤아렸습니다. 그녀의 이런 사려 깊은 태도는 착한 사람을 넘어, 선함을 온몸으로 체화한 사람이라는 깊은 감동을 주었습니다.

착함은 타고나는 것이 아니라, 매일매일의 꾸준한 선택으로 만들어지는 것이라고 저는 생각합니다. 그녀는 매일매일 인내하고, 타인을 배려하며, 자신보다 한 발 물러서서 웃음을 짓는 쪽을 선택했습니다. 그리고 그 고요하지만 단단한 선택은 언제나 조용하고 아름답게 그녀를 빛나게 했습니다.

소중한 인연에 대한 깊은 감사와 소망

저는 이 인연에 말할 수 없는 깊은 감사를 느낍니다. 이름 하나로 시작된 단순한 우연이 이토록 깊은 존경과 가슴 저미는 울림으로 이어질 줄은 꿈에도 몰랐습니다. 그녀를 보며 세상에는 여전히 진정으로 선한 사람들이 존재한다는 사실을 다시금 믿습니다. 그녀의 곁에 있는 것만으로도 제 마음이 정화되는 것을 느낍니다.

그녀는 지금 이 순간에도 병원 한복판에서 어머니를 돌보며, 그 누구보다 힘든 시간을 묵묵히 견뎌 내고 있습니다. 자신의 몸 한 부분을 나누어 주었음에도, 마치 아무 일도 아니라는 듯 오늘도 따뜻한 웃음으로 하루를 감싸안는 그녀의 모습은 제게 깊은 감동을 줍니다.

저는 마음 깊이 소망합니다. 그녀의 착함이 이 팍팍한 세상에 잔잔하면서도 깊은 울림으로 오래도록 남기를. 그리고 그녀의 그 고귀한 마음이 그녀 자신에게도 따뜻한 평안과 위로로 온전히 돌아가기를 진심으로 바랍니다.제가 본 사람 중 최고로 선한 사람. 그 착함이 바로 당신의 가장 눈부신 아름다움입니다.

2장

먹는다는 것

먹는다는 것,
그 조용한 슬픔

우리 병실에는 경관식 환자가 두 분 계십니다. 입으로 먹지 못하고, 한 분은 콧줄로, 한 분은 복부에 연결된 호스를 통해 액체 영양식을 주입받습니다. 그중 한 분은 제 자리 바로 옆 침대에 누워 계십니다.

평소에는 서로 일상을 공유하는 조용한 이웃이지만, 제가 뭔가를 먹는 순간, 그 고요함이 먹먹함으로 바뀝니다. 가끔 저를 빤히 바라보시는 그 시선, 그 속에 담긴, 먹고 싶다는 말조차 꺼내지 못하는 침묵. 저는 숨이 턱 막힙니다. 입안에 있는 음식이 순간 무게를 잃고, 마치 죄를 지은 듯 고개를 숙이게 됩니다. 그렇다고 밥을 안 먹을 수도 없습니다. 이 공간은 병실이자 동시에 제 일터이고, 생활 공간입니다. 자리에서 잠시 나갈 수 없는 상황도 많고, 식사 시간은 어김없이 옵니다. 먹어야 다음 일을 할 수 있으니, 울며 겨자 먹기로 먹을 뿐입니다.

하지만 며칠 전, 이 조용한 고통의 균형이 무너진 순간이 있었습니다. 그 환자분의 따님이 면회 오셨고, 환자분은 저에게 꼭 전해 달라며 빵을 사 오셨습니다. 요즘 제가 빵을 자주 먹는 걸 보셨다며, "꼭 저 간병인 선생님 드리라"고 당부하셨다는 것입니다. 문제는 그 빵을 환자 본인이 휠체어에 안고 들어오셨다는 점입니다. 저는 그 장면을 우연히 봤고, 그 순간 마음이 무너져 내렸습니다. 심지어 제 옷에 오물이 튀는 일이 있어 급히 샤워실로 향하느라 그 따님께 감사의 말도 전하지 못했습니다.

그날 이후, 저는 더 조심스럽게 식사를 합니다. 조금 더 고개를 돌려, 조금 더 소리를 줄여, 조금 더 '죄송한 마음'을 담아서 말입니다. 여기 병실에서는 '먹는 것'이 종종 사소한 갈등의 불씨가 되기도 합니다. 보호자들이 음식을 주고 가시면 나눌 수 있는 사람에게는 나누지만, 환자식 관리가 필요한 분들에게는 드릴 수 없습니다. 당뇨가 있는 분이라면 더욱 그렇습니다. 저도 간병 초기엔 실수한 적이 있습니다. 드셔도 되는 줄 알고 간식을 드렸고, 그게 큰일이 될 수 있다는 사실을 뒤늦게 배웠습니다.

그래서 저는 지금도 환자들께 미리 말씀드립니다. "제가 드시지 못하게 하는 건, 환자분들의 건강과 병원 규정 때문이지 마음이 없는 게 아닙니다." 그 말을 하며 마음 한편은 늘 조금 찢어집니다. 사실 저는 먹을 걸 나누는 데 망설임이 없는 사람입니다. 먹을 수만 있다면, 다 나눠 드리고 싶습니다. 하지만 이곳은 그런 따뜻함도 조심해야 하는 공간입니다.

특히 옆 병실의 한 어르신은 먹는 것에 집착을 보이십니다. 어제는 퇴식대 앞에 서 계시기에 어쩐 일인지 여쭈었더니, 수박 껍질을 보고 수박이 너무 먹고 싶었다고 하셨습니다. 그래서 저는 마음속으로 약속했습니다. "어떻게든 수박 한 조각 구해 드려야지." 다행히 어떤 보호자분이 사 온 수박이 있어 사정을 설명하고 한 조각을 얻어 드릴 수 있었습니다. 그날 어르신의 눈빛이 얼마나 반짝였는지 모릅니다. 저는 그 반짝임 하나에 하루 피로가 녹아내리는 걸 느끼게 됩니다.

병원 생활은 정말 단조롭습니다. 하루의 유일한 변화는 식사 시간이 전부일 때도 많습니다. 그래서 먹는 게 이곳에서는 '낙'이고, '화두'이며, 때론 '슬픔'이 됩니다. 요즘 저는 식사를 할 때마다 자주 죄책감을 느낍니다. 먹고 싶어도 먹지 못하는 사람 앞에서 먹는다는 건 때론 듣지 못하는 사람 앞에서 노래를 부르는 것처럼 낯설고 조심스러운 일입니다. 어제, 그 경관식 환자분의 둘째 따님이 외진 때문에 오셨을 때 조심스레 말씀드렸습니다. "다시는 간식이나 먹을 것을 사 오지 말아 주세요. 그 마음은 충분히 알겠지만, 오히려 그게 더 미안하고 슬픕니다."

먹는다는 건, 살아 있다는 증거입니다. 하지만 이 병실에선, 그 당연한 행위조차 누군가에게는 멀고 아픈 욕망이 됩니다. 그래서 오늘도 저는, 먹을 수 있음에 감사하고, 먹을 수 없음에 위로를 전하는 사람으로 남고 싶습니다. 여기 간병인으로 살아간다는 건 누군가의 고통에 눈 맞추고, 제 일상을 천천히 되짚는 일입니다. 그리고 그 안에서, '먹는 것'이라는 당연함이 누군가에게는 얼마나 간절한지를 매일, 매끼니 배웁니다.

모시떡 한 점의 무게

이 생활도 어느덧 4개월을 넘겼습니다. 그래서 요즘 저는 유튜브로 석션하는 법, 사례 처치법 같은 간병 관련 영상들을 틈틈이 찾아보고 있습니다. 아직 시도해 보지 못한 것들이지만, 뭔가를 시작하기 전엔 반드시 공부부터 하는 게 제 성격입니다. 이 간병인이라는 업을 얼마나 오래 하게 될지는 모르지만, 준비는 늘 미리 해 두고 싶습니다.

그런데 어제는 울었습니다. 소리 내어 운 건 아니지만, 눈앞이 뿌예질 정도로 마음이 먹먹하고 아팠습니다. 그 순간이 찾아온 건 정말 아무렇지 않은 한마디 때문이었습니다. 누군가에게는 아무 일도 아닐 그 말이, 제게는 너무나 무거운 바위처럼 가슴속으로 툭, 하고 굴러들어 왔습니다.

제 자리 바로 옆의 환우. 폐암에서 설암으로 전이가 되어 혀 일부를 절제한 분입니다. 말이 온전히 나오지 않아, 평소엔 발음 하나하나에 귀를 바짝 세워야 합니다. 어느 날 그분이 종이와 펜을 달라고 하셨습니다. 무언가 저에게 부탁할 것이 있나 싶어 서둘러 필기구를 건네드렸습니다. 그런데 그 종이에 적힌 문장이 제 가슴을 뚫고 들어왔습니다.

"우리 언제 모시떡을 먹을까요?"

저는 멍해졌습니다. 숨이 막혔습니다. 입술이 바짝 타들어 가는데도 말이 나오지 않았습니다. 정말이지, 한없이 평범하고 따뜻한 문장 하나가 사람을 이렇게 무너뜨릴 수 있다는 걸, 그때 처음 경험했습니다. 이분은 경관식으로만 식사를 하시는 분입니다. 모든 음식이 액체가 되어야만 겨우 섭취가 가능합니다. 그 외의 '음식'은 전부 꿈과 같습니다.

식사 시간이 오면, 저는 늘 조심합니다. 음식을 옆에서 먹을 땐 되도록 고개를 돌리고, 눈이 마주치지 않기를 바라며 조용히 삼킵니다. 하지만 아무리 조심해도, 결국 마주칠 때가 있습니다. 그때마다 제 마음은 고의는 아니지만 고문을 가하는 자처럼 무너지게 됩니다.

그날, 그가 종이에 적어 건넨 '모시떡'이라는 말은 그저 떡 한 점이 아니었습니다. '먹고 싶다'는 감정. '같이 먹고 싶다'는 연결의 의지. 그리고 '다시 그날이 오기를 바라는 소망'이 한 문장 안에 다 들어 있었습니다. 저는 아무 말도 하지 못했습니다. 억지로 웃어 보이려 했지만 입꼬리는 움직이지 않았고, 무슨 말을 건네야 위로가 될 수 있을지 도무지 감이 잡히지 않았습니다. 결국 제가 꺼낸 말은 "먹을 수 있어요. 아무리 늦어도 2년 안에는 말입니다."였습니다. 위로인지 막말인지 모를 말이었습니다.

그 말을 내뱉는 순간, 스스로도 제가 참 야속하게 느껴졌습니다. 현실은 냉정하고, 그 분의 상태는 이미 그러기 쉽지 않다는 걸 제가 제일 잘 아는데, 무슨 근거로 그런 말을 했을까요? 그냥, 말문이 막혀서였고 어떤 말이라도 해야 할 것 같아서였습니다. 사실 저는 지금도 생각합니다. 그 순간, 저는 어떤 말을 했어야 했을까요? 그에게 필요한 건 희망이었을까요, 공감이었을까요, 아니면 침묵이었을까요? 그냥 울고 말지, 왜 쓸데없는 말을 했을까. 이런 자책이 하루 내내 제 곁을 맴돌았습니다.

식사 시간. 누군가에게는 피곤한 루틴이고, 누군가에게는 잠시의 즐거움이며, 누군가에게는 도저히 넘을 수 없는 벽입니다. 그 벽 앞에서 저는 너무 자주 제가 가진 것들 앞에서 미안해하고, 가지지 못한 그들의 마음에 등을 돌린 것 같아 죄스러워집니다.

병실에서의 하루하루는 이렇게 작고도 큰 일들로 채워져 갑니다. 작은 종이 한 장, 한 줄의 문장, 그리고 삼켜지지 않는 눈물 한 방울이 오늘을, 이 마음을, 깊고 조용하게 흔들어 놓습니다.

먹는 일에 깃든 온기

요양병원이라는 작은 세계에는 다양한 사람들이 존재합니다. 의사, 간호사, 원무과 직원, 재활치료사, 미화 및 시설 담당자, 식당 관계자들이 병원의 골격을 이루고 있다면, 그 안에는 환자와 보호자 그리고 우리 같은 간병인이 함께 숨 쉬고 있습니다. 간병인은 크게 두 부류로 나뉩니다. 한 사람을 밀착해 돌보는 일대일 간병인과 병실 전체를 돌보는 공동 간병인입니다. 저는 공동 간병인으로서, 병원에서 제공하는 식판으로 식사를 할 수 있습니다. 물론, 이 식사가 입맛에 맞는 날은 그리 많지 않습니다.

환자를 위해 철저히 계산된 식단이라 더더욱 그러합니다. 그도 그렇지만 입이 짧은 저는 한 두 가지 반찬만 건드리고는 컵라면이나 빵으로 끼니를 때운 날도 허다합니다. 반면, 일대일 간병인들은 식판이 아닌 밥공기만 제공받습니다. 이 때문에 병원 복도의 탕비실은 자연스레 '간이 주방'이 됩니다. 간병인과 보호자들이 각자의 반찬통을 꺼내 조리하고 데우는 모습은 마치 병원 안의 작은 식당

같기도 합니다. 그만큼 '먹는 일'은 이곳에서 가장 현실적이고 민감한 관심사입니다.

하지만 그런 제게도 뜻밖의 호사를 누릴 시간들이 있었습니다. 한 환자의 보호자분이 저를 유난히 살갑게 챙겨 주셨습니다. 집에서 직접 담근 김치를 챙겨 주시기도 하고, 동네 반찬가게에서 반찬을 사다 주시기도 했습니다. 덕분에 간병인이라는 틀 안에서도 저는 집보다 더 잘 먹는 날들이 많았습니다.

앞 병실의 중국 국적 간병인은 제 반찬상을 부러운 눈빛으로 바라보며 "너무 맛있어 보인다."고 자주 말했습니다. 그는 여건이 안돼서 늘 같은 반찬으로 식사를 하던 터라, 제 반찬은 그야말로 부러움의 상징이었습니다. 솔직히 말하자면, 반찬이 남아 돌아서 버린 날도 있었습니다. 그럴 땐 죄송스럽기도 했지만, 감사한 마음이 더 컸습니다.

간병 생활은 단조롭습니다. 그리고 외롭습니다. 하루 내내 있다 보면, 누군가 가져다 놓은 간식 하나, 봉지 과자 하나, 잘 익은 과일 몇 조각이 살맛을 채워 주는 온기가 됩니다. 제 침상에는 간이 밥상인 작은 플라스틱 상이 항상 놓여 있고, 그 위에는 어느새 간식이 올려져 있습니다. 누가 두고 갔는지는 알 수 없어도, 그 마음만은 분명히 느낄 수 있습니다.

그렇게 고마운 보호자 중 한 분과는 가족처럼 가까워졌습니다. 엄마보다, 아내보다도 저를 더 챙겨 주는 그 마음에 저는 자꾸만 죄송해졌습니다. 그분이 하신 말씀이 잊히지 않습니다. "이전에는 마음 터놓고 이야기할 사람이 없었어요. 그래서 더 반가웠던 것 같아요." 그 말에 마음이 울컥했습니다. 같이 일탈도 했습니다. 일탈이라고 해 봐야, 남몰래 나눈 맥주 한 캔 정도입니다. 하지만 그 짧은 순간 의 자유는 이 생활을 견디게 해 주는 짜릿한 숨구멍이었습니다.

간병인이 환자만 돌보는 게 아닙니다. 어쩌면 우리는 서로를 돌 보고, 위로받으며, 치유받고, 인간으로서의 온기를 나누고 있는 것 인지도 모릅니다. 저는 이 병원에서 음식을 통해 참 많은 호강을 누 렸습니다. 몸도 마음도, 그 온기 속에서 많이 나아진 듯합니다. 매 끼니가 주는 고마움, 그 사소한 배려와 나눔 속에서 오늘도 저는 이 일을 계속해 나갈 이유를 배웁니다. 감사합니다. 정말, 고맙습니 다. 그 이름 모를 반찬통 위의 마음들에.

뒤늦은 밥 한 숟가락

저희 어머니도 요양원에서 생의 마지막 시간을 보내셨습니다. 그 전까지는 집에서 모시려고 애를 썼지만, 치매 증세가 심해지면서 제 힘으로는 도저히 감당할 수 없었습니다. 그래서 결국 조그마한 사찰에서 운영하는 요양원에 모실 수밖에 없었습니다.

그때 저는 너무 바빴습니다. 바쁘다는 핑계로, 멀다는 이유로 어머니를 찾아뵙는 일은 점점 줄어들었습니다. 소식은 누님을 통해 전해 듣기 일쑤였고, '조만간 내려가야지.'라는 말만 입버릇처럼 되뇌다 결국 그렇게 보내 드렸습니다. 그때는 몰랐습니다. 요양병원에서 간병사로 일하기 전에는, 제가 얼마나 무심했고, 얼마나 큰 잘못을 했는지. 그런데 이곳에서, 남의 어머니에게 밥을 떠먹여 드리는 지금에서야 뒤늦게 그 마음이 밀려왔습니다. 그분을 향해 "할머니, 저는 우리 엄마한테 밥 한 숟가락 떠드린 적이 없어요."라고 말씀드리는데, 눈물이 핑 돌았습니다. 미안함, 아쉬움, 후회가 뒤섞여 가슴 한편이 무너져 내렸습니다.

그 말을 들은 할머니는 "우리 아들도 한 번도 밥을 떠먹여 준 적 없어, 불효자식이지." 하시며 쓰게 웃으셨습니다. 저는 애써 웃으며 "원래 아들들은 다 그래요. 하지만 나중엔 저처럼 후회하게 될 거예요."라고 말했습니다. 그 대화를 듣고 있던 옆 병실 보호자분이 제 모습을 사진으로 찍어 아들 내외에게 보여 줬다고 합니다. 그 다음 면회 때부터는 그 아들이 어머니 식사를 도와드리는 기적 같은 장면이 펼쳐졌습니다. 불효자 하나 줄였다는 생각에, 이 일에 보람을 느낍니다.

병원 생활을 하다 보면, 가장 당연했던 것들이 얼마나 소중했는지를 알게 됩니다. 예컨대, '내 손으로 밥 한 끼 먹을 수 있는 것.' 손에 힘이 없어 숟가락을 겨우 움직이는 어르신도 계시고, 아예 다른 사람이 떠먹여 줘야 하는 분도 많습니다. 그래서 간병인에게 식사 보조는 시간도, 마음도 많이 드는 일 중 하나입니다. 식사 준비와 정리를 하다 보면 제 식사는 식어 있거나, 결국 컵라면이나 간식으로 대신하는 날이 많습니다. 하루이틀이면 괜찮지만, 이 일이 쌓이면 지치기 마련입니다. 그럼에도 불구하고, 저는 누군가의 어머니가 되신 이분들에게 한 끼 한 끼 최선을 다합니다. 아마도 그것은 제가 저희 어머니에게 미처 하지 못한 것들에 대한 뒤늦은 속죄일지도 모릅니다.

어머니는 요양원에서 여섯 달을 지내고, 돌아가시기 전 응급실로 실려 갔습니다. 병원에서 "마지막 인사를 하라"는 연락을 받고 내려갔습니다. 누님이 "막내 왔네."라고 말하자, 어머니의 눈에서 눈물이 흘렀습니다. 그 모습을 보고 저는 차마 해서는 안 될 말을 내뱉고 말았습니다. "엄마, 이제 그만 내려놓고 가세요. 너무 힘들잖아." 지금은 익숙하지만, 그때 처음 본 산소 호흡기와 온갖 주렁주렁 달린 기계들이 너무 낯설고 고통스러워 보였기 때문입니다. 저는 어머니 손을 꼭 잡고, 그저 곁에 앉아 있었습니다. 그날 밤, 원장님은 앞으로의 일은 아직 모른다고 말씀하셨고, 저는 서울로 돌아왔습니다. 집에 도착해 맥주 한잔을 들고 있는데, 전화벨이 울렸습니다. 새벽의 전화는 언제나 예감처럼 다가옵니다. 어머니는 정말 그 말을 듣고, 생을 내려놓으셨습니다.

지금도 가끔 생각합니다. 제가 그 말을 하지 않았다면 어머니는 좀 더 머물러 주셨을까? 아무리 시간이 흘러도, 그 말은 제 가슴 깊은 곳에 죄처럼 박혀 있습니다. 그래서 저는 말하고 싶습니다. 아직 부모님이 살아 계시다면, '나중에'라는 말은 버리라고요. 지금, 오늘, 바로 지금 할 수 있는 일을 하라고요. 기다려 주시지 않습니다, 그분들은. 그리고 저처럼 후회하는 아들이 되지 않기를 간절히 바랍니다.

죽 한 순갈의 기적

최근 저희 병실에는 말기 암 투병 중인 한 남성 환자가 들어왔습니다. 입원 목적은 병의 치료가 아닌, 통증 완화. 그 말은 곧, 치료의 가능성보다는 마지막 시간을 덜 아프게 보내기 위한 입원이라는 뜻입니다.

그분은 하루 내내 약물과 통증 사이를 오갑니다. 삶과 죽음의 경계선 위에서 그날그날을 버티듯 살아가는 모습입니다. 밥 대신 죽이 식판에 놓이지만, 그마저도 몇 순갈 넘기지 못합니다. 입에 넣은 음식은 금세 메스꺼움으로 되돌아옵니다.

그런데 이상하게도, 제가 숟가락을 들면 조금 다릅니다. 몇 순갈은 훌쩍 넘기고, 때로는 한 공기를 거의 다 비우기도 합니다. 그분의 아내도 여러 번 시도하지만 결과는 미미합니다. 어쩌면 너무 가까운 사람이라 더 어려운지도 모르겠습니다. 애틋함이 오히려 부담이 되고, 안쓰러움이 먹는 이의 입맛을 떨어뜨리기도 하니까 말입니다.

저는 조심스럽게 이야기를 꺼냅니다. 그가 젊었을 때 일구었던 사업 이야기, 지역 사회에서 얼마나 영향력 있었는지, 얼마나 사람들이 그를 믿고 따랐는지. 그의 눈빛이 달라집니다. 입가에 묻은 죽보다 더 따뜻한 미소가 번진다는 것을 느낍니다. 말이 터지고, 기억이 터지고, 자존감이 피어오릅니다.

"그땐 정말 잘나가셨던 거네요?" 말끝을 그렇게 이어 주면, 죽어 있던 눈빛이 다시 한번 반짝입니다. 입술이 움직이고, 미소가 번지며, 말수가 점점 많아진다는 것을 확인합니다. 그리고 저는 그 사이사이에 죽 한 숟갈을 조심스럽게 떠 드립니다.

그분은 그걸 모릅니다. 아니, 의식하지 못합니다. 지금 밥을 먹고 있다는 사실을 잠시 잊습니다. 기억의 회랑을 걷고 있기 때문입니다. 생의 가장 찬란했던 순간을 돌아보며, 고통을 잠시 내려놓는 것입니다.

그 몇 숟갈이 한 사람에게는 하루를 지탱해 주는 유일한 에너지가 됩니다. 때론 육체보다 마음이 먼저 먹어야만, 위장도 움직이는 것인지도 모릅니다. 죽이 아니라, 기억을 떠먹여 드리는 일인지도 모른다는 것을 깨닫습니다.

저는 이 작은 요령이 정답이라고 말하고 싶지 않습니다. 하지만, 적어도 한 사람의 식사를 끝낼 수 있게 해 주는 따뜻한 방법임은 확신합니다. 병원이라는 공간에서 '식사 수발'은 단순히 밥을 먹여 주는 일이 아닙니다. 그건 생의 마지막 끝자락에서 누군가의 삶을,

고통 속에서도 한 번 더 이어 주는 일이기도 합니다.

죽 한 숟갈의 무게는 가볍지만, 그 안에 담긴 의미는 결코 가볍지 않습니다. 진심을 담아, 온기를 담아, 삶을 다정하게 지탱해 주는 일입니다.

내일도 저는 또 그 숟가락을 들 것입니다. 제 이야기가, 제 손길이, 누군가의 입속에 온전히 담기기를 바라며. 그 한 숟갈이 다시 하루를 열어 주기를 바라며. 진심을 다해, 오늘도 저는 또다시 떠올립니다. 그의 삶과 기억과, 따뜻한 죽 한 숟갈을.

간병인의 일탈,
작지만 소중한 숨구멍

요양병원이라는 공간은 매일 반복되는 일정 속에서 정해진 틀에 맞춰 살아가는 곳입니다. 아픈 사람은 물론이고, 그들을 돌보는 간병인들도 다르지 않습니다. 매일 아침부터 밤까지 환자의 식사, 약, 위생, 치료, 이동 등을 챙기며 정신없이 하루를 보냅니다. 이쯤 되면 사람도 기계처럼 움직이는 법을 배웁니다. 하지만 간병사도 결국 사람입니다. 숨을 쉬어야 하고, 웃을 줄 알아야 하며, 때로는 벗어나야만 견딜 수 있습니다. 그래서일까요? 간병사들 사이에는 '일탈'이라는 단어가 꽤나 소중한 의미로 다가옵니다.

가장 '공식적인' 일탈은 바로 대근을 이용한 휴가입니다. 대근, 즉 대리 근무자를 통해 며칠 간의 자유를 얻는 것입니다. 보통은 4~5일, 길면 한 달까지도 쉽니다. 장기 휴가는 대부분 중국 동포 간병인들이 사용하는 경우가 많습니다. 그들 중 상당수는 가족을 한국에 두고 생활하지만, 취업 비자 연장이나 개인적 사유로 고국을 방문하기도 합니다. 같은 병원에서 부부가 간병인으로 일하는 경우도 있고, 병원이 달라도 서로 대근 일정을 맞춰 함께 쉬는 부부도 있습니다. 나름대로의 리듬이 있는 셈입니다.

하지만 오늘 제가 말하고 싶은 건 비공식적인 일탈입니다. 누가 허락해 준 것도 아니고, 대체 인력이 투입된 것도 아닌, 그저 삶의 무게를 잠시 내려놓기 위한 아주 작고 소박한 '탈선'입니다.

그 첫 번째는 바로 '술'입니다. 대부분의 남성 간병인들이 그렇듯, 저도 간병 일을 하기 전까지는 일주일에 서너 번은 술자리를 가졌던 사람입니다. 처음 이곳 생활에 적응할 땐 술 생각이 아예 나지 않았습니다. 매일 밤 녹초가 되어 쓰러지듯 잠들었고, 병원이라는 공간의 특성상 입에 술을 댄다는 건 상상도 하기 어려운 일이었습니다. 그러나 사람은 적응의 동물입니다. 시간이 흐르면 사교 활동도 하게 되고, 생일이나 특별한 일정에 따라 참석해야 하는 모임도 생기기 마련입니다. 이곳도 다 '사람 사는 공간'이기 때문입니다.

제가 찾아낸 일탈의 시간은 저녁 8시 30분부터 9시 50분까지, 정확히 1시간 20분 동안입니다. 병원 규정상 9시에 소등이지만, 저희 병실은 조금 빨리 불을 끕니다. 저는 그 시간 안에 모든 간병 업무를 마치고 유튜브나 영화를 보며 쉬곤 합니다. 하지만 '이벤트 있는 날'이면 미리 약속된 몇 명과 병원 후문을 빠져나가 근처 음식점으로 향합니다. 맛있는 안주에 시원한 생맥주 한잔. 그 시간이 그렇게 짜릿할 수가 없습니다. 세상 가장 값진 호사처럼 느껴집니다.

문제는 다시 병원으로 복귀할 시간입니다. 후문은 밤 10시에 잠기기 때문에 아무리 늦어도 9시 50분에는 들어와야 합니다. 그래서 우리는 조용히, 간격을 두고 흩어져 병원으로 들어갑니다. 간호사실을 통과해야 하기에 조심스럽게 움직이지만, 사실 간호사들도 눈치챘을 것입니다. 그래도 다들 눈감아 줍니다. 아마도 자주 그러지 않으니까, 그리고 누구보다 간병인의 고됨을 알기 때문일 것입니다.

더 짧은 일탈도 있습니다. 병원 근처에 야외 테이블이 있는 편의점을 발견한 이후, 문자 한 통으로 의사를 묻고 생맥주 한두 캔을 들이켜는 시간. 30분 남짓한 시간. 병원에서는 아무도 눈치채지 못합니다. 그 짧은 틈에서 웃고, 털어 내고, 다시 돌아와 무표정한 간병인의 얼굴을 합니다.

그렇다고 매일같이 그런 일탈을 꿈꾸는 것은 아닙니다. 한 달에 한 번 있을까 말까 한 일입니다. 그러나 그 한 번이 사람을 다시 일으켜 세웁니다. 24시간 내내 타인의 삶을 돌보는 사람에게도 숨구멍은 필요합니다. 무너진 감정을 붙잡고, 다음 날 다시 평정심으로 돌아가기 위한 스스로에게 주는 조그마한 상입니다.

누가 보면 철없다 할지도 모릅니다. 병원에서 술이라니, 간병인이 그럴 수 있느냐고 말입니다. 하지만 이 일을 해 보니 알 것 같습니다. 간병인도 숨 쉬는 존재이며, 견디는 사람이라는 점을 배웁니다. 간병인의 일탈은 도피가 아닙니다. 그건 스스로를 지키기 위한 방어입니다. 그리고 그 방어가 있어야만, 다시 환자 앞에서 따뜻한 손을 내밀 수 있습니다.

그러니 누군가 간병인의 짧은 외출이나 조용한 음주를 눈치채더라도, 그들이 지친 하루를 조금 더 견디기 위한 작은 숨구멍이었다고 생각해 주었으면 합니다. 우리는 일탈을 통해 더 나은 간병인이 되어 돌아옵니다. 그것이 제가 이곳에서 배운 가장 인간적인 진실입니다.

막걸리 한잔의 위로

결국 저는 조심스레 금기의 선을 넘고 말았습니다. 요양병원에서 절대 금지된 것 중 하나가 바로 술입니다. 특히나 환자에게 술을 권한다는 것은 간병사로서 있을 수 없는 일입니다. 하지만 그날, 저는 조금 다른 마음이 들었습니다.

이곳에서는 매일이 비슷한 날입니다. 아픈 몸을 일으켜 식사를 하고, 치료를 받고, 약을 챙겨 먹고, 잠드는 것. 어제와 오늘이 다르지 않고, 내일도 별반 다르지 않다는 걸 아는 사람들에게 하루는 그저 '시간'이 아닌 '인내'에 가깝다는 것을 깨닫습니다. 그런 하루를 묵묵히 견디는 어느 구순의 할머니가 문득 말씀하셨습니다.

"막걸리 한잔이, 참 그립다."

그 말은 마치, 오래된 흑백사진 속 한 장면을 꺼내듯 조심스럽고 애틋했습니다. 술을 좋아하시던 분이었는지, 아니면 그냥 인생의 끝자락에서 어릴 적 기억을 더듬고 싶으셨던 건지 알 수 없었습니다. 저는 웃으며 넘겼지만 그날 밤, 이상하게 마음 한쪽이 오래도록 젖어 있었습니다.

다음 날, 할머니의 따님이 병문안을 오셨습니다. 저는 조심스레 그날 이야기를 꺼냈고, 따님은 한참 생각 끝에 말씀하셨습니다. "종이컵 반잔 정도라면, 오히려 위안이 될 수도 있을 것 같아요. 괜찮으시다면, 부탁드려도 될까요?"

그 말에 저는 더 깊이 고민에 빠졌습니다. 간병사로서 지켜야 할 선, 병원이라는 특수한 공간 그리고 제 양심. 하지만 그날 밤, 저는 결국 근처 마트에서 막걸리 한 병을 사 들고 병원으로 돌아왔습니다.

할머니가 주무시기 전, 조용히 다가가 종이컵에 절반쯤 막걸리를 따랐습니다. 그걸 받아 드시던 할머니의 얼굴에는, 오래도록 보지 못했던 생기가 어려 있었습니다. "아이고, 이 맛이지. 진짜 맛있다." 몇 모금, 정말 몇 모금뿐이었지만 그분에게는 충분했던 모양이었습니다.

저는 마치 큰 죄를 지은 사람처럼 마음이 무거웠지만, 동시에 어딘가 모르게 따뜻한 기분도 들었습니다. 막걸리 한잔이 누군가의 삶에 잠시나마 위로가 된다면, 그건 단순한 음료 이상의 의미일 것입니다.

그날 밤, 남은 막걸리의 마무리는 제가 했습니다. 불을 끄고 조용히 앉아 한 모금 마셨습니다. 병원 안, 침묵의 공기 속에서 저 역시도 그 한 모금에 위로를 얻고 있었는지도 모르겠습니다.

다음 날 아침, 혹시 무슨 일이 있었을까 불안한 마음으로 병실을 살폈습니다. 할머니는 평소처럼 조용히 일어나셨고, 저는 안도의 숨을 내쉬었습니다. "할머니, 어제 괜찮으셨어요?", "응. 오늘도 또 한잔하고 싶은데?" 그 말씀에 저는 웃으며 대답했습니다. "그건 다음에, 아주 특별한 날로 남겨 두기로 해요."

병원은 하고 싶은 걸 다 할 수 없는 곳입니다. 술은 말할 것도 없습니다. 그러나 누군가의 '삶의 기억'이 담긴 한잔을 함께 나누는 일은, 때로는 규칙보다 따뜻한 위로가 될 수 있지 않을까 싶습니다.

그렇게 저의 작은 일탈, 막걸리 반입 사건은 조용히, 그리고 따뜻하게 막을 내렸습니다. 제게도, 할머니에게도 잊지 못할 '작은 축제'처럼 말입니다.

만두 한 알에도 이별이

살아가는 동안 피할 수 없는 일이 있습니다. 바로 이별입니다. 사랑하는 사람과의 이별은 때로는 선택이지만, 부모님과의 영원한 이별은 누구에게나 주어진 운명입니다. 요양병원이라는 공간에 몸을 담은 뒤, 저는 그 이별을 더 자주, 더 가까이 마주하게 됩니다.

병원에서의 이별은 두 가지로 나뉩니다. 하나는 기쁜 이별, 또 하나는 가슴 아픈 이별입니다. 기쁜 이별은 병이 회복되어 집으로 돌아가는 환자와의 작별입니다. 그럴 땐 기꺼이 축하의 박수를 보낼 수 있습니다. 며칠 전까지만 해도 움직이지 못하던 분이 스스로 옷을 챙기고 휠체어를 밀며 퇴원하는 모습을 보면, 저도 덩달아 어깨가 들썩이는 것을 느낍니다.

그러나 그런 이별만 있는 것은 아닙니다. 간병 생활이 길어질수록 '가슴 아픈 이별' 앞에서는 여전히 내성이 없습니다. 며칠 전까지만 해도 "오늘 뭐 먹지?"를 고민하던 분이, 하루 만에 사경을 헤매게 되는 일을 몇 번이나 목격했지만, 그럴 때마다 저는 얼어붙은 듯 입을 다뭅니다. 간호사들은 담담하게 보호자에게 말합니다. "마지막이 될 수도 있으니, 올 수 있는 분은 지금 오시라고 하세요." 그 말은, 이별의 문이 이미 열렸다는 뜻입니다.

그 순간 저는 숨고 싶어집니다. 슬픔을 감추려 애쓰는 가족들의 눈빛 속에서, 체념과 안타까움이 얽혀 있는 걸 봅니다. 그러면 저도 모르게 눈가가 붉어집니다. 얼마 전까지만 해도 함께 웃고, 장난도 나누던 환자였습니다. 그토록 선명했던 일상이 너무 순식간에 무너지는 광경을 받아들이기란, 여전히 어렵습니다.

그분은 식사량이 줄며 입맛을 잃은 상태였습니다. 휴가를 다녀온 뒤, 저는 식사 시간에 무엇을 먹고 싶은지 조심스레 물었습니다. "할아버지, 뭐 드시고 싶으세요? 제가 사 올게요." 햄버거, 샌드위치, 김밥… 고개를 저으시던 그분에게 옆 환자가 "만두는 어때요?" 하고 묻자, 할아버지는 처음으로 고개를 끄덕였습니다. 고기 만두를 사 들고 병실로 달려오는 제 발걸음이 그렇게 가벼웠던 적이 있었을까요? 정말 오랜만에 보았던 그분의 '식욕'은 제게 작은 희망처럼 느껴졌습니다.

고기 만두 두 개를 순식간에 드셨고, 저는 흐뭇한 마음으로 다시 만두를 사러 갔습니다. 이후에도 아침, 점심, 저녁으로 만두만 드셨습니다. 질리지도 않나 싶어 웃음이 나기도 했지만, 그것이 그분의 마지막 식사가 될 줄은 몰랐습니다. 어제, 갑자기 상태가 급변했습니다. 그분은 고열과 혼돈 속에 중환자실로 이송되었습니다.

저는 한밤중에 몰래 병실을 다녀왔습니다. 이렇게 급작스럽게, 말도 안 되는 이별이 찾아올 줄은 정말 몰랐습니다.

생각이 꼬리에 꼬리를 물었습니다. 제가 만두를 사 드린 게 원인이 된 건 아닐까. 혹시, 그것이 병세를 악화시킨 건 아닐까. 별의별 후회와 가정이 머릿속을 떠나지 않았습니다. 상급 병원으로의 전원도 불가능했습니다. 연명 치료를 원치 않는다는 본인의 선택 때문이었습니다. 그 선택이 틀렸다고 말할 수는 없지만, 저는 안타까움을 감출 수 없었습니다.

그래도 오늘 새벽, 조용히 병실을 다녀왔습니다. 불 꺼진 병실 안, 낮은 숨소리와 기계음 사이로 저는 기도하듯 속삭였습니다. "괜찮으실 거예요. 다시 만두 드시게 될 거예요." 문득, 오래전에 읽었던 문장이 떠올랐습니다. "신은 인간에게 내일을 약속한 적이 없다." 그 문장이 그 어느 때보다도 가슴 깊이 내려앉았습니다. 그래서 우리는, 오늘이라는 하루를 더 정성스럽게 살아야 합니다. 때론 작고 평범한 일상 '만두 한 알에도' 이별이 스며 있을 수 있음을 깨닫습니다.

3장

병실이라는 사회: 희로애락

병실,
각각의 소우주

요양병원의 하루는 생각보다 조용하지 않습니다. 아니, 조용한 듯하면서도 늘 어딘가에서 작은 소란들이 피어납니다. 저희 병실도 그렇습니다. 다섯 개의 침상, 다섯 사람의 삶이 조용히, 그러나 분주히 제각각 돌아가고 있습니다.

예전 병원이라면 텔레비전 한 대가 병실의 중심을 지켰을 것입니다. 그 앞에서 같은 드라마, 같은 뉴스를 함께 보며 시간을 보내던 풍경. 지금은 다릅니다. TV는 그저 벽에 붙은 채 혼자 외롭게 떠들고 있을 뿐, 누구 하나 제대로 귀를 기울이지 않습니다.

며칠 전까지만 해도, 한 어르신은 매일같이 〈야인시대〉와 〈대조영〉을 반복해 보셨습니다. 같은 장면을 하루에도 몇 번씩 보며 무언가를 되새기듯, 혹은 잊지 않기 위해서인 듯 눈을 떼지 않으셨습니다. 저는 이유를 물어보지는 않았습니다. 어쩌면 그 반복이 어르신에겐 하나의 의식 같았을지도 모른다는 것을 느낍니다.

지금 저희 병실의 TV는 다시 말없이 돌아갑니다. 대신 침상마다 각자의 '우주'가 열립니다. 누군가는 하루 종일 유튜브 속 먹방과 여행 영상을 틀어 놓고, 또 다른 누군가는 핸드폰으로 트로트를 크게 틀어 놓습니다. 이어폰은 귀찮다는 듯 늘 멀리 떨어져 있습니다. 각자의 소리가 병실을 자유롭게 넘나듭니다.

"이렇게라도 시간이 흘러가야 하니까." 말은 안 하지만, 모두가 그 마음일 것입니다. 병원 생활은 단순합니다. 먹고, 자고, 싸고, 다시 먹고, 자는 일의 반복. 의식이 또렷한 분들은 그래도 영상을 보거나 음악을 들으며 그 틈을 채웁니다. 조금 더 앞서 나간 분들은 태블릿 PC를 거치대에 고정시켜 영화를 보고, 뉴스를 챙깁니다. 그 풍경은 어쩌면 일상 속 '디지털 생존기'인지도 모르겠습니다.

저는 그런 틈틈이 짬을 내어 책을 읽습니다. 글도 씁니다. 글자들을 가만히 엮어 가다 보면 제가 이 안에서 어떤 방향으로 살고 있는지 돌아보게 됩니다. 시간이 흐른다는 건, 단순히 시곗바늘이 움직이는 일이 아니라, 그 속에서 제가 '나'를 잃지 않는 일이라는 것을 알고 있습니다.

하지만 모두가 그럴 수 있는 것은 아닙니다. 스스로 손 하나 까딱할 수 없는 분들, 치매로 기억이 희미해진 분들, 뇌 손상으로 현실과 환상을 오가는 분들은 매일같이 짐을 쌌다 풀었다 합니다. "집에 가야 해요." 그 한마디가 하루에도 수없이 반복됩니다. 마치 시지프스가 돌을 굴리듯, 그분들의 하루도 끝나지 않는 반복으로 점철됩니다.

섬망이 심한 분은 한밤중에도 환청과 환영 속을 떠돕니다. 가족 이름을 부르며, 누군가를 꾸짖기도, 간곡히 애원하기도 합니다. 그 모습을 보고 있으면 마음 한구석이 묵직해집니다.

다섯 개의 침상, 다섯 명의 우주. 그곳에선 유튜브 소리, 뽕짝 멜로디, 고요한 숨결, 낮잠 속 코 고는 소리까지 뒤섞여 매일이 작은 합주처럼 흘러갑니다. 그러다 식사 시간이 되면 모두가 신기할 정도로 한마음이 됩니다. 침상에서 일어나 조용히 식판 앞으로 몸을 일으킵니다. 아무리 지루하고 피곤한 하루라도, 먹고사는 일만큼은 놓칠 수 없는 것임을 깨닫습니다.

이후 저는 그 틈에도 조용히 글을 씁니다. 책을 읽습니다. 아주 짧은 짬일지라도, 제가 저로 있을 수 있는 시간을 붙잡습니다.

여긴, 다섯 개의 소우주가 돌고 있는 작은 우주입니다. 오늘도 서로 충돌하지 않기 위해 조심조심, 제각각 자전을 이어 가는 중임을 확인합니다. 그 안에서 저는, 조용히 저만의 궤도를 지켜보고 있습니다.

병실이라는 작은 사회에서

병원 생활을 하면서 절실히 느낀 것이 있습니다. 그건 다름 아닌, "좋은 동료 환자를 만나는 일이 치료만큼이나 중요하다"는 사실입니다. 몸이 아픈 것도 서러운데, 마음까지 다쳐야 한다면 과연 그 병실이 치유의 공간일 수 있을까요? 실제로 요양병원에서의 퇴원 사유 중에는 '병실 내 갈등'이 큰 비중을 차지한다고 합니다. 이해가 갑니다. 아프다는 이유만으로도 이미 지쳐 있는 사람들이 낯선 사람들과 좁은 공간에서 하루 종일 함께 지내야 한다는 건 쉽지 않은 일입니다. 더구나 그 갈등은 대부분 사소한 데서 비롯됩니다. 결국 '배려' 부족이 문제가 되는 것입니다.

저희 병실만 해도 그랬습니다. 가장 자주 갈등이 생기는 부분은 TV 시청 문제입니다. 병실 구조상 침대마다 TV 시청 환경이 다른데, 가장 좋은 자리는 언제나 '먼저 입원한 환자'의 차지가 됩니다. 처음에는 병원 측에 '침대를 주기적으로 순환 배정하면 어떻겠나'고 건의도 했지만, 현실적인 여건상 실행되지는 못했습니다.

TV 프로그램 선택 문제도 민감한 부분입니다. 인지 능력이 떨어지는 환자들만 있을 땐 갈등이 없지만, 퇴원과 입원이 잦은 병원 특성상, 인지 가능한 환자가 새로 입원하면 문제가 불거집니다. 저희 병실에서는 오랜 기간 입원했던 환자 한 분이 리모컨을 독점한 채 매일 사극만 시청하셨습니다. 이런 상황에서 새로 들어온 환자가 적응하기란 쉬운 일이 아닙니다.

한두 번 말로 건의하지만, 변화는 없습니다. 결국 지친 나머지 포기하고 복도의 공용 TV로 발길을 돌리게 됩니다. 이쯤 되면 그 환자의 시청권이 아니라 '횡포'에 가까움을 배웁니다. 볼륨 문제도 마찬가지입니다. 귀가 어두우신 환자분이 있어 볼륨을 아주 크게 올려 두시는데, 그게 병실 전체에 스트레스로 작용합니다. 다른 환자가 건의를 해 간호사실에서 볼륨을 낮춰 달라는 요청이 올 정도였습니다.

제가 환자였더라면 참지 않았을 것입니다. 하지만 간병인의 입장에서, 중간에서 조율은 할 수 있어도 강제할 수는 없는 위치임을 배웁니다. 분쟁이 커질 땐 수간호사님께 조정을 부탁드리기도 하지만, 시간이 지나면 다시 원래대로 돌아갑니다. 결국 배려를 모르는 한 사람 때문에 모두가 손해를 보게 됩니다.

"좋은 병실 동료를 만나는 것도 환자의 복이다." 이 말이 그냥 생긴 게 아닙니다. 다정한 인사 한마디, 볼륨 조절 한 번, 채널 양보 한 번만으로도 병원 생활은 훨씬 부드러워질 수 있습니다. 하지만 그게 지켜지지 않는 현실은 안타깝기 그지없음을 배웁니다.

병실도 작은 사회입니다. 그곳에서도 결국 사람과 사람 사이의 온기가 필요합니다. 그래서 오늘도 저는 다짐합니다. 제가 돌보는 이들에게만큼은, 단 한순간이라도 불편하지 않은 사람으로 남고 싶다고 말입니다. 왜냐하면, 아픈 몸보다 더 깊이 상처 나는 건 배려 없는 말과 태도라는 걸 알게 되었기 때문입니다.

병동에도 빌런은 있습니다

세상 어디든 빌런은 존재합니다. 직장에도, 동네에도, 모임에도, 병원에도 말입니다. 요양병원이라고 예외일 수 없습니다. 오히려 더 노골적이고 노련한 방식으로 존재감을 드러냅니다. '여기도 사람이 사는 곳이니까.'라고 넘기기엔, 그들의 존재는 때때로 너무 뚜렷하다는 사실을 알 수 있습니다.

가장 대표적인 빌런은 자신이 무엇이라도 되는 양, "병원비를 내고 있으니 내가 원하는 건 다 해 줘야 한다"고 주장하는 환자입니다. 간호사 호출벨을 마치 음식점 호출벨처럼 마구 누릅니다. 조금만 마음에 들지 않으면 고함이 따라붙고, 간호사와 간병사는 물론 가끔 들르는 옆방 간병사에게까지 끝없이 요구합니다. 새벽에도 예외는 없습니다. 아무리 간호사들이 근무 중이라 해도 밤새 '띵동' 울려 대는 벨소리는 공포에 가깝습니다. 이곳에서 새벽 벨소리는 단순한 요청이 아니라 '위급 상황'의 신호입니다. 그러나 이들은 그저 자신의 심심함이나 불편함을 해소하는 수단으로 호출벨을 사용합니다. 이쯤 되면 개인 간병인을 두는 것이 맞지만, 공동 간병실에 있으면서 모든 걸 다 해 달라고 하면, 결국 피해는 간병사에게 돌아갑니다. 그렇게 하루도 버티기 어려워 이직하거나 병원을 떠나는 간병사들을 저는 수없이 많이 봐 왔습니다.

두 번째 빌런은 분노를 통제하지 못하는 환자입니다. 자기 안의 불만이 차오르면, 반드시 그것을 '다른 사람에게' 퍼붓습니다. 어떤 트집이든 만들어 내 욕설과 짜증으로 풀어내고, 상대는 늘 옆 병실 환자나 간병사입니다. 한번은 병동 전체가 발칵 뒤집힌 사건이 있었습니다. 아흔을 바라보는 어르신과 말다툼이 벌어졌고, 결국 보호자가 원무과에 고소 이야기를 꺼낼 정도로 사태가 커졌습니다. 결국 제가 중재에 나서서 양측의 사과를 이끌어 냈지만, 가슴에 남은 찜찜함은 쉽게 지워지지 않았습니다. 그 원인을 물으면 어이없게도 이렇게 말합니다. "스트레스가 풀리잖아요." 다른 사람을 짓밟는 일로 자신의 감정을 푸는 일. 그 행위에 무감각한 사람들이, 생각보다 가까이 있다는 것을 깨닫습니다.

마지막 빌런은, 양심과 염치를 잃은 보호자들입니다. 공동 간병실에서 하루 3만 원의 간병비를 내며, 마치 일대일 간병 서비스를 요구합니다. 병원에 돈 내고 맡겼으니 다 알아서 하라며 고함부터 치고 봅니다. 간병사의 사정을 묻지 않고, 감정을 이해하려 들지 않으며, 오로지 "왜 이것도 안 해 주냐"고 시비를 겁니다. 정작 자기 부모를 위해서라면 개인 간병인을 두는 게 맞지만, 돈이 아깝다는 이유로 공동 간병에 맡긴 뒤에는, 모든 책임을 간병사에게 전가합니다. 자신은 물 한 컵도 떠 주지 않으면서 말입니다. 이런 보호자들이 한 병실에 꼭 한 명은 있습니다. 도움을 받는 이로서의 감사나 존중은커녕, 간병사를 자신이 고용한 하인처럼 대합니다. 그런 경우, 간병사들은 환자를 돌보려는 마음이 점점 식습니다. 사람이기에 어쩔 수 없는 일입니다. 기본적으로 해야 할 돌봄은 하지만, 마음이 움직여야 가능한 그 이상의 돌봄을 제공하려 하지 않습니다.

저는 늘 말합니다. "24시간 환자 곁에 있는 사람은 보호자가 아니라 간병사입니다." 그러니 간병사의 마음이 무너지면, 환자 역시 그 여파에서 자유로울 수 없습니다. 그럼에도 불구하고 스스로 발등을 찍는 이들을 보면, 그저 안타까울 따름입니다.

물론, 간병사가 환자를 괴롭히거나 구박하는 일은 거의 없습니다. 적어도 제가 아는 선에서는 그렇습니다. 하지만 이런 비상식적인 구조가 계속되면, 언젠가 마음에 금이 가고, 결국 부러질 수도 있음을 우려합니다.

빌런이 없는 병원은 존재하지 않습니다. 하지만 저는 바랍니다. 최소한 아픈 사람들끼리는 서로를 아프게 하지 않았으면 합니다. 그게 병원에서의 최소한의 예의가 아닐까 생각합니다.

기저귀 앞에서 인간을 다시 배웁니다

간병인의 하루는 몸으로 시작해 마음으로 끝납니다. 손끝으로 한 사람의 몸을 어루만지면서 동시에 그 사람의 시간을 들여다봅니다. 그리고 그 모든 시작과 끝에는 기저귀가 있습니다. 말은 짧지만, 그 안에 담긴 의미는 결코 가볍지 않습니다.

기저귀 교체는 병원에서 가장 기본적인 간병 업무입니다. 무심하게 "기저귀 갈아 드릴게요."라고 말할 수 있을지는 몰라도, 그 속에 담긴 손길은 결코 단순하지 않습니다. 저는 이 일을 시작하고서야 그 의미를 온전히 이해했습니다.

제가 맡은 병실에는 다섯 명의 환자가 있습니다. 그중 두 분만 기저귀를 사용하고, 나머지 두 분은 아직 스스로 대소변을 가릴 수 있습니다. 한 분은 복부에 인공항문이 있어 소변은 소변줄로 해결하지만, 대변은 별도의 봉투로 배출됩니다. 이 분을 돌볼 때는 특히 조심스럽습니다. 뱃살 가까이 붉은 점막이 드러난 인공항문은 작은 압력에도 예민하게 반응합니다. 저는 손끝의 감각을 최대한 집중하며, 마치 성물을 다루듯 그의 몸을 다룹니다.

하지만 이분은 단지 케어가 까다로운 환자만은 아니었습니다. 병원 안에서 '짜증맨'으로 불리는 분이었죠. 첫 마주침부터 쉽지 않았습니다. 새벽 다섯 시, 병실 청소를 위해 불을 켠 순간 날아든 짜증 섞인 목소리. "이 새벽에 불은 왜 켜! 사람 잠도 못 자게." 말투는 퉁명스러웠고, 표정도 험상궂었습니다. 순간 속이 끓어올랐고, 한 발도 물러서고 싶지 않았습니다. "저도 일해야죠! 그럴 거면 개인 간병인을 구하셔야죠." 그건, 제가 간병인이 되기로 한 이후 처음으로 감정을 표현한 말이었습니다. 저는 그냥 묵묵히 참는 사람이 아니라, 말할 줄 아는 인간으로 그 앞에 서고 싶었습니다.

그 뒤로도 자잘한 마찰이 계속되었습니다. 특히 불쾌했던 건 저를 부르는 방식이었습니다. "어이!" 제 이름도, 직업도 사라지고, 저는 그저 '어이'가 되어 버렸습니다. 그 말은 마치 존재를 지우는 주문 같았습니다. 처음엔 참았고, 두 번째도 삼켰지만, 세 번째에서야 조심스럽게 입을 열었습니다. "저는 간병인입니다. 이름도 있고, 직업도 있습니다. 그러니 그렇게 부르지 말아 주셨으면 합니다." 말끝은 낮췄지만, 마음은 단단히 먹었습니다. "앞으로도 계속 그렇게 부르시면, 저도 환자분을 그렇게 부를 수밖에 없을 것 같습니다. 서로 존중하는 게 우선 아닐까요?"

저는 알고 있습니다. 이전 간병인은 아무 말 없이 그 호칭을 받아들였을 수도 있습니다. 그러니 이분에게는 제가 유난스러워 보였을지도 모릅니다. 하지만 저는 그렇게 견디며 일하고 싶지 않았습니다. 간병인을 누군가의 하인처럼 여기는 행태를 이 사회 어딘가에서는 여전히 당연하게 여기고 있지만, 저는 그런 행태를 받아들일 생각이 없습니다. 간병은 감정을 들이는 일입니다. 말없이 손을 잡아 주고, 환자의 작은 눈짓 하나에도 반응해야 합니다. 하지만 그 감정이 무시당하는 순간, 저는 스스로가 사라지는 기분이 듭니다. 그래서 말했습니다. 저는 인간이고 싶다고.

그렇다고 제가 늘 잘하고 있는 것은 아닙니다. 솔직히 말하면, 아직도 기저귀를 갈 때면 긴장이 됩니다. 처음에는 기저귀의 구조조차 몰라 인터넷을 뒤졌습니다. 유튜브에서 '기저귀 가는 법'을 검색하며 영상을 반복해서 봤습니다. 속기저귀, 겉기저귀, 날개 접는 각도, 테이프 붙이는 위치까지 다 외운 듯했지만, 실제 상황은 완전히 달랐습니다. 환자는 영상 속 사람들처럼 얌전히 누워 있지 않았습니다. 몸은 뻣뻣했고, 때로는 거부했고, 때로는 아파했습니다. 몸을 들 수도, 움직일 수도 없는 환자를 돌보며 손끝 하나하나에 신경을 곤두세웠습니다. 하지만 조심할수록 자세는 어긋나기 마련이었습니다. 잘된 것 같은 날도 있었고, 어설픈 날도 있었습니다. 겉기저귀의 날개가 자꾸 비뚤어지거나 테이프가 제대로 붙지 않을 때면 나도 모르게 한숨이 새어 나왔습니다.

무엇보다 어려운 건 이 일을 누군가에게 묻기 힘들다는 점이었습니다. 다른 간병사에게 도움을 청하고 싶지만, 기저귀 교체는 환자의 가장 민감한 영역이라 누군가가 보고 있을 수도 없습니다. 결국, 스스로 익혀 나갈 수밖에 없습니다. 시행착오를 통해 익히고, 체득하며 하루하루를 쌓아 갑니다.

그래서 지금도 저는 '기본 중의 기본'을 연습 중인 초보 간병인입니다. 부족함을 인정할 수밖에 없습니다. 하지만 그 과정 속에서 저는 조금씩 배웁니다. 겉기저귀가 비뚤어질 때마다 '아직 멀었구나' 싶고, 환자가 얼굴을 찡그릴 때면 '조금 더 부드럽게 했어야 했는데' 하고 마음이 아립니다. 그 반복된 과정 속에서, 어설펐던 저의 손끝은 아주 조금씩 정성을 배웁니다.

기저귀를 가는 일. 누군가에겐 가장 하찮고 당연한 일이겠지만, 저는 그 안에서 사람을 배웁니다. 체온과 체취, 부끄러움과 자존심, 그리고 침묵 속에 숨겨진 수치심까지. 모든 것이 고요하게 녹아든 그 순간, 저는 가장 간병인다운 시간을 보냅니다. 어쩌면 저의 서툰 손길에도 환자들은 느끼고 있을 것입니다. 한 번이라도 덜 불편하게, 덜 부끄럽게 해 드리고 싶다는 제 마음을. 말로 표현하지는 않지만, 저 역시 그들의 시간 속에서 조심스럽게 함께 걷고 있다는 것을요.

저는 오늘도 기저귀를 갈고 있습니다. 이전보다 조금 더 익숙한 손놀림입니다. 그러나 여전히 조심스럽습니다. 이것은 단순히 몸을 닦고 기저귀를 씌우는 일이 아닙니다. 누군가의 마지막 자존을 지켜 주는 일이라는 걸 알기 때문입니다. 그리고 그 존엄성 앞에서 저는 매일같이 다시 인간이 됩니다.

속옷 한 장의 존엄

요양병원에서 일하며 처음 알게 된 사실이 있습니다. 사람에게 가장 마지막까지 남는 자존심은, 어쩌면 속옷 하나에 담겨 있을지도 모른다는 것입니다.

팬티. 태어나 처음 입은 건 기저귀지만, 마지막까지 입고 싶은 건 아마도 이 얇은 천 조각일 것입니다. 대부분의 사람은 이 평범한 일상 용품에 대해 깊이 생각하지 않습니다. 그저 습관처럼 입고 벗고, 빨고 맙니다. 그러나 이곳에서는 팬티 하나가 사람의 자존심을 건드리고, 삶의 질을 나누며, 인간으로 살아가는 마지막 경계가 됩니다.

병실에 있는 다섯 분 중, 한 분은 아직도 팬티를 입고 계십니다. 두 분은 팬티 기저귀를 착용하고, 나머지 두 분은 일반 기저귀를 사용 중입니다. 이 단순한 구분이 말해 주는 건 단지 위생 수준이 아닙니다. 누가 아직 스스로 대소변을 가릴 수 있는지, 누가 혼자 일어설 수 있는지, 누가 화장실로 걸을 수 있는지. 모든 것을 말해 주는 지표이자 상징입니다.

며칠 전, 새로운 할아버지 한 분이 병실에 입원하셨습니다. 입원 수속이 끝나고, 그분이 침대에 누워 처음 건넨 말이 "나는 그건 못 찹니다. 죽어도 못 차요."였습니다. '그것'이란, 물론 기저귀를 말합니다. 그 한마디에 담긴 감정의 깊이를 저는 압니다. 사람이라면 누구나 마지막까지 지키고 싶은 존엄이 있습니다.

그 할아버지는 매번 화장실에 가고자 하셨고, 저는 휠체어를 밀어 그분을 모셔다 드렸습니다. 한밤중에도, 새벽에도. 잠깐이라도 다른 일에 정신이 팔려 응답이 늦어지면 짜증이 섞인 목소리로 불평을 하시곤 했습니다. 그럴 때면 저도 피곤하고 힘들었지만, 그 마음이 이해되지 않는 건 아니었습니다. 누워서 아무 말 없이 기저귀에 대소변을 보는 것보다는, 겨우 두 다리를 움직여 화장실에 가는 것이, 비록 힘들고 위험해도 훨씬 인간다운 선택이라고 그분은 믿고 계신 것입니다.

모든 사람이 그런 감정을 똑같이 느끼는 건 아닐 것입니다. 하지만 확실한 건, 속옷 하나로도 누군가는 자존감을 간신히 붙들고 있다는 점입니다. 그 얇은 천 한 장을 벗는다는 건 단순히 옷을 갈아입는 일이 아니라, 삶의 자율성을 조금씩 내려놓는 일이기도 합니다. 그 순간만큼은 환자가 아닌 사람으로, 그분을 바라봐야 한다는 것을 저는 간병 일을 하며 배웁니다. 도움이 필요한 몸 앞에서도, 여전히 그 안에는 수십 년을 단정하게 살아온 한 사람의 역사와 자존감이 고스란히 담겨 있기 때문입니다.

간병인의 하루는 기저귀로 시작해 기저귀로 끝나는 날도 있습니다. 하루에 열 번도 넘게 환자의 대소변을 처리합니다. 그 냄새는 매번 다르고, 매번 새롭습니다. 누군가의 삶이 이렇게 배설로 점철될 줄은, 저도 간병을 하기 전에는 상상하지 못했습니다. 그러나 그 속에서도 저는 팬티 하나의 무게를 점점 더 깊이 이해하게 됩니다.

저는 이제 팬티를 다르게 봅니다. 그건 단순한 속옷이 아닙니다. 스스로의 삶을 조절할 수 있다는 증거이자 권리, 그리고 인간으로서 마지막까지 지켜내고 싶은 자존감의 상징입니다. 요양병원은 그 팬티가 얼마나 값진 것인지를 매일 일깨워 주는 곳입니다.

이 글을 쓰며 저는 스스로에게 묻습니다. "나는 지금 팬티 값을 하고 있는가?" 그 질문 앞에서 저는 한동안 말을 할 수 없었습니다. 왜냐하면, 팬티 값을 한다는 건 단지 몸을 잘 챙긴다는 의미가 아닙니다. 그건 곧, 사람답게 살아가기 위한 의지와 태도를 지니고 있느냐는 물음입니다. 그 물음은, 지금도 병실 어딘가에서 조용히 제 마음을 두드리고 있습니다. 저는 오늘도 누군가의 팬티를 지켜 주며, 저 자신도 언젠가 누군가에게 같은 방식으로 존중받기를 바라며, 조용히 하루를 보냅니다.

팬티 한 장이 이렇게 많은 것을 말해 줄 줄은, 저도 몰랐습니다. 간병인의 하루가 끝나는 오늘 밤에도, 저는 여전히 그 작고 고요한 존엄 앞에 숙연해집니다.

봄은 병원에도 옵니다,
그러나 조심스럽게

휴가를 떠났다가 돌아오는 길은, 언제나 조금 더 무겁습니다. 이 번에도 그랬습니다. 이틀만 더 쉬고 오려던 계획은 병원에서 들어온 긴급 호출에 멈춰 섰습니다. 빈 병실에 환자가 새로 입원했고, 새로운 간병인도 투입되었다는 소식이었습니다. 저로서는 복귀하지 않을 수 없는 이유였습니다.

들어오자마자 상황이 금세 파악됐습니다. 저희 병실은 안정기에 접어든 터라, 에너지를 다른 병실에 쏟을 여력이 충분했습니다. 협력해야 할 타이밍이었고, 저는 다시 저의 자리로 복귀했습니다. 새로 온 중국 국적의 간병인은 심성은 좋아 보이지만 아직 업무가 서툽니다. 제가 함께 조율해 가며 천천히 익숙해지도록 돕는 수밖에 없습니다. 매일 병실에 드나들며 환자들과 라포(rapport)가 조금씩 형성되어 가고 있습니다.

그런데 그 안에서 한 환자가 마음을 무겁게 만듭니다. 그 환자는 입원 첫날부터 경고장을 받았습니다. 다른 병실을 기웃거리다 1차

주의를 받았고, 이후에도 여성 관련 불편한 발언과 행동으로 여러 사람을 불편하게 만들고 있습니다. 여자 환자뿐 아니라, 여자 간병인도 함께 있는 상황이다 보니 그의 발언 하나에도 주변의 긴장도가 높아집니다.

그분은 나이가 지긋하신 어르신입니다. 겉으론 정정해 보이지만, 가까이서 보면 섬망 증상이 엿보입니다. 꿈과 현실이 섞여 있고, 말을 할 때 논리가 비약될 때도 많습니다. 그렇기에 언뜻 보면 농담처럼 들릴 말도 의도와 상관없이 심각한 상황으로 확대될 수 있는 위험이 있습니다.

요양병원에도 봄은 분명히 옵니다. 남녀 어르신들 사이에 작은 정이 오가는 모습도 종종 보입니다. 어쩌면, 병실에서의 삶이 길어질수록 더욱 그리워지는 건 손을 잡을 누군가, 곁을 지켜 주는 온기일지도 모릅니다. 그래서 저는 그분들 사이의 조심스러운 감정을 응원합니다. 그러나 그 선을 넘는 순간, 낭만은 위협이 되고, 호감은 불쾌함으로 바뀝니다.

추행은 용납될 수 없습니다. 그 누구도 자기 몸이 불편하다는 이유로 누군가의 안전을 침해할 권리는 없습니다. 병원이라는 울타리 안에서 일어난 일이 세상 밖으로 번져 간다면 그 피해는 오롯이 병원과 환자에게 돌아갈 것입니다.

저는 그분과 단둘이 앉아 지금의 언행이 어떻게 받아들여질 수 있는지 조심스럽게 말씀드렸습니다. 듣는 귀는 열려 있었고, 고개도 몇 번 끄덕였습니다. 하지만 그게 진심인지, 기억될 수 있는지, 아직은 알 수 없습니다. 그래서 더욱이 눈을 떼지 않고 지켜보는 일이 중요합니다.

정말이지, 저는 몰랐습니다. 요양병원에서 '이성 문제'가 고민의 한 중심이 될 줄은. 그러나 현실은 제 예상을 가볍게 뛰어넘습니다. 저는 남자이기에 이해할 수 있습니다. 몸은 늙었지만 마음은 늙지 않는다는 사실을. 욕망은 꺾이지 않고, 마음은 여전히 봄을 기다린다는 것을. 그러나 이해와 묵인은 다릅니다. 이곳은 치유의 공간이자, 보호의 공간입니다. 그래서 저는 누구보다도 안전과 존중을 우선순위에 둘 수밖에 없습니다.

저는 이 상황이 추측에 불과한 우려로 끝나기를 바랍니다. 그저 농담이었기를. 그저 외로움에 과장된 표현이었기를. 정말이지, 마음 깊이 그렇기를.

간병인의 일은 늘 인간의 본성과 마주하는 일입니다. 때로는 연민으로, 때로는 분노로, 그 리고 오늘처럼, 복잡한 이해와 조심스러운 염려로 하루가 흡릅니다. 병원 복도 밖에는 봄이 한창입니다. 그리고 병실 안에도, 아주 조심스러운 형태로 늙은 마음들의 봄이 오고 있습니다. 저는 그 봄이 누구도 다치지 않고 지나가기를 바랍니다. 조금 따뜻하고, 조금 조용하게 배웁니다.

병동에도 사랑은 피어난다

병원 생활을 하다 보면, 병동이라는 공간에서조차 사랑의 기운이 스며드는 순간이 있습니다. 사람들이 누워 있고, 먹고, 자고, 반복되는 단조로운 일상 속에서도 문득 따뜻한 시선이 오가는 장면에 마음이 멈칫합니다. 아, 여기도 사람이 살고 있구나. 여기도 누군가를 사랑하는 이가 있구나.

저는 간병인으로 지내며 이곳에서 많은 얼굴을 봅니다. 무표정한 얼굴, 통증에 지친 얼굴, 아무것도 기대하지 않는 듯한 얼굴들 사이로, 가끔은 미묘한 설렘을 감춘 듯한 얼굴들이 눈에 띕니다. 저만 알아챈 줄 알았는데, 어느 날 옆 병실 간병인도 슬쩍 물어 왔습니다. "저분들…. 혹시…?" 서로 눈을 마주친 우리는 피식 웃었습니다. 말하지 않아도 알 수 있는 기류를 감지합니다. 아마도, 사랑이라는 건 장소도 시간도 상태도 가리지 않는가 봅니다. 몸은 병들었지만, 마음은 여전히 살아 있고, 더군다나 외롭기까지 하다면 그 작은 불씨는 어느새 따뜻한 온기가 되어 병실 안에 번져 갑니다.

그들의 사랑은 청춘의 사랑과는 다릅니다. 크게 웃고, 열렬히 고백하고, 미래를 약속하는 일은 없습니다. 그저 조용히 침대 곁에 다가가 말벗이 되어 주고, 밥 한 술 더 떠먹여 주는 일. 햇볕 좋은 날이면 휠체어를 밀며 마당을 한 바퀴 돌고, 벤치에 앉아 말없이 함께 바람을 느끼는 것. 그게 그들의 전부입니다.

어느 날, 한 남자 환자가 직접 챙긴 간식을 다른 병실의 여자 환자에게 건네는 모습을 보았습니다. 조금 전 면회 온 아들이 사다 준 거라며 혼자 먹기 아까웠다고요. 그걸 전해 주는 손길이 얼마나 조심스럽고 또 따뜻했던지, 저는 잠시 그들을 외면하고 돌아섰습니다. 그 순간을 그들만의 시간으로 남겨 두고 싶었습니다.

사실 처음엔 의심이 들었습니다. 이런 병원에서 무슨 연애냐고. 몸도 마음도 여유 없을 텐데, 그게 가능하긴 한 걸까요? 그런데 그들의 눈빛은 대답 대신 또렷한 감정을 보여 주었습니다. 누군가를 바라보는 눈에서 생기가 돌고, 나긋나긋하던 말투에 웃음이 번졌습니다. 누군가의 존재가 이렇게나 큰 힘이 될 수 있다니. 의학적으로 설명되지 않는 치유입니다.

물론, 병동의 모든 감정이 순수한 사랑만은 아닐 것입니다. 외로움, 의존, 혹은 습관처럼 다가오는 감정도 있겠지요. 하지만 그 감정이 일시적인 것이든, 평생의 마지막 사랑이든, 그것이 그들에게 의미가 있고 위안이 된다면, 저는 기꺼이 응원해 주고 싶습니다.

사랑이라는 감정은 우리를 인간답게 만듭니다. 우리가 무언가를 기다릴 수 있게 하고, 하루를 견딜 이유를 만들어 줍니다. 약보다 더 효과적인 진통제가 있다면, 저는 주저 없이 그것이 사랑이라고 말할 것입니다. 누군가는 요양병원이라는 공간에서 '삶의 끝'을 떠올리겠지만, 저는 오히려 이곳에서 '마지막 사랑의 시작'을 봅니다. 그리고 그것이 슬프기보다 아름답습니다. 봄은 매년 피어납니다. 그리고 병동에도 그렇게 조용히, 따뜻하게 봄은 피어납니다.

슬픔에는 유통기한이 없다

요즘 들어 기상 시간이 부쩍 빨라졌습니다. 피곤이 체력보다 앞서 버려서인지, 아니면 할 일이 없는 저녁을 일찍 덮어 버린 탓인지, 이제는 새벽 네 시면 자연스럽게 눈이 떠집니다. 고요한 병동 안, 저만 깨어 있는 시간. 오늘 아침, 저는 작은 이어폰을 귀에 꽂고 김광석 노래의 커버곡을 들었습니다.

새벽의 음악은 이상하게 다르게 들립니다. 낮에는 그냥 흘러가던 가사가 가슴을 뚫고 들어 옵니다. 그 익숙했던 노래들이, 다른 사람의 목소리와 감성으로 덧입혀지니 같은 곡인데도 전혀 다른 이야기처럼 들렸습니다. 저는 그 조용한 새벽에 처음 알게 된 감정들에 잠시 멍해졌습니다. 이런 음악의 무늬가, 이렇게 마음 깊숙이 내려앉을 수 있다는 걸 이제서야 알게 되었다는 사실이 괜히 미안하기도 하고, 조금은 서글펐습니다. 왜 더 일찍 몰랐을까. 왜 더 자주 듣지 못했을까.

그런 감상에 젖어 있던 오전, 병동에서는 작은 소동이 일어났습니다. 앞 병실에서 구순의 할아버지가 우셨습니다. 처음엔 제가 잘못 들은 줄 알았습니다. 병원이라 통증이나 불편함 때문에 소리를 지르는 일은 있을 수 있지만, 그 나이의 남성이, 그것도 흐느껴 우는 일은 드뭅니다. 그것도 아주 낮고, 깊고, 오래된 울음이었습니다. 간호사 선생님도 놀랐고, 저 역시 잠시 머릿속이 정지된 듯 멍했습니다. 그 할아버지는 평소에도 저를 보면 "맥가이버 왔어?" 하며 웃으시곤 했던 분이었습니다. 작은 문제만 생겨도 제가 해결해드렸기에, 그 별명이 붙었습니다. 그런 분이, 조용히 울고 계셨습니다.

이유를 듣고는 한동안 아무 말도 할 수 없었습니다. "아버지가 보고 싶어서요." 91세의 노인이, 아버지를 그리워하며 우셨습니다. 처음엔 조금은 의아하다는 생각이 들었습니다. '그 나이에, 아직 아버지를?' 어느새 제 머릿속에 '슬픔에는 유통기한이 있다'는 편견이 자리 잡고 있었던 것입니다. 하지만 이내 알게 되었습니다. 아버지는, 누구에게나 아버지인 것입니다. 그리고 그리움에는 나이가 없습니다.

한참 후, 저는 조심스레 그 병실로 들어가 농담처럼 말을 건넸습니다. "할아버지, 아버지가 보고 싶어서 우셨다면서요?" 그분은 잠시 멈칫하더니, 담담하게 대답하셨습니다. "응. 갑자기… 그냥, 너무 보고 싶더라고." 그 말에 저도 말없이 고개를 끄덕였습니다. 이상하게, 그 순간 저도 아버지가 너무 보고 싶어졌습니다.

지금이 오월이니, 어쩌면 이런 감정들이 더 쉽게 북받치는지도 모르겠습니다. TV에서는 연신 가정의 달에 관한 이야기들이 쏟아져 나오고, 병실 안 TV는 환자들에게 거의 유일한 외부 세상과의 통로입니다. 어르신들은 핸드폰을 능숙하게 다루기 어렵고, 자신에게 의미 있는 말만 귀에 꽂히듯 들어오는 '칵테일 파티 효과'에 더 민감합니다. 실제로 우리 병실 환자 중 한 분도 의사 표현은 어렵지만, 자기 이야기만큼은 또렷하게 반응하십니다. 그래서 우리는 더 조심하려고 합니다. 특히 간병인이라면 말 한마디도 돌봄의 일부라는 사실을 잊지 말아야 합니다.

말 한마디, 눈빛 하나가 환자의 하루를 바꿀 수도 있으니까. 기억을 잃어가는 이들도, 자기 이름이 들리는 순간만큼은 세상으로 돌아옵니다. 할아버지의 울음은 그렇게 지나갔습니다. 한낮의 따사로운 햇살처럼, 아무 일도 없었던 것처럼. 하지만 저는 그날 새벽부터 이어진 감정의 흐름을, 하루 종일 마음속에서 지우지 못했습니다. 새벽의 노래, 아버지라는 단어, 눈물, 그리고 말. 이 모든 것이 하나로 얽혀, 오늘의 저를 흔들었습니다.

저는 내일도 새벽 네 시쯤 일어날 것입니다. 커피 한잔, 음악 한곡, 그리고 누군가의 이야기를 들을 것입니다. 그러다 다시, 맥가이버처럼 이곳저곳을 돌며 사람들의 불편함을 지울 것입니다. 하지만 그 모든 것의 시작은, 조용히 흐르는 한 사람의 마음을 듣는 일이라는 걸 저는 오늘 새삼스레 다시 배웁니다.

욕망과 보조기구 사이에서

요양병원의 풍경에서 가장 기본이 되는 보조기구는 단연 지팡이입니다. 혼자 걸을 수 있는 환자 대부분은 지팡이를 짚고 입원합니다. 그리고 그 지팡이를 마치 보물처럼 소중히 다룹니다. 어디를 가든 손에서 놓지 않고, 지하 재활실을 갈 때도 꼭 챙깁니다. 그 모습이 어찌나 절절한지, 지팡이가 단순한 도구가 아닌 삶의 버팀목처럼 느껴질 정도입니다.

일본에서는 이미 지팡이 산업이 상당히 발달해 있습니다. 심지어 백화점에도 지팡이 매장이 있을 정도입니다. 예전 일본 백화점에서 의아했던 품목이 두 가지 있었는데, 하나는 바로 지팡이였고, 또 하나는 할머니들의 모자였습니다. 그 모습을 보며, 우리나라도 곧 그렇게 되지 않을까 싶었습니다.

지팡이 다음은 워커입니다. 뇌졸중이나 마비 환자처럼 혼자 걸을 수 없는 분들이 사용하는 네 다리 구조의 보조기구입니다. 접으면 일자형, 펼치면 안정된 네 다리로 환자가 균형 잡는 것을 돕습니다. 주로 화장실을 다녀올 때 사용되지만, 복도 산책이나 운동용으로 활용하는 환자들도 많습니다. 앞쪽은 바퀴가 달려 있어 밀기 편하고, 뒤쪽은 고무받침이라 끌 때마다 소리가 나기 때문에 대부분 테니스공 모양의 소음 방지 패드를 덧댑니다. 워커는 병원 원무과에서 대여도 가능하지만, 장기 사용할 예정이라면 구입하는 편이 더 경제적입니다.

다음은 휠체어입니다. 병원 내에서는 렌트하는 경우가 일반적이지만, 간혹 환자 개인이 구입한 제품도 눈에 띕니다. 사용자의 필요에 따라 형태도 다양합니다. 렌트 휠체어에는 병실 번호와 이름을 붙여 구분하는데, 그 옆에 휠체어의 무게가 적혀 있는 경우가 있습니다. 처음엔 의아했지만, 이유는 간단했습니다. 바로 체중 측정 때문이었습니다. 서 있지 못하는 환자들은 휠체어에 앉은 상태로 투석실에서 몸무게를 잽니다. 따라서 휠체어의 무게를 미리 적어 두고 나중에 그 무게를 빼 줘야 실제 몸무게를 알 수 있습니다. 투석 전후로 몸무게를 비교해야 하기 때문에, 휠체어의 무게까지도 병동에서는 중요한 정보임을 깨닫습니다.

전동 휠체어도 있습니다. 우리 병동에는 한 대가 있지만, 병동 내에서는 거의 사용하지 않고 외진 나갈 때만 잠깐 사용되는 듯합니다. 가격이 꽤 비싸다고 들었습니다.

이러한 보조기구들 속에서, 저는 환자들의 '부러움의 계단'을 봅니다. 지팡이를 짚는 환자는 '최소한'의 독립성을 가진 사람으로 여겨집니다. 그래서 기저귀를 차고 침대에 누워 있는 환자들은 지팡이를 부러워합니다. '걷는다는 것'이 그들에겐 이미 동경의 대상임을 느낍니다. 워커를 밀고 화장실까지 혼자 다녀오는 환자를 보며 또 다른 환자들이 부러운 눈길을 보냅니다. 기저귀의 답답함을 경험한 이들에게는, 그마저도 자립의 상징처럼 비칩니다. 휠체어를 타고 재활실을 다니는 환자들은 더 많은 이들의 시선을 끕니다. 반면 휠체어에 오르지 못하는 환자들은 재활실에도 갈 수 없어, 병실에서 선생님이 찾아오는 방문 치료만 받을 수 있습니다. 때론 침대로 내려가는 경우도 있기도 합니다. 이런 환자들에게 가장 단골 질문은 이것입니다. "저도 언제쯤 휠체어를 탈 수 있을까요?"

이렇듯, 욕망에는 순서가 있습니다. 서 있으면 앉고 싶고, 앉으면 눕고 싶고, 누우면 자고 싶다는 옛말이 괜히 있는 게 아닙니다. 욕망은 끝이 없습니다. 지팡이를 부러워하고, 워커를 동경하고, 휠체어에 대한 희망을 품는 것처럼 말입니다.

그러나 욕망은 무조건 나쁜 것이 아닙니다. 불편함을 견디는 힘이 되기도 하고, 살아가야 할 이유가 되기도 합니다. 다만 조심해야 할 욕망도 있습니다. 그건 바로 "타인의 욕망을 욕망하는 것"입니다. 자기 욕망인지, 남을 흉내 낸 욕망인지 늘 자문해 봐야 합니다. 결국 욕망이 삶의 원동력이 될 수 있지만, 방향을 잃으면 삶을 좀먹는 독이 되기도 하기 때문입니다.

지팡이 하나에도, 워커 하나에도, 그리고 휠체어 한 대에도 인간의 욕망과 의지가, 삶의 궤적이 고스란히 담겨 있습니다. 그래서 저는 오늘도 그 보조기구들 너머의 마음을 읽으며 조심스럽게 묻습니다. "당신이 원하는 삶은, 당신의 것인가요?"

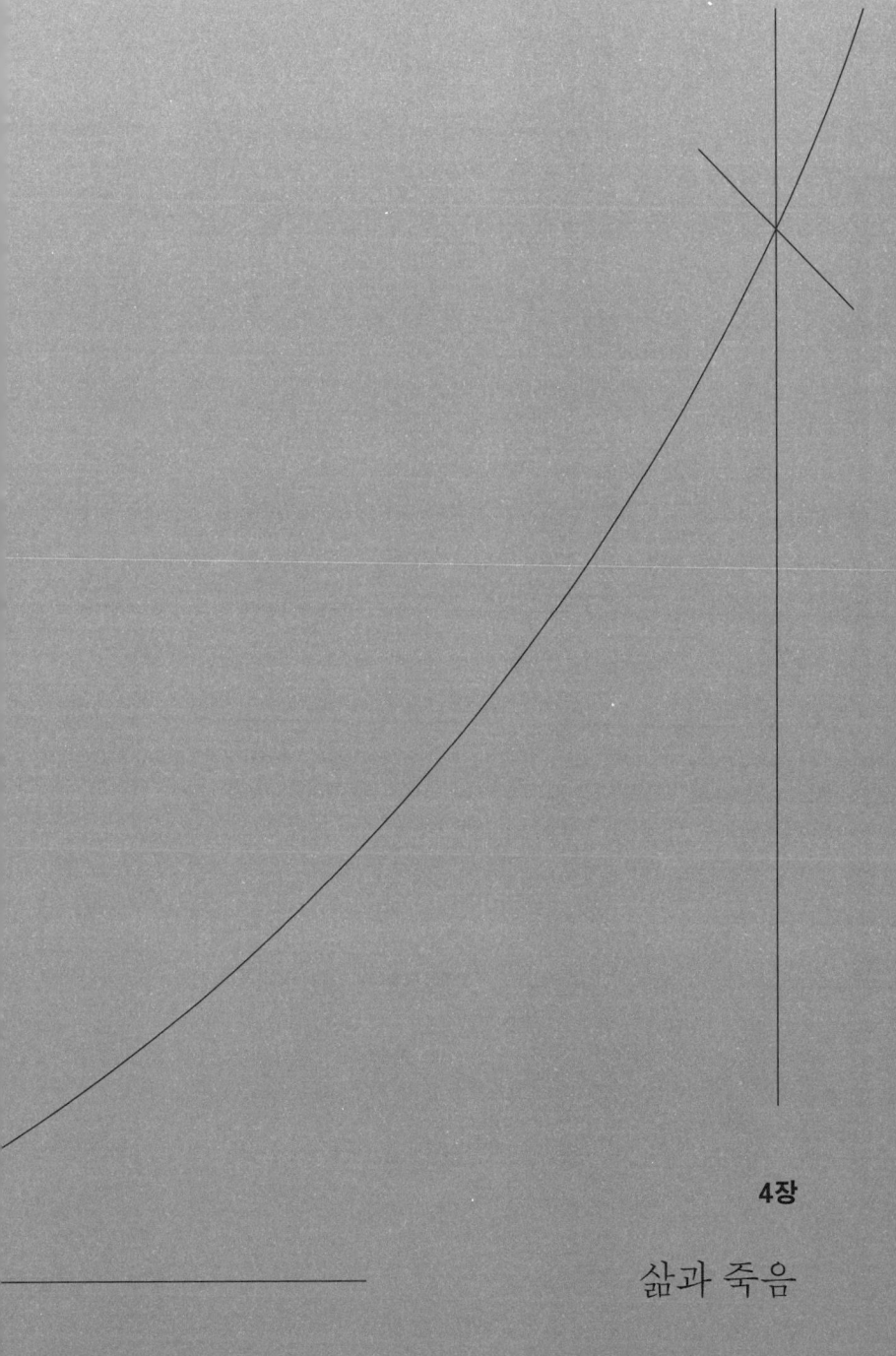

4장

삶과 죽음

일상의 고마움을 다시 배우는 곳

병원에 입원하면 무엇보다 절실히 깨닫게 되는 사실이 있습니다. 바로 '일상'이 얼마나 소중한가에 대한 깨달음입니다. 늘 아무렇지 않게 지나치던 하루하루가, 이곳에 들어서는 순간 더는 당연한 것이 아니라는 사실을 깨닫습니다. 먹고 싶은 걸 마음대로 먹을 수도 없고, 특히 술자리를 즐기던 사람이라면 그 결핍은 금단 증상처럼 다가온다는 것을 확인합니다. "돈을 잃으면 조금 잃는 것이요, 명예를 잃으면 절반을 잃는 것이며, 건강을 잃으면 전부를 잃는 것이다."라는 말이 괜히 있는 게 아니라는 사실을 실감합니다.

요양병원의 문턱을 넘는 순간, 마치 개방형 감옥에 들어선 것과도 같습니다. 움직일 수 있는 환자라면 복도를 따라 산책이라도 할 수 있지만, 몸을 제대로 가누지 못하는 분들은 침대를 벗어나는 일조차 고역입니다. 그야말로 기적이 일어나지 않는 한, 바늘구멍으로 코끼리가 들어가는 것처럼 불가능에 가깝습니다.

병원 생활은 지독히도 단조롭습니다. 먹고, 자고, 배설하는 일이 하루의 전부가 됩니다. 그나마 보호자의 면회가 '특별한 이벤트'가 되고, 그것을 손꼽아 기다리는 것이 낙이 됩니다. 그러나 그마저도 없는 이들은 멍한 눈빛으로 하루를 흘려보냅니다. 시간을 마냥 버티는 일 이외엔 할 수 있는 일이 없습니다. 젊은이는 꿈을 먹고 살고, 노인은 추억을 먹고 산다지만 이마저도 가능한 사람만의 이야기입니다. 이곳에서는 삶이 아닌, 의미 없는 생존의 '연장'이 되어버린 경우도 있습니다. "저게 과연 사는 걸까?" 문득 그런 의문이 들기도 합니다.

간병사인 저 역시 크게 다르지 않습니다. 잠깐 편의점에 다녀올 수는 있지만, 거의 5분 대기조처럼 병실을 지켜야 합니다. 저 역시 환자는 아니지만, 일상의 소소한 것들이 문득 그리워질 때가 있습니다. 친구들과의 술자리, 근거리 여행, 별것 아닌 일상이 이토록 간절할 줄은 몰랐습니다.

물론 대근을 써서 휴가를 나갈 수는 있습니다. 그러나 그마저도 번거롭습니다. 미리 신청해야 하고, 대근 수고비를 현금으로 지급해야 합니다. 보통 직장에서의 휴가는 급여가 유지되지만, 간병인의 휴가는 온전히 자기 부담입니다. 쉬고 있다 해도 마음 한편에 늘 병실의 환자들이 마음에 걸려 편히 쉬지 못하는 게 현실입니다. 이 일을 그만두지 않는 이상, 반복될 일상임을 받아들입니다.

우리가 이토록 절절하게 일상을 그리워하는데, 정작 병상에 누워 있는 환자들은 예전에 아무렇지도 않게 누리던 평범한 그 일상이 얼마나 그리울까요? 우리는 늘 무엇인가를 잃고 나서야 그 소중함을 깨닫습니다. 죽음이란 누구에게나 닥치는 일이지만, 사람들은 이를 망각한 채 오늘이 영원할 것처럼 살아갑니다. 욕심을 멈추지 못한 채, 시간은 무심하게 흐릅니다.

어느 정도 나이가 들면 부도, 명예도 결국엔 부질없다는 사실을 경험으로 깨닫습니다. 돈이 많아도 나이가 들면 쓸 시간도, 체력도 없습니다. 명예는 이미 지난 시간이 되어 회한만 남습니다. 노인의 세계에서 최고의 자리는 결국 '건강'이 차지한다는 것을 발견합니다. 정말입니다. 이곳에서 지켜본 바에 따르면, 건강한 사람이 최고입니다.

만약 제가 이 병원에 오지 않았다면, 저는 여전히 칠렐레팔렐레하며 내일이 없는 사람처럼 살았을 것입니다. 눈으로 보지 않았다면 절대 몰랐을 사실들이 매일 눈앞에 펼쳐집니다.

그래서 더욱 저는 매 순간을 감사한 마음으로 살아가고 싶습니다. 짧게 즐기는 햇빛 산책도, 도둑처럼 몰래 마시는 커피 한잔도 소중합니다. 언젠가 이 모든 것을 추억하며 웃을 날이 오기를 바랍니다.

오늘 우연히 읽은 글귀가 마음을 때렸습니다. 죽음을 앞둔 어느 환자가 남긴 고백이었습니다. "평생을 자식을 위해, 남편을 위해 죽도록 살아왔는데… 가장 후회되는 건 나 자신을 위해 살지 못했다는 것이야." 저에게 내일이 보장되진 않았지만, 오늘만큼은 저를

위해 살아야겠습니다. 오늘만은 그 누구보다 저 자신을 진심으로
사랑해 주고 싶습니다.

건강은 새로운 부(富)다

요양병원에서의 생활은 참 많은 걸 가르쳐 줍니다. 그중에서도 가장 절실하게 와닿는 것은 바로 이것입니다. "건강이야말로 진짜 부(富)다."

이곳에도 1인실이 있지만, 우리 같은 보통 사람들과는 별로 상관 없는 얘기입니다. 아마 돈이 많은 사람이라면 애초에 이런 곳까지 오지 않을 것입니다. 이곳은 '고만고만한' 환자들이 마지막을 준비하며 살아가는, 말하자면 인생의 완급을 조절하는 공간임을 확인합니다.

이 병원에 입원한 순간, 환자복을 입는 그 순간, 모든 것이 사라집니다. 돈이 많고 적음도, 예전의 직급도, 그 사람이 어떤 일을 해 왔는지도 의미 없습니다. 그저 '환자'일 뿐입니다. 결국 남는 건 오직 하나. 걸을 수 있는가, 없는가. 그리고 집으로 돌아갈 수 있는가, 없는가입니다.

누워서 거동조차 할 수 없는 사람의 경우, 일상 복귀는 거의 불가능합니다. 약을 먹고, 재활치료를 받아도 근력은 빠르게 줄어듭니다. 거북이걸음처럼 더딘 회복과 반복되는 침상 생활은 몸도, 마음도 무너뜨립니다.

나이가 들면 돈도, 명예도 점점 의미가 퇴색됩니다. 쓸 곳이 줄어들고, 할 일도 줄어듭니다. 그러다 병이라도 생기면, 가진 모든 것들이 무용지물이 됩니다. "돈을 잃으면 조금 잃은 것이고, 명예를 잃으면 절반을 잃은 것이지만, 건강을 잃으면 전부를 잃는다"는 말은 여기선 진리가 됩니다.

젊을 때의 병은 회복될 가능성이 있지만, 노년의 병은 그저 '현상 유지'가 목표입니다. 저는 이곳에서 지내는 할아버지들에게 종종 이런 말을 건넵니다. "그 나이에 멀쩡한 게 이상한 거예요." 80년, 90년을 쓴 몸이 아직 제 기능을 한다면, 그게 오히려 기적 아니겠습니까?

아픔도, 병도 이제는 친구 삼아야 할 시기입니다. 생각만으로는 젊은 시절처럼 뭐든 할 수 있을 것 같지만, 몸은 결코 그렇지 않습니다. 그래서 더더욱 조심해야 합니다. 안 그래도 약한 몸을 무리하게 굴리다 넘어지는 환자들을 저는 수없이 봐 왔습니다. 결국 예전보다 더 악화된 상태로 침상에 눕게 되는 경우가 허다합니다.

여기선 밥을 먹을 수 있는 환자가, 경관식(튜브로 영양을 공급받는 환자) 환자에게는 부러움의 대상입니다. 혼자 일어설 수 있는 환자는, 하루 내내 누워 있는 환자에게는 선망의 대상이 됩니다.

그러나 여전히, 예전 생활방식을 고집하는 사람들이 많습니다. 돈이 아깝다며 병원 밥만 먹고, 맛있는 것을 눈앞에 두고도 외면합니다. 그렇게 모은 돈으로 건물을 한 채 샀을지 몰라도, 이곳에 온 순간, 그 건물은 손에 쥐고도 닿을 수 없는 것이 됩니다.

이곳에는 내일이 없습니다. 누구도 내일을 장담하지 않습니다. 저는 1년 넘게 간병하는 동안 네 명의 환자가 무지개다리를 건너는 것을 보았습니다. 어제도, 그제도, 누군가는 이 병원에서 생을 마감했습니다.

건강한 사람들은 모릅니다. 진짜 부자가 무엇인지. 여기 있는 우리는 압니다. 건강이 새로운 부라고 확신합니다. 제가 보기엔 이곳에 입원한 사람들 중 95퍼센트는 집으로 돌아가지 못합니다. 그나마 병원에 계속 머무를 수 있다면 다행입니다. 요양원으로 옮겨 가는 순간, 현대판 고려장처럼 삶의 마지막 마디로 들어서는 것이니까요.

그래서 저는 말하고 싶습니다. 수단과 방법을 가리지 말고, 요양병원행은 반드시 피하라고 말입니다. 제가 이곳에 오기 전까지만 해도 이런 생각은 해 본 적도 없습니다. 하지만 지금은 다릅니다. 저 역시 이제라도, 이 소중한 '건강'이라는 부를 가지는 사람이 되고 싶습니다.

세상에 없는 세 가지

살다 보면, 마음 깊은 곳에서 문득 다가오는 깨달음이 있습니다. 언젠가부터 저는 그것을 '세상에 없는 세 가지'라 부르기 시작했습니다. 삶의 틈바구니에서 조용히 배운 진실입니다.

첫 번째: 공짜는 없습니다

누구나 '공짜'라는 말에 마음이 흔들립니다. 무언가를 괜찮게 얻어 냈다는 작은 기쁨, 손해 보지 않았다는 안도감. 그런 것들이 우리를 미소 짓게 합니다. 하지만 저는 이제 압니다. 세상에 공짜는 없습니다.

예전에 길거리에서 본 현수막 하나가 떠오릅니다. '내비게이션 무료 설치.' 사람들은 너도 나도 달려갔지만, 정작 무료였던 건 설치뿐, 기기값은 따로 청구되었습니다. 누구도 속인 건 아니지만, 마음 한편이 서늘해졌습니다. 공짜는 없습니다. 우리가 얻는 것에는 언제나 누군가의 계산이 숨어 있습니다. 달콤한 말 뒤엔, 늘 대가가 따라옵니다. 세상은 그렇게 돌아간다는 것을 확인합니다.

두 번째: 비밀은 없습니다

"너만 알고 있어." 이 말만큼 무거운 말이 있을까요? 하지만 생각해 보면, 그 순간 이미 비밀은 아니게 됩니다. 누군가의 입을 거치는 순간, 비밀은 작은 바람처럼 흩어진다는 것을 느낍니다.

비밀은 지켜지지 않습니다. 언제든 사람의 마음은 흔들리고, 말은 흘러나옵니다. 때로는 악의 없이, 때로는 필요에 의해 말입니다. 그래서 저는 누군가 제게 비밀을 털어놓을 때 마음이 무거워집니다. 그 말이 조심스럽고, 그 마음이 애틋해서입니다. 비밀은 결국 드러납니다. 그리고 그 파장은, 때로는 상상보다 훨씬 더 깊게 퍼진다는 것을 경험합니다.

세 번째: 정답은 없습니다

이는 가장 늦게 받아들인 진실이었습니다. 우리는 자라면서 늘 정답을 찾으라 배웠습니다. 정답을 알아야 칭찬받았고, 정답을 고르지 못하면 낙오자로 낙인찍혔습니다. 그래서일까요? 저는 오랫동안 인생에도 정답이 있을 거라 믿었습니다. 좋은 학교, 안정된 직장, 평범한 결혼, 내 집 마련. 그게 정답인 줄 알았습니다.

하지만 살아 보니, 정답은 없었습니다. 같은 길을 걸어도 누군가는 웃고, 누군가는 울었습니다. 해답은 따로 있었고, 그 해답은 오직 '나만의 것'임을 깨닫습니다. 삶은 문제집이 아닙니다. 단 한 줄의 정답이 아니라, 수많은 질문에 스스로 답을 써 내려가는 과정입니다. 그 답이 엉성해도 괜찮습니다. 다시 고치고, 다시 묻고, 다시 살아 내는 것이 우리 삶의 진짜 모습이니까 말입니다.

이 세상에 없는 것. 공짜, 비밀 그리고 정답. 이 단순한 세 가지가 저에게는 인생의 등불처럼 느껴집니다. 이제 저는 공짜를 의심하고, 비밀을 소중히 여기며, 정답보다 해답을 향해 걷고 있습니다. 누군가의 삶에 정답은 아닐지라도, 저에게 맞는 해답을 찾아가는 이 여정이, 언젠가 누군가에게 따뜻한 이야기가 되었으면 좋겠습니다.

가나다 법칙

누군가는 인생을 '가나다'처럼 단순하게 살고 싶다고 말합니다. 하지만 그 안에는 생각보다 깊고도 단단한 삶의 철학이 숨어 있습니다. 저 또한 그 법칙을 가슴에 품고, 오늘을 살아 내고 있다고 믿습니다.

가: 가볍게 살자

어떤 고민은 깊고 오래 끌기도 합니다. 하지만 살아 보면 정작 인생을 바꾸는 선택은 순간의 결단으로 이루어진다는 사실을 깨닫습니다. 고민은 산처럼 쌓이지만, 해답은 가볍게 날아듭니다. 그럴 때 저는 '가볍게 살자'는 말을 떠올립니다.

무언가를 시도했다가 실패했어도 과정이라 여기면 됩니다. '그건 안 되는 거였구나.' 하고 넘기면 그만입니다. 또 다른 문제가 생기면, 풀면 됩니다. 이처럼 마음을 조금만 덜어 내면 세상은 그리 무겁지 않다는 것을 알게 됩니다.

우리는 자주 너무 심각하게 삽니다. 그러다 보면 무거운 생각에 눌려 걸음조차 더뎌집니다. 그러나 세상일 대부분은 시간이 해결해 줍니다. 죽을 만큼 힘들던 날도, 시간이 지나면 추억이 되고 만다는 것을 경험합니다. 그러니 오늘은 한 발자국만 가볍게 디뎌도 괜찮습니다. 삶이 우리에게 원하는 것도, 결국은 그런 것일지도 모른다고 생각합니다.

나: 나답게 살자

'아름답다'라는 말 속에도 '나다움'이 숨어 있다는 사실을 알고 있습니까? 어쩌면 진짜 아름다움은 나답게 살고 있을 때 비로소 피어난다는 사실을 발견합니다.

저는 저답게 살고 싶습니다. 유행이 뭐라 하든, 세상이 뭐라 하든, 제가 좋아하는 색과, 제가 좋아하는 방식으로 오늘을 살아가고 싶습니다.

'나다움'은 하루아침에 완성되지 않습니다. 오랜 시간 제 취향을 쌓고, 저만의 방식으로 살아 낸 흔적들이 모여 어느 날 비로소 '그 사람답다'는 인상을 남깁니다. 우기는 것만으로는 안 됩니다. 작은 물건 하나, 작은 선택 하나에도 저의 감각과 철학이 녹아 있어야 합니다. 그게 바로 진짜 '나답게 사는 삶'이 아닐까 싶습니다.

다: 다르게 살자

저는 늘 다르게 살고 싶었습니다. 남들과 똑같은 방식은 저에게 어울리지 않았습니다. 그래서 'different 병' 중증 환자라는 말을 들을 정도로 제 길을 고집했고, 지금도 그 다름을 지키고 있습니다.

하지만 다르다는 건 쉽지 않습니다. 표현만 달라서는 안 되고, 그 다름이 누군가에게 '인정'받을 수 있어야 진짜 다름입니다. 겉모습만 다른 건 금세 드러납니다. 진짜 다름은 속부터 다릅니다. 그 다름은 나다움에서 비롯되고, 삶의 디테일에서 빛이 난다는 것을 깨닫습니다.

사람들은 종종 남과 다르면 불안해합니다. 하지만 저는 다름이야말로 삶의 확실한 증거라고 믿습니다. 그 다름 안에 저만의 시선, 저만의 감정, 저만의 철학이 녹아 있기 때문입니다. 누군가는 "확실히 너는 좀 다르다"는 말을 해 주었을 때, 그 말이 가장 큰 위로가 되었다는 것을 경험합니다.

가볍게, 나답게, 다르게

인생이라는 길 위에서 제가 선택한 법칙입니다. '가볍게' 생각하고, '나답게' 살며, '다르게' 존재하는 것. 이 평범한 '가나다' 안에 이렇게 단단하고도 깊은 의미가 숨겨져 있다니, 살다 보면 한글 가나

다조차 인생의 지혜처럼 느껴지는 날이 있습니다. 그래서 오늘도 저는 제 삶을, 가볍고도 나답게, 그리고 조금은 다르게 살아가려 합니다. 그것이 제가 믿는 가장 아름다운 길임을 확신합니다.

노인이 아니라 어른이고 싶다

시간이 흐르면 누구나 '노인'이 됩니다. 노화는 누구도 거스를 수 없는 자연의 이치이자 정해진 순서입니다. 하지만 그저 세월이 흘러 나이가 들었다고 저절로 어른이 될 수 없습니다. 어른의 자격은 나이로 얻는 것이 아니라, 마음의 성장이 따라야 하는 것이기 때문입니다.

어른은 끝없이 꿈을 향해 도전하는 사람입니다. 자기 몫을 알고, 가진 것을 나누며, 다가올 세대에게 길을 터 주는 사람입니다. 그런 어른은 흔하지 않습니다. 오늘날 우리 사회에서 '노인'은 많지만 '어른'은 참 드물다는 것을 느낍니다. 그래서 젊은이들이 더 힘들고, 더 위태로워 보이는지도 모릅니다.

이곳 병원에서도 그런 현실을 자주 마주합니다. 내일이 보장되지 않는 분이 물티슈 하나를 반으로 나누어 아끼는 모습을 볼 때면, 마음이 짠합니다. 도대체 무엇을 위해 그렇게 아껴야 하는 걸까요? 자신이 쓸 수 없는 것을 위해 스스로를 희생하는 일이 과연 무엇을 남기는가 궁금해집니다.

한 분은 자식 자랑을 하면서도 식사 시간이 되면 늘 밥만 드십니다. 그 모습에서, 말하지 않아도 짐작되는 외로움이 스며 있습니다. 그래서 저는 자존심을 지켜 드리기 위해, 모른 척하고 웃으며 건넵니다. "오늘 반찬이 좀 괜찮죠?"

물건 하나도 그렇습니다. 자신의 것이 아닌 걸 가져다 쓰는 일이 생기면, 말은 삼가고 그저 다음 물품을 받을 때 제가 조용히 채워 드립니다. 그것이 상대의 체면을 지켜 주는 일이고, 제가 할 수 있는 '어른스러움'이라고 믿기 때문입니다.

예전엔 저도 욕심이 많았습니다. 가방을 좋아해서, 많지도 않은 수입을 써 가며 공들여 하나하나 모았습니다. 저만의 철학으로, 튼튼하고 오래 쓸 수 있는 것들을 골랐습니다. 소위 말하는 '스몰 럭셔리'였습니다. 값보다 '시간'을 견디는 물건들이었고, 손때가 묻어 더 멋스러워진 지갑 하나는 10년 넘게 저와 함께했습니다.

하지만 이제 저는 제가 쓰지 않을 것들을 하나둘 정리하고 있습니다. 그 물건들이 다시 누군가의 일상에서 살아 숨 쉬게 하고 싶습니다. 그 사람의 성향과 취향, 삶을 떠올리며 가장 잘 어울릴 것 같은 이에게 조심스럽게 건넵니다. 물건에게도, 결국 '임자'가 있으니까 말입니다.

최근 라오스로 여행을 다녀왔습니다. 예전 같았으면 면세점에서 이것저것 살 것을 고민했겠지만, 이번엔 오직 책 한 권만 들고 돌아왔습니다. 더 이상 필요한 것이 없고, 그걸 쓸 시간도, 이유도 줄어들고 있다는 것을 알기 때문입니다.

저는 노인이 아니라 어른이 되고 싶습니다. 말하기보다 듣기를 먼저 하고, 누군가 제게 조언을 구하지 않는 한, 함부로 말하지 않으려 애씁니다. 무엇을 해야 할까 보다, 무엇을 하지 않아야 할지를 더 깊이 고민합니다.

아직 배우고 싶은 것이 많고, 도전하고 싶은 일도 남아 있습니다. 누군가에게 짐이 되지 않고, 작게나마 도움이 되는 한 사람이 되기 위해 오늘도 노력하고 있습니다.

시간은 저를 물리적 노인으로 변화시키겠지요. 그래도 전 스스로가 인정하는 미덕을 간직한 어른이 되고 싶습니다. 제가 원하는 건, 단 하나입니다. 누군가의 기억 속에서 "참 괜찮은 어른이었지." 그 한마디로 남는 것. 그것이면 충분합니다.

가장 비싼 금은 '지금'

늙음은 누구도 피할 수 없는 일입니다. 그 누구도 나이를 먹지 않을 수 없고, 노화는 인간의 숙명처럼 다가옵니다. 하지만 우리는 마치 영원히 살 수 있을 것처럼 내일에만 매달리며 살아갑니다. 확실한 것은 오직 지금뿐인데 말입니다. 내일은 누구에게도 보장되어 있지 않습니다.

'지금은 아껴야 다음에 쓸 수 있다'는 생각에 이해할 수 없는 선택들을 하는 환자들을 종종 봅니다. 하지만 일반인보다 환자에게 내일의 확률은 훨씬 줄어듭니다. 그럼에도 많은 이들이 오늘을 희생하며 살아갑니다. 그래서 저는 이렇게 말하고 싶습니다. 금 중에서 가장 값진 금은 '지금'이라고요.

나이가 들수록 '지금'이라는 시간은 더 줄어들 수밖에 없습니다. 잔존하는 시간이 적기 때문에, 그만큼 지금이라는 순간을 더 소중하게 써야 합니다. 지금은 오래 붙잡아 둘 수 없습니다. 그러니 이 순간에, 오직 지금 이 순간의 나를 위해 최선을 다해야 합니다. 먹고 싶은 게 있다면 지금 먹어야 하고, 하고 싶은 게 있다면 지금 해야 합니다. '나중에'라는 생각을 하는 순간, 지금은 사라져버리고 맙니다.

죽음을 앞둔 사람들이 가장 많이 하는 후회가 '해보지 못한 일들에 대한 아쉬움'이라는 이야기를 들은 적이 있습니다. 저도 그렇게 생각합니다. 그건 결국 '미루었기 때문'입니다. 생각나는 일이 있다면 그냥 지금 하면 됩니다. 어렵지 않습니다. 할 수 없는 걸 하라는 게 아니라, 할 수 있는 것을 '미루지 말라'는 말입니다.

통장에 돈이 아무리 많아도 지금 당장 꺼내 쓸 수 없다면 그건 그저 숫자에 불과합니다. 지갑에 있는 현금이 더 중요한 이유입니다. 지금 당장 쓸 수 있기 때문입니다. 돈조차도, 지금이 중요합니다.

나이 들어 가장 어리석은 선택 중 하나는 "돈을 아껴 좋은 요양시설에 들어가겠다"는 것입니다. 제가 직접 요양병원 생활을 해보니, 이곳에서는 돈도 명예도 아무런 의미가 없습니다. 건강이 아니면 아무 소용이 없습니다. 뭔가를 할 수 있을 때 해야 합니다. 그 시기를 놓치면, 아무리 시간이 많고 돈이 넘쳐도 아무것도 할 수 없습니다. 과거에 조물주보다 높다는 건물주였든, 잘나가는 회사 회장이었든, 이곳에서는 그저 똑같은 '환자'일 뿐입니다.

더 안타까운 건 경제적 여유가 있는 분들조차 여전히 공동 병실에 머물고 있다는 것입니다. 왜일까요? 자식에게 가진 것을 남겨주기 위해서입니다. 하지만 그 돈은 결국 다툼의 씨앗이 되거나 자식들 좋은 일만 시킬 뿐입니다. 지금이라도 1인실은 아니더라도 개인 간병으로 편안한 환경에서 최상의 케어를 받으며 지내야 하지 않을까요? 부족하면, 팔아서 쓰면 됩니다. 그런데도 '아껴야 산다'는 평생의 습관 때문에 치매까지 온 몸으로 버티며 공동 병실에서 고통받는 모습은 참으로 안타깝기 그지없습니다. 이렇게 살려고, 그토록 악착같이 살아온 건 아닐 텐데 말입니다. 결과는 너무도 비참한 현실입니다.

저 역시 언젠가는 피할 수 없을 것입니다. 그래서 자꾸 생각이 많아집니다. 저는 과연 어떻게 살 것인가? 확실한 건, 스스로 무언가를 할 수 없는 상황까지는 결코 가고 싶지 않습니다. 제 뜻대로 되지 않겠지만, 적어도 지금 이 순간, 저에게 주어진 삶을 최선을 다해 살아 내고 싶습니다. 그리고 그 흐름 속에서 제 운명을 담담히 받아들일 준비를 배웁니다.

마음이 먼저 아픈 일

사람의 생명과 맞닿은 일은 생각보다 훨씬 무겁습니다. 누군가의 죽음을 가까이에서 지켜본다는 건 결코 가벼운 일이 아닙니다. 간병이 환자의 생명을 좌우하는 건 아니지만, 삶의 마지막을 지나는 사람의 곁을 지키는 일이라는 점에서 그 무게감을 쉽게 견딜 수 없습니다.

죽음 곁에 머무는 일은 이번이 두 번째입니다. 첫 번째는 갓 간병 일을 시작했을 무렵이었습니다. 환자분은 치매가 있어 의사소통이 쉽지 않았고, 저도 정신적 여유가 없던 초보 간병사였습니다. 중환자실에 올라갔다가 보호자의 강력한 요청으로 다시 우리 병실로 돌아왔고, 보름쯤 뒤 더 이상 방법이 없어 다시 중환자실로 이송되었습니다. 그때는 단순히 '올 게 왔구나.'라고 여겼을 뿐입니다. 죽음이 현실이라기보다는, 낯선 이야기처럼 멀게만 느껴졌습니다.

하지만 이번에는 달랐습니다. 간병을 하다 보면 유독 마음이 가는 환자가 있습니다. 저와 결이 맞는 분, 말 한마디에도 정이 스며

드는 분. 시간이 쌓이면 쌓일수록 서로의 과거를 공유하게 됩니다. 어느덧 환자의 삶의 조각들이 제 마음 안에 자리 잡습니다. "나 때는 말이야"로 시작되는 그분들의 기억 속에는 자부심이 있고, 눈빛에는 살아온 세월의 흔적이 배어 있습니다. 저는 질문을 던지고, 그분들은 말을 이어 갑니다. 치매 치료에도 도움이 된다고 하니, 그 이야기를 듣는 것은 제게도, 환자에게도 좋은 일이었습니다.

그렇게 가까워진 어느 날, 어제까지만 해도 평온하던 환자분이 갑작스럽게 중환자실로 이송되었습니다. 오늘이 마지막이 될 수 있다는 이야기를 듣는 순간, 머릿속이 하얘졌습니다. 무엇을 해야 할지 몰라 두리번거렸지만, 제가 할 수 있는 일은 아무것도 없었습니다. 그 무력감은 생각보다 깊었고, 곁에서 눈물을 흘리는 자녀들의 얼굴 앞에서는 차마 눈도 마주 보기 힘들었습니다.

저는 무교입니다. 하지만 그 순간만큼은 이 세상의 모든 신에게 빌었습니다. "제발, 그분이 한 번만 더 웃게 해 달라"고 말입니다. 하지만 기도 외에는 할 수 있는 일이 없었습니다. 그간 제가 했던 돌봄의 조각들이 머릿속을 스쳐 지나갑니다. 혹시 돌봄이 부족했던 건 아닐까, 실수가 있었던 건 아닐까. 작은 행동 하나하나가 불화살처럼 가슴을 파고듭니다. 죄책감은 서서히 밀려와 마음을 먹먹하게 만들고, 그날 밤, 저는 뜬눈으로 밤을 새웠습니다.

이제야 실감합니다. "안녕하셨습니까?"라는 인사가 얼마나 간절한 마음의 표현이었는지를 깨닫습니다. 그 인사가 매일 아침에, 어제도 오늘처럼 이어질 거라는 소망을 담고 있었음을 알게 됩니다. 그리고 "신은 인간에게 내일을 약속한 적이 없다"는 말이 단순한 격언이 아니라 실감 나는 진실임을 인식합니다.

저는 다시 간병사로서의 일상으로 돌아갈 것입니다. 그리고 분명 조금은 더 성숙한 마음으로, 더 정성스러운 손길로 환자를 마주할 것을 다짐합니다. 간병이 단지 몸을 돌보는 일만은 아님을, 이번 일을 통해 다시 한번 느꼈습니다. 그 누군가의 마지막 순간을 함께한다는 건 결코 가벼운 일이 아닙니다.

누군가는 말할지도 모릅니다. "그깟 간병 일을 하면서 너무 과한 감정 아니냐"고 말입니다. 하지만 이것은 그저 저의 진심입니다. 제가 느낀 삶의 무게이고, 제가 떠안은 슬픔입니다. 이런 경험이 쌓이면 언젠가는 무뎌질지도 모르지만, 그때까지는 아파도 괜찮다고 스스로를 다독입니다. 제 마음은 아파도 괜찮으니, 부디 제가 돌보는 환자들만은 언제나 건강했으면 좋겠습니다.

죽음을 마주하는 나날들

간병사로서 삶의 마지막 순간을 함께하는 것은 매번 가슴 저미는 경험을 선사합니다. 병상에 누워 이제는 그 어떤 희망도 기대할 수 없는 분들을 마주할 때면, 살아 있는 모든 것이 언젠가는 끝을 맞이한다는 냉정한 진실이 마음을 짓누릅니다. 솔직히 어쩌면 이 일을 하면서 제가 누구보다 빨리 죽음을 맞이할 수도 있겠다는 생각을 종종 합니다. 육체적으로나 정신적으로 소모가 큰 이 직업이 나를 일찍 지치게 할지도 모른다는 막연한 불안감도 느낍니다. 나 역시 연약한 인간이기에, 언젠가는 저들처럼 병상에 눕게 될 것이고, 그 끝이 언제일지는 아무도 모른다는 사실이 뼛속까지 시리게 다가옵니다.

처음 이 일을 시작했을 때는 삶과 죽음의 경계가 이토록 또렷하게 다가올 줄은 상상도 하지 못했습니다. 그저 누군가를 돕는다는 막연한 생각뿐이었습니다. 하지만 하루하루 병실에서 환자분들의 쇠약해지는 모습을 지켜보면서, '죽음'이라는 단어가 더 이상 추상적인 개념이 아니라는 사실을 처절히 깨닫게 됩니다. 마치 손에 잡힐 듯 가까이 있는, 피할 수 없는 현실이라는 것을. 그리고 매일 죽음의 그림자를 밟고 서 있는 기분이 들 때가 많습니다. 과연 나는 저분들처럼 평온하게 마지막을 맞이할 수 있을까, 혹은 고통 속에서 허덕이다 끝나게 될까 하는 생각에 잠기기도 합니다. 때로는 환자분들의 병명이나 증상이 나에게도 생길 수 있는 일이라는 섬뜩한 생각에 사로잡히기도 합니다.

내가 돌보던 이들의 마지막 순간은 특히나 기억에 깊이 남습니다. 나는 두 분의 죽음을 가까이에서 겪었습니다. 한 분은 경직 환자분이었고, 다른 한 분은 온몸에 암이 퍼져 더 이상 손 쓸 수 없었던 말기 암 환자분이었습니다.

경직 환자분은 말 한마디, 몸짓 하나도 마음대로 할 수 없는 상태였습니다. 그분의 눈빛 속에서 느껴지던 절망과 좌절 그리고 삶에 대한 마지막 갈망이 더 저를 아프게 했습니다. 살고자 하는 작은 불씨를 보았을 때, 가슴이 미어지는 듯했습니다. 결국 그분은 우리 병실 침대 위에서 마지막 숨을 거두셨습니다. 따뜻했던 체온이 서서히 식어 가는 것을 느끼며, 그분의 생명이 꺼져 가는 순간을 가장 가까이에서 지켜봐야 했습니다. 그때마다 제 속에서는 알 수 없는 울분이 치밀어 올랐습니다. 이렇게 허무하게 삶이 끝날 수 있다는 사실이, 살아 있는 제게도 너무나 무겁게 다가왔습니다. 그저 멍하니 있을 수밖에 없는 제 자신이 한없이 초라하게 느껴졌습니다.

어떤 날은 환자분들의 가족들이 조용히 손을 잡고 눈물을 흘리는 모습을 봅니다. 그들의 슬픔이 저에게까지 고스란히 전해져 오는 것을 느낍니다. 사랑하는 사람을 떠나보내는 이별의 무게가 얼마나 무거운지, 그 모습을 통해 다시금 깨달음을 얻습니다. 저는 그저 묵묵히 그 곁을 지키며, 때로는 차가워진 손을 따뜻하게 잡아 주는 것 말고는 해 줄 수 있는 일이 없습니다. 그때마다 저의 죽음은 어떠할지, 저를 기억해 줄 이들은 누구일지, 혹은 아무도 없을지 하는 생각들이 스쳐 지나갑니다. 그들의 슬픔을 보며, 저 또한 언젠가 사랑하는 이들과 이별해야 한다는 사실을 다시금 상기합니다.

하지만 이 모든 슬픔 속에서도 작은 깨달음을 얻습니다. 죽음이 삶의 끝이라면, 그 과정은 살아 있을 때의 모든 순간이 얼마나 소중한지를 역설적으로 보여 주는 것이라는 것을 알게 됩니다. 마지막 순간까지도 빛을 잃지 않는 인간의 존엄성, 그리고 그 짧은 순간에도 피어나는 사랑과 희망의 끈을 봅니다. 그리고 이 깨달음은 언젠가 죽음을 맞이할 것이라는 불안감을 조금이나마 덜어 주는 역할을 합니다. 비록 빨리 죽을 것이라는 막연한 생각에 사로잡힐 때도 있지만, 결국 중요한 것은 삶의 길이가 아니라 깊이라는 것을 알게 됩니다. 매 순간을 충실하게 살아가고, 사랑하는 이들에게 더 많은 애정을 표현해야 한다는 것을 죽음을 통해 역설적으로 알게됩니다.

간병사로서 죽음을 매일 마주하는 삶은 분명 힘들고 고통스러운 길입니다. 그리고 그 길 위에서 죽음을 미리 겪는 듯한 기분을 느낄 때도 있습니다. 하지만 이 길 위에서, 삶의 가장 깊고 진정한 의미를 찾아가는 소중한 배움을 얻습니다. 그리고 그 배움은 저의 삶을 더욱 겸손하고 성숙하게 만드는 힘이 됩니다. 어쩌면 이처럼 죽음을 가까이서 보면서, 저는 삶을 더 충실하게 살아갈 용기를 얻는 것인지도 모릅니다. 이 모든 경험 덕분에 결국은 더 단단해질 것입니다. 이는 삶을 대하는 태도를 바꾸는 계기가 됩니다.

나의 마지막 파티

저에게는 몇 가지 버킷리스트가 있습니다. 그중 하나는 조금은 생소하게 들릴지도 모릅니다. 바로 '사전 장례식'입니다. 죽음을 준비한다는 말이 너무 무겁게 들릴 수 있겠지만, 제가 생각하는 사전 장례식은 어두운 의식이 아닙니다. 오히려 제가 사랑했던 사람들과의 이별을 조금 더 따뜻하게, 조금 더 정직하게 마주하고 싶다는 소망에서 비롯된 것임을 확신합니다.

이 세상을 떠난 뒤에 들려오는 인사는, 사실 제게는 큰 의미가 없습니다. 저 없이 이루어지는 슬픔의 말들보다는, 지금 살아 있을 때, 서로의 체온을 느낄 수 있을 때, 하고 싶은 말을 전하고 싶습니다.

저는 평생 '미리미리병'이라는 고질병을 앓으며 살았습니다. 계획하고 준비하고, 가능하면 모든 걸 앞서 정리해 두려는 습성은 이제 제 일상의 한 부분이 되었습니다. 어쩌면 사전 장례식이라는 생각도 그 연장선일 것입니다.

얼마 전 읽은 대만 의사의 책『단식 존엄사』에서 사전 장례식 장면이 인상 깊게 남았습니다. 이별의 자리가 추모가 아니라 기억의 자리였다는 사실을 확인합니다. 함께한 여행을 영상으로 되새기고, 웃으며 이야기를 나누는 모습 속에서 슬픔보다 고마움이 묻어났습니다. 저의 마지막 날도 그렇게, 그들과 나눈 시간들을 되짚고, 웃으며 고마움을 나누게 되기를 꿈꿉니다.

그날, 저는 저만의 드레스 코드를 정해 둘 생각입니다. 바로 '청바지'입니다. 저는 평생 청바지를 입고 살았습니다. 장례식에 갈 때도 상의만 콤비 재킷을 바꿔 입을 뿐, 바지는 늘 청바지였습니다. 제게 청바지는 단순한 옷이 아니라, 삶의 자세였습니다.

마지막 건배사도 청바지로 하고 싶습니다. "청춘은 바로 지금!" 아무리 나이를 먹어도 오늘이 제 삶에서 가장 젊은 날이라는 사실은 변함없습니다. 그러니 제 장례식이 아니라, 그들의 청춘을 예찬하는 자리로 만들고 싶습니다. 어제보다 오늘이 낫고, 내일은 내일에게 맡기며, 지금을 살아가야 한다는 말로 그들을 축복하고 싶습니다.

제 사전 장례식은 죽음을 슬퍼하는 자리가 아닙니다. 삶이라는 축제를 마무리하는 작은 파티임을 강조합니다. 고마웠다고, 행복했다고, 저를 기억해 줘서 고맙다고, 웃으며 체온을 나누고 싶습니다. 저는 마지막까지 밝게 웃을 것입니다. 그동안 함께해 준 사람들 한 명, 한 명에게 제 마음을 전하고, 아주 조용히 저의 삶을 정리할 것입니다.

죽음은 누구도 피해 갈 수 없습니다. 그렇다면 그 마지막을 선택하는 방식은 저만의 것이기를 바랍니다. 가진 것 아깝다며 움켜쥔 채 떠나고 싶지 않습니다. 제 삶은 꽤 괜찮았고, 하고 싶은 건 다 했고, 사랑하고 또 사랑받으며 잘 살아왔다고 천천히, 그리고 담담하게 말할 수 있기를 바랍니다. 시인 천상병의 말처럼, "아름다운 이 세상 소풍 끝내는 날" 저는 조용히 자연으로 돌아가고자 합니다. 부디 제 마지막 기억이, 가장 환한 웃음이었으면 좋겠습니다.

돌봄 노동의 철학

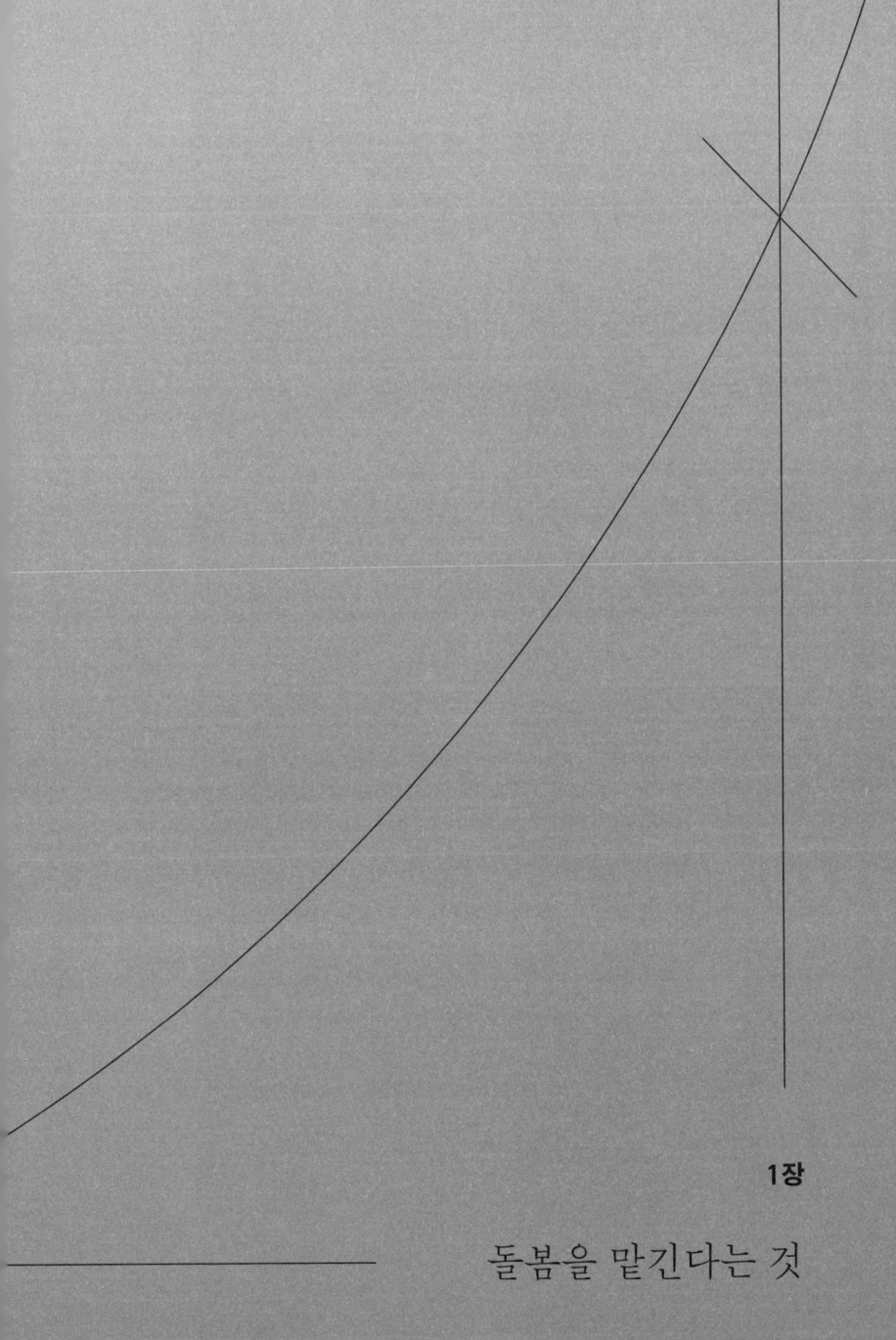

1장

돌봄을 맡긴다는 것

가족 간병,
과연 최선일까요?

부모를 돌보는 일이 당연하다는 신념은 우리 사회와 관습이 오랫동안 굳게 세워 온 명제입니다. 하지만 때때로 저는 이 질문 앞에서 망설이게 됩니다. 정말 가족 간병이 '최선'일까요?

간병 현장에서 매일같이 마주하는 풍경에는 그 명제에 대한 수많은 예외와 이에 따르는 고통이 숨어 있습니다. 부모니까 당연히 돌봐야 한다고 생각하면서도, 자식의 삶이 침식되어 가는 장면을 지켜보는 일은 안타깝기만 합니다. 가정이 없는 자식이라면 모를까, 가족이 있는 상황이라면 이야기는 훨씬 복잡해집니다. 진퇴양난, 계륵 같은 시간들이 이어집니다.

경제적 여유가 있다면 개인 간병인을 둘 수 있습니다. 하지만 현실은 간병 비용이 결코 가볍지 않습니다. 하루하루가 생계와 맞닿아 있는 다수의 사람들에게 그것은 사치에 가깝습니다. 어쩔 수 없이 스스로의 몸으로 버티는 간병, 그것이 가족 간병의 민낯임을 발견합니다.

우리 병동에도 쉬는 날 없이 어머니를 간병하는 딸이 있습니다. 처음엔 효심 깊은 사람이라 생각했습니다. 하지만 시간이 지날수록, '그 딸의 삶은 어떻게 유지되고 있을까.'라는 걱정이 먼저 듭니다. 가끔 집에 들러 아버지 식사까지 챙긴다고 들었지만, 더는 묻지 않습니다. 사적인 영역이기도 하고, 굳이 알지 않아도 되니까요. 하지만 그녀의 표정에서 스트레스를 읽어 낼 수 있습니다.

가족 간병에는 분명 장점도 있습니다. 정서적인 안정감, 맞춤형 돌봄, 경제적 부담의 경감입니다. 익숙한 얼굴이 주는 심리적 위안은 환자에게 큰 안정감을 줍니다. 또 환자의 성향과 습관을 누구보다 잘 알기에 말하지 않아도 필요한 것들을 미리 챙길 수 있습니다. 이 모든 건 돈으로 살 수 없는 혜택들입니다.

그러나 단점 또한 명확합니다. 심리적 피로감, 전문성 부족, 개인 시간의 손실입니다. 의무감이 인생을 집어삼키는 순간, 가족 간병은 오히려 관계를 병들게 만듭니다. 저 역시 그 생각에서 자유롭지 않습니다. 예전에 일본의 한 노의사가 쓴 책에서 비슷한 주장을 읽은 적 있습니다. 그는 "불편하더라도 다른 이에게 돌봄을 맡기고, 가족의 일상을 지켜 주는 게 낫다."라고 주장했습니다. 간병 때문에 가족 전체가 무너지는 현상을 막자는 주장이었습니다. 그 말에 고개가 끄덕여졌습니다.

우리 병동에는 다양한 형태의 가족 간병이 있습니다. 낮 시간만 돌보는 가족, 식사 시간마다 찾아와 수발을 드는 가족, 일주일에

한 번 꾸준히 오는 가족. 어떤 이들은 한 달에 한 번 얼굴 비추는 것으로 '효'를 대신하기도 합니다. 그중에 식사 시간마다 찾아와 수발을 드는 가족들을 보며 오기를 부려 봅니다. '그래, 언제까지 하나 보자.' 하지만 사실 그 속엔 부러움과, 제 자식들은 그렇게 못할 거라는 체념이 얽혀 있습니다.

이따금 생각합니다. 가족 간병이 정답은 아닐지라도, 차선일 수는 있습니다. 하지만 그마저도 쉽지 않습니다. 요양병원 현장에서 저는 너무나 많은 '현실'을 보았습니다. 대부분의 가족들은 결국 '눈도장'으로 간병을 대신한다는 사실을 확인합니다. 그렇기에 자녀가 매일 찾아오는 환자를 보면, 저는 생각합니다. '이 환자는 정말 복받은 사람이다.' 비록 그 복의 그림자에는 자녀의 희생이 깊게 깔려 있을지라도 말입니다.

선택은 결국 각자의 몫입니다. 저는 그저, 그 선택들이 너무 가혹한 대가를 요구하지 않기를 바랄 뿐입니다.

요양병원에서 가족을 모시려는 당신께

처음 요양병원에 가족을 모셔야 하는 상황에 놓였을 때, 누구나 막막함을 느낍니다. 아마도 대부분은 처음일 것입니다. 누구에게 물어볼 수도 없고, 막연히 '병원이니까 알아서 잘해 주겠지.'라는 기대를 품습니다. 하지만 현실은 기대와 다릅니다. 병원은 모든 걸 대신해 주는 곳이 아닙니다. 특히 요양병원은 '치료'보다 '돌봄'이 중심인 공간이라는 점을 기억해야 합니다.

치료가 이루어지고 있다고 해서 안심할 수 있는 것도 아닙니다. 의사 선생님이 환자를 돌보지만, 지속적으로 보호자가 소통하고 확인하지 않으면 상황을 쉽게 놓칩니다. 시간을 놓쳐 병세가 더 악화되는 경우도 종종 있습니다. 그렇기에 보호자는 치료 경과와 처방, 약물, 검사 일정 등을 자주 확인해야 합니다.

그리고 간병 문제. 간병비를 지불했으니 '가족처럼 돌봐 주겠지.'라는 기대는 접는 게 좋습니다. 물론 보호자보다 더 따뜻하게 환자를 돌보는 간병사도 있습니다. 하지만 그런 분들은 매우 드뭅니다.

요양병원에서 좋은 간병사를 만나는 건, 말 그대로 '복불복'입니다. 공동 간병사의 경우, "혼자 여러 명을 돌보다 보니 자세한 돌봄은 어렵다"는 말로 여러 상황을 넘기기도 합니다. 그리고 정말로, 다른 이의 확인이 없다면 해야 할 돌봄조차도 하지 않아 환자가 방치되는 경우가 많습니다. 병원 직원들도 하루하루 업무에 치여 그런 부분까지 다 챙기기 어렵습니다. 결국 보호자가 세심히 확인하고, 물어보고, 확인하고 또 확인하는 수밖에 없습니다.

제가 직접 경험한 일이 있습니다. 얼마 전 개인 간병을 하다 공동 간병으로 전환하셨던 한 어르신은 몇 달 동안 한 번도 목욕을 하지 못했다고 했습니다. "욕창이 있어서 할 수 없었다"는 개인 간병인의 말. 하지만 욕창 부분에 에이덤 하나만 붙이면 샤워도 가능합니다. 그래서 저는 근처 약국에서 에이덤을 제 돈으로 사 와 침대형 목욕 카트를 병실로 가져왔습니다. 이후 샤워실에서 따뜻한 물로 씻겨 드리고, 새 옷을 입혀 드렸습니다. 그 어르신은 샤워 후 이렇게 말씀하셨습니다. "하늘을 나는 기분이야."

그 한마디에 저는 울컥했습니다. 얼마나 찝찝하고 불편했을까요. 그러면서도 누구 하나 챙겨 주는 사람 없이 그저 참고 참아 왔을 그 마음을 생각하면 가슴이 먹먹합니다. 목욕도 그렇지만, 식사도 보호자의 관심이 절실한 부분입니다. 먹을 수 있는 환자라면 집에서 반찬을 가져다 드리는 것이 큰 도움이 됩니다. 하지만 대부분의 남자 환자 보호자들은 이 사실을 잘 모릅니다. 반면 여성 환자들의 병실은 거의 모든 보호자들이 집 반찬을 따로 챙겨 옵니다. 간병인들이 식사 때마다 그것을 따뜻하게 데워서 드립니다. 작은 정성이지만, 그 음식 앞에서 환자들은 삶의 의욕을 조금 더 갖습니다. 공동 간병사 입장에서는 이건 본업이 아닌 '과외 업무'에 가깝지만, 있으면 챙겨 줄 수밖에 없는 것이 또 사람 마음입니다.

하지만 간병인이 먼저 "반찬을 가져오세요."라고 말하기는 어렵습니다. 보호자의 입장을 고려해야 하니까. 그래서 그냥 조용히 넘어가는 경우가 많습니다. 결국 중요한 건, 가족의 관심과 준비입니다.

요양병원에 가족을 모시는 건 단지 병원에 '의탁'하는 게 아닙니다. 이제부터는 함께 살아 가는 또 다른 방식으로 받아들여야 합니다. 의료진과 간병인에게 전부를 기대하기보다 기본적인 것들, 놓치기 쉬운 부분들에 대해 관심을 가지고 자주 물어봐야 합니다. 당신의 사랑하는 가족이 조금 더 편안하고 존엄하게 요양병원에서 생활할 수 있도록. 그렇게 매일, 조금씩 따뜻하게 살펴봐 주는 사람이 바로 보호자, 바로 당신이 되어 주기를 바라는 마음으로 이 조언을 전하게 됩니다.

개인 간병과 공동 간병

    요양병원에서 간병인으로 지내는 동안, 저는 매일같이 개인 간병과 공동 간병이라는 두 가지 돌봄의 형태를 마주합니다. 단순히 인력 배치 방식의 차이를 넘어, 그 안에는 환자와 보호자의 삶, 그리고 간병인의 일상까지 좌우하는 깊은 의미와 현실적인 문제들이 담겨 있습니다. 이 두 가지 방식이 가진 장점과 단점을 이야기해 보고자 합니다.

개인 간병: 밀착 돌봄의 온기, 그리고 숨겨진 그림자

    개인 간병은 말 그대로 한 명의 환자를 한 명의 간병인이 전적으로 돌보는 방식입니다. 이 방식의 가장 큰 장점은 바로 밀착 돌봄이 가능하다는 점입니다. 간병인은 오직 한 환자에게 만 집중할 수 있기에, 환자의 작은 변화나 요구 사항을 즉각적으로 알아채고 대응할 수 있습니다. 미세한 표정 변화, 작은 신음 하나까지 놓치지 않고 보살필 수 있죠. 환자의 생활 리듬에 완벽하게 맞출 수 있어, 정해진 시간 외에도 필요한 돌봄을 제공할 수 있습니다. 예를 들어, 밤중에 갑자기 통증을 호소하거나 자세를 바꾸고 싶어 할 때, 즉각적인 도움을 받을 수 있는 건 환자에게 큰 심리적 안정감을 줍니다. 간병인과 환자 사이에 깊은 신뢰와 유대감이 형성될 가능성도 높습니다. 이는 환자의 정서적 안정에 긍정적인 영향을 미치며, 때로는 가족보다 더 큰 지지대가 되기도 합니다. 보호자 입장에서도 내 부모가 오직 한 사람에게만 집중적인 돌봄을 받는다는 점에서 안도감을 느낄 수 있습니다.

하지만 개인 간병에는 명확한 단점도 존재합니다. 가장 큰 문제는 단연 비용입니다. 한 달에 수백만 원에 이르는 간병비는 많은 가정에 엄청난 부담으로 다가옵니다. 특히 환자의 와병 기간이 길어질수록, 경제적인 압박은 숨통을 조여 오는 현실이 됩니다. 또한, 간병인 한 명에게 모든 책임과 업무가 집중되므로, 간병인의 피로도가 매우 높습니다. 24시간 상주하며 쉬는 시간조차 불규칙한 경우가 많아 육체적·정신적 소진이 빠르게 찾아올 수 있습니다. 간병인 개인의 능력이나 성향에 따라 돌봄의 질이 크게 달라질 수 있다는 점도 한계로 지적됩니다. 만약 경험이 부족하거나 인성이 좋지 않은 간병인을 만나게 되면, 환자가 제대로 된 돌봄을 받지 못하거나 오히려 학대에 노출될 위험도 배제할 수 없습니다. 간병인이 자리를 비울 때 대체 인력을 구하기 어렵다는 점도 단점입니다.

공동 간병: 효율 속의 외로움, 그리고 미완의 대안

제가 지금 맡고 있는 방식이 바로 공동 간병입니다. 여러 명의 환자를 한 명의 간병인이 붙박이로 돌보는 형태죠. 이 방식의 가장 큰 장점은 경제성입니다. 개인 간병에 비해 훨씬 저렴한 비용으로 간병 서비스를 이용할 수 있어, 보호자의 경제적 부담을 크게 덜어 줍니다. 이는 많은 환자와 보호자들에게 현실적인 대안이 됩니다. 또한, 한 간병인이 여러 환자를 돌보기에 병원 입장에서는 인력 운용의 효율성을 높일 수 있습니다.

그러나 공동 간병에는 그림자도 짙게 드리워져 있습니다. 가장 큰 단점은 돌봄의 질이 저하될 가능성이 높다는 점입니다. 한 간병인이 여러 환자를 동시에 돌봐야 하므로, 개별 환자에게 세심한 주의를 기울이기가 어렵습니다. 환자 한 분 한 분의 필요에 즉각적으로 반응하기보다는, 정해진 시간과 업무에 맞춰 움직여야 하는 경우가 많습니다. 이는 환자의 불편함을 키울 수 있으며, 특히 의사소통이 어려운 환자들은 더욱 소외감을 느끼기 쉽습니다. 제가 병실에서 환자들의 물병을 채우다 미처 알아채지 못한, 누군가의 갈증 섞인 한숨처럼, 공동 간병은 충분한 관심과 손길이 닿지 못해 환자에게 깊은 외로움과 소외감을 안겨 줄 수 있습니다.

간병인의 입장에서도 개개인에게 충분한 관심을 쏟지 못하는 것에 대한 미안함이나 아쉬움을 느낄 수 있습니다. 게다가 여러 환자를 동시에 돌보는 과정에서, 간병인 한 명에게 과도한 업무 부담이 집중되어 피로도가 높아지고 이는 다시 돌봄의 질 하락으로 이어질 수 있습니다. 외국인 간병인의 비율이 높아지면서 발생하는 의사소통의 어려움이나 문화적 차이 역시 공동 간병의 질에 영향을 미치는 요소입니다.

무엇을 선택할 것인가: 사회적 질문으로

결국 개인 간병과 공동 간병은 각각 장단점을 명확히 가지고 있습니다. 하나는 질 높은 밀착 돌봄이라는 이상을 품지만 높은 비용이라는 현실의 벽에 부딪히고, 다른 하나는 경제적 효율성을 내세우지만 돌봄의 깊이가 얕아지고 간병인의 부담이 가중될 위험을 안고 있습니다.

이 두 가지 방식은 단지 개인의 선택 문제가 아닙니다. 이미 고령화 시대에 들어선 우리 사회가 함께 고민해야 할 질문으로 확장되어야 합니다. 모두가 인간다운 마지막을 맞이하도록 도우려면 어떤 식의 돌봄을 제공해야 할 것인가? 지금 이 순간에도 병실 안에서는 환자들이 숨을 쉬고, 간병인들은 묵묵히 그들의 손발이 되어주고 있습니다. 이들의 삶이 더 나은 방향으로 나아가기 위해 우리는 어떤 고민과 노력을 해야 할까요. 저는 오늘도 그 질문을 안고, 고요한 병동의 복도를 걷습니다.

보호자에게 드리는 작은 조언

　오늘은 요양병원에 부모님을 모신 보호자분들께, 간병사의 한 사람으로서 조심스럽게 몇 마디 전하고 싶습니다. 대부분의 보호자분들은 처음 겪는 일이라 낯설고 당황스러울 것입니다. 부모님이 병원에 입원하면, 병원이 다 알아서 해 줄 거라 믿고 맡기고 싶을 것입니다. 그 믿음이 어쩌면 너무 당연한 바람일지도 모릅니다. 하지만 저는 그 믿음이 때로는 큰 착각이 될 수 있다는 사실을 현장에서 절실히 경험하고 있습니다.

　병원은 질병을 진단하고, 치료 방향을 설정하며, 일정한 처치를 제공하는 곳입니다. 재활치료를 포함해 여러 처치를 병행해 주는 경우도 있지만, 가장 기본적인 부분을 제외하고는 '알아서' 해 주는 일은 사실 많지 않습니다. 특히 간병사가 배정된 경우라면, 그 기대치는 더 조정되어야 합니다. 의사와 간호사의 영역은 제가 함부로 말할 수 없는 부분이지만, 간병사로서 직접 보고 느낀 현실은 분명히 말할 수 있습니다. 간병사가 있다고 해서, 부모님의 삶이 전적으로 보호받는 것은 아닙니다. 그 책임을 모두 맡기고 놓아 버리는 순간부터, 어쩌면 '보이지 않는 방치'가 시작될 수도 있습니다.

인지 기능이 남아 있어 자신의 요구를 말할 수 있는 환자라면 그나마 낫습니다. 하지만 그런 의사 표현이 어려운 분들은, 정말이지 '운'에 맡길 수밖에 없는 상황에 처하게 됩니다. 그나마 좋은 간병인을 만난다면 백에 하나 정도의 행운입니다. 실제로 우리 병동에서도, 환자를 돌보는 것이 아니라 자기 편한 방식으로 일하는 이들이 더 많습니다.

이런 현실 속에서 보호자가 해야 할 일은 명확합니다. 일일이 확인하고, 요구하고, 직접 챙기는 것입니다. 그래야만 부모님이 최소한의 돌봄이라도 제대로 받을 수 있습니다. 실제로 제가 아는 어떤 분은 개인 간병을 5개월 동안 두었지만, 목욕 한 번, 산책 한 번 없이 개인 간병을 마치기도 했습니다. 보호자가 몰랐기 때문입니다. 그리고 간병사는, 요구하지 않으니 굳이 나서지 않았습니다.

물론 목욕이나 외출, 산책 등은 주치의의 처방이 필요한 항목입니다. 하지만 오랜 경험이 있는 간병사라면, 가능한지를 알 수 있고, 상황에 맞게 의견을 전달할 수도 있습니다. 그런데 대부분은 말이 없습니다. 괜히 자기 일을 늘리는 사람이 없기 때문입니다. 하루하루가 곧 돈이 되는 구조에서 불필요한 수고는 대부분 피하게 되어 있습니다.

그런 면에서 저는 예외입니다. 무모한 오지랖 탓에, 스스로 무덤을 여러 번 판 사람입니다. 발바닥에 불이 날 정도로 병동을 누비고 다닙니다. 오늘은 간호부장님께 농담 반 진담 반으로 말했습니다. "119 좀 불러 주세요. 발바닥에 불이 났어요." 누가 시켜서 한 것도 아닙니다. 그저 제가 원해서, 해야 할 것 같아서 하는 일입니다. 그러니 누구를 원망할 수도 없습니다.

그래서 보호자분들께 꼭 말씀드리고 싶습니다. 부모님을 병원에 모실 때는 하나부터 열까지 직접 챙긴다는 마음으로 시작하셔야 합니다. 의심이 아니라, 관심입니다. 의뢰가 아니라, 함께하는 자세입니다. "병원이 다 해 줄 거야.", "간병사가 알아서 하겠지." 그런 믿음은 때때로 너무나도 위험한 착각이 됩니다.

간병사에게 부탁을 못 하겠다는 분들도 계십니다. "죄송해서…", "고생하시는 게 보이니까…" 그 마음, 충분히 이해됩니다. 하지만 고마운 마음은 따로 전하고, 요구할 일은 반드시 하셔야 합니다. 간병사에게 맡겼다면, 그 일에 대한 요구는 너무도 당연한 권리입니다. 그것이 간병사의 '일'이기 때문입니다.

저는 병동에 새로 오는 간병사들에게 단 한 가지만 당부합니다. "환자에게만 잘하세요. 다른 건 다 괜찮습니다." 그 한마디가 곧, 우리 직업의 전부라고 믿기 때문입니다. 저 역시 오늘도, 1분 1초라도 환자가 편안할 수 있도록 최선을 다하고 있습니다. 진심으로.

환자가 믿어야 할 세 가지

요양병원에서의 생활은 매일이 반복되는 듯하면서도, 그 속엔 다르지 않은 오늘이 없습니다. 다양한 환자들을 만나고, 그들의 삶과 병, 고통과 희망을 지켜보며 저는 종종 이런 생각에 잠기게 됩니다. 과연 환자가 병을 이겨 내기 위해 가장 먼저 붙잡아야 할 것은 무엇일까요? 저는 확신합니다. 환자는 세 가지를 반드시 믿어야 한다는 것을요.

첫 번째는 자기 자신을 믿어야 합니다. 병을 이겨 낼 수 있다는 강한 믿음, 내가 다시 일어설 수 있다는 자각이 없다면 아무리 좋은 약, 아무리 뛰어난 치료도 소용없습니다. 마음속에 꺼지지 않는 불꽃 하나가 있어야 합니다. 의사도, 간병사도, 가족도 대신 켤 수 없는 불꽃. 그건 결국 스스로 피워야 함을 배웁니다. 하지만 이 믿음은 저절로 생기지 않습니다. 먼저 자기 자신을 사랑하는 마음이 필요합니다. 자신을 미워하고 원망하는 사람은 몸도 마음도 회복하기 어렵습니다. 타인을 진심으로 아끼고 사랑하는 일은 언제나 '자기 자신을 받아들이는 일'에서 시작합니다. 작은 상처에 민감하고,

남의 눈치를 보느라 정작 자기 마음을 들여다보지 못하는 사람들이 적지 않습니다. 이제는 거울 속 자신에게 따뜻한 눈빛을 보내 봅시다. "괜찮아, 잘하고 있어!" 그 한마디가 생각보다 큰 힘이 됩니다.

두 번째로 의사를 믿어야 합니다. 주치의와의 관계는 단순한 치료를 넘어섭니다. 궁합이 맞지 않는다고 느껴진다면 다른 병원을 찾는 것이 맞습니다. 무조건 유명한 의사가 정답은 아닙니다. 내 이야기를 들어주고, 내 몸의 리듬을 이해해 주는 사람, 그 사람이 진짜 '나에게 맞는' 의사입니다. 그런 의사를 만났다면 전적으로 신뢰해야 합니다. 의심은 더 큰 의심을 낳고, 치료에 대한 방해가 될 뿐입니다. 좋은 의사와 환자의 관계는 어쩌면 친구와도 닮았습니다. 적절한 거리감 속에서 솔직함이 오가고, 그 안에서 생겨나는 신뢰가 치료 효과로 이어집니다.

세 번째는 약에 대한 믿음을 가져야 합니다. 사람마다 체질이 다르고 반응이 다를 수 있지만, 무엇보다 중요한 것은 '이 약이 나를 낫게 해 줄 것이다.'라는 마음입니다. 저는 예전에는 병원 가기를 유난히 꺼렸고, 웬만한 통증도 참고 넘기려 했습니다. 자연 치유가 최고라고 믿었습니다. 그런 제가 변화한 계기가 있었습니다. 한 방송에서 수전증으로 긴 세월 고생하던 의사가 친구의 권유로 시작한 병원 치료와 약 복용을 통해 상태가 호전되었다는 이야기를 들었을 때였습니다. 저는 그럴 수도 있지 않을까, 라는 생각을 하게 되었습니다. 그때부터였습니다. 참지 않고 병원을 찾고, 약을 복용하면서 더 빠르게 회복하는 경험을 했습니다. 몸이 괴롭지 않으니 마음도 덜 힘들었습니다. 그동안 왜 그렇게 미련하게 아픔을 견뎌 냈는지 후회가 될 정도였습니다.

지금도 병원 안에서 "약 먹어 봐야 소용없어."라는 말을 하는 환자들을 자주 봅니다. 때로는 본인이 의사인 양 이 약이 맞네, 저 약은 안 맞네 하는 분들도 계십니다. 그럴 때 저는 조심스럽게 권합니다. "복약 지도를 꼭 받아 보세요." 약은 단지 알약이나 시럽의 형태로만 존재하는 게 아닙니다. 그 약에 대한 이해와 신뢰가 함께해야 비로소 진짜 '치료제'가 됩니다. 실제로 병원에서는 바쁘다는 이유로, 약에 대해 자세히 설명해 주는 경우가 드뭅니다. 우리가 직접 물어보고, 확인하고, 이해하려는 노력이 필요합니다. 그걸 바탕으로 복용해야 약효가 배가되고, 부작용도 예방할 수 있음을 배웁니다.

환자에게 필요한 것은 환자의 의지만도, 의사만도, 약만도 아닙니다. 자기 자신에 대한 확신, 의사에 대한 신뢰, 약에 대한 긍정적인 태도, 이 세 가지가 균형을 이루어야만 진짜 회복이 시작됩니다. 이 길은 쉽지 않습니다. 불확실하고, 때로는 지치고 외롭습니다. 하지만 스스로를 믿고, 진심으로 나아지길 원한다면 그 믿음이 삶을 바꾸는 씨앗이 될 것입니다. 그리고 언젠가, 침대에 누워 있던 당신이 자신의 두 발로 병실을 걸어 나올 날도 분명 오게 될 것입니다. 그날까지, 저 또한 당신의 옆에서 오늘을 함께 버티고 응원할 것입니다.

요양병원의 사람들
: 삶의 톱니바퀴들

요양병원 안에는 참 많은 사람들이 살아가고 있다는 것을 느낍니다. 병원의 주인은 어쩌면 병상 위의 환자들이지만, 그들을 중심으로 참 다양한 이들이 하루하루를 묵묵히 채워 나간다는 것을 목격합니다.

먼저 병원의 뿌리라 할 수 있는 원장과 부원장이 있습니다. 이곳 병원에서 두 사람은 각자의 역할을 나누며 병원의 큰 방향을 잡습니다. 그 아래에는 병원의 행정 실무를 책임지는 원무과 직원들이 자리 잡고 있습니다. 그들은 보이지 않는 곳에서 병원의 흐름을 조율하며 묵묵히 뒷받침합니다.

가장 많은 비중을 차지하는 것은 역시 환자들입니다. 누구는 걸어 다니고, 누구는 침상에 누워 있고, 누구는 말없이 창밖을 바라봅니다. 하지만 모두 삶의 끈을 놓지 않기 위해 오늘도 싸우고 있습니다.

그 환자들의 가장 가까이에 있는 이들은 간병사들입니다. 공동 간병사, 개인 간병사로 나뉘어 있지만, 결국 모두 '돌봄'이라는 이름 아래 환자 곁을 지킵니다. 그 돌봄이 때로는 손 하나, 말 한마디, 웃음 한 조각으로써 환자의 하루를 지탱하게도 한다는 사실을 깨닫습니다.

그다음은 간호사들입니다. 간호부장을 중심으로, 각 층에는 수간호사, 간호사, 간호조무사, 실습생들까지 빼곡히 연결되어 있습니다. 수액 하나, 주사 한 번에도 따뜻한 손길이 스밉니다. '간호사'의 사(師)가 '스승 사'라는 걸 생각하면, 이들은 늘 환자 곁에서 배움과 돌봄을 함께 전하고 있는 셈입니다.

의사들은 각 과의 주치의로 배치되어 있습니다. 하루 한 번, 회진 시간마다 환자의 상태를 확인하고, 문제가 생기면 빠르게 조치합니다. 때로는 상급 병원으로 전원도 결정합니다. 짧은 순간의 회진에도 많은 무게가 실린다는 것을 깨닫습니다.

틈새 역할을 하는 방사선실 선생님도 있습니다. 한 분이 방사선 촬영뿐 아니라, 틈틈이 병원 내 다른 업무도 함께 돕습니다. 작지만 든든한 존재임을 확인합니다.

병원의 심장을 움직이는 곳, 영양실도 빼놓을 수 없습니다. 영양사를 중심으로 남녀 조리사 들이 하루 세 끼, 다양한 환자식과 죽, 반찬을 조리하며 숨 가쁜 하루를 보냅니다. 그 손끝에서 환자들의 식욕이 되살아나고, 생명의 에너지가 다시금 차오르는 것을 느낍니다.

시설팀과 환경팀도 있습니다. 시설팀장은 환경 업무까지 함께 책임지고, 환경팀 여사님들과 남자 직원 한 분은 병원 구석구석을 누비며 늘 청결을 유지합니다. 주말을 지나 월요일이면 복도마다 쌓인 쓰레기로 한바탕 전쟁을 치르지만, 그들의 손길이 있기에 병원은 늘 제자리를 지킵니다.

야간 경비도 빼놓을 수 없습니다. 낮에는 잘 보이지 않지만, 해가 지고 모두가 잠든 뒤에도 병원은 돌아갑니다. 그 중심에는 두 분의 야간 근무자가 있습니다. 임종의 순간을 마주할 때도, 조용히 병원의 밤을 지키는 분들입니다.

지하 1층에는 재활치료사들이 있습니다. 남녀 선생님들이 각자의 방식으로, 굳어 가는 몸을 조금이라도 회복시키기 위해 정성껏 손과 마음을 보탭니다. 걸음을 떼는 기쁨, 손을 움직이는 감각을 함께 나누는 이들입니다.

이 병원의 건물 안에 약 100명이 넘는 사람들이 밥벌이를 하고 있습니다. 밀집도만 따져 봐도, 작은 사회라 할 수 있습니다.

그 안에서 가장 자주 바뀌는 이는 환자와 간병사입니다. 환자들은 회복해서 퇴원하거나, 더 큰 병원으로 옮겨 가거나, 때로는 이곳에서 생을 마무리하기도 합니다. 간병사들은 스스로 떠나기도 하고, 적응하지 못해 교체되기도 합니다. 중국 동포들이 많은 이 현장에선, 한번 자리를 잡으면 쉽게 움직이지 않는 것이 일반적입니다.

간호사들은 상대적으로 이직이 드뭅니다. 봉사정신이 밑바탕이 되어야 가능한 일이기에, 오히려 더 오래 자리를 지키는 듯합니다. 체력이 허락하는 한, 60대 간호사들도 여전히 병원 곳곳을 누빕니다.

오늘도 이 병원에서는 수많은 이들이 동분서주하고 있습니다. 누구는 돌보고, 누구는 치료하며, 누구는 치우고, 누구는 관리합니다. 그 가운데 저도 있습니다. 환자의 곁을 지키는 한 사람으로, 저도 이 소중한 일상의 톱니바퀴 중 하나로 움직이고 있습니다. 작은 병원 하나지만, 이 안에는 수많은 인생이 살아 숨 쉽니다. 그 사실만으로도 오늘 하루가 조금 더 따뜻하게 느껴집니다.

병문안,
마음을 담은 선물

병실에 누워 있는 가족을 찾아갈 때, 빈손으로 가기는 좀처럼 쉽지 않습니다. 우리네 정서상, 병문안은 단순히 얼굴 한번 비추는 걸로 끝나지 않기 때문입니다. '얼굴 도장'을 찍는 것만으로는 어딘가 미안한 마음이 남고, 작은 것 하나라도 손에 들고 있어야 안심이 되는 것이 인지상정입니다.

그래서일까요? 병실 곳곳에서 가장 자주 보는 선물은 박카스 한 박스와 두유팩입니다. 보는 순간 '아, 또 왔구나' 싶은 익숙한 풍경입니다. 드링크류는 그나마 간편하고 두유는 건강에도 괜찮다고 하니 무난한 선택일 것입니다.

그런데 환자들 입장에서 보면, 마음이 또 조금 다르다는 것을 느낍니다. 가장 먹고 싶은 건 의외로 붕어빵, 호떡, 어묵 같은 길거리 음식들입니다. 뜨끈한 온기가 손에 남아 있을 때, 그걸 한 입 베어 물 수 있다면 얼마나 위로가 될까 싶습니다. 하지만 이마저도 함부로 할 수는 없습니다. 당뇨 환자에겐 혈당 스파이크가 치명적일 수 있고, 고혈압 환자에겐 짠맛조차 위험할 수 있기 때문입니다.

저는 초보 간병사 시절, 그런 걸 잘 모르고 인간적인 마음으로 붕어빵을 나누어 드린 적이 있었습니다. 그리고 뒤늦게 그분이 당뇨 환자였다는 걸 알고는 진땀을 흘렸습니다. 그 후로는 어떤 음식이든 먼저 '확인'부터 합니다. 병원식이 따로 존재하는 이유가 괜히 있는 게 아니구나, 실감하게 된 순간이었습니다.

물론 지인 입장에서는 이런 세세한 정보까지 챙기긴 어렵습니다. 하지만 '마음'만 가지고 병문안을 오기에는, 병원이라는 공간은 꽤나 조심스럽고 예민한 곳임을 깨닫습니다.

제일 좋은 방법은 간단합니다. 병문안을 가기 전에 보호자에게 살짝 물어보는 것입니다. 환자가 요즘 먹고 싶어 하는 게 뭔지, 특별히 피해야 할 음식은 없는지. 이렇게 미리 물어만 봐도 그 방문은 환자에게 '최고의 순간'이 될 수 있다는 것을 확신합니다.

그리고 가끔은 과일보다 반찬이 더 큰 위로가 될 때가 있습니다. 집에서 정성껏 만든, 평소 좋아하던 멸치볶음이나 장조림 하나만으로도 환자는 병원 밥이 아닌 '집밥'을 맛볼 수 있습니다. 그 한 입에 담긴 사랑과 정성은, 말 몇 마디로는 대신할 수 없는 것임을 경험합니다.

만약 시간이 부족하거나 여건이 되지 않는다면, 소박한 선물과 함께 소액의 현금을 봉투에 담아 건네는 것도 현명한 선택이 될 수 있습니다. 환자 스스로 원하는 간식을 사 먹을 수 있는 자유, 그 또

한 병원 생활에서 소소한 행복이 된다는 것을 알고 있습니다.

반대로, 아무것도 없이 그냥 와서 환자에게 "뭐 필요한 거 있어?"라고 묻는 건 조금은 배려가 부족한 태도일 수도 있습니다. 당황한 환자는 괜히 "괜찮다"며 웃고, 그 말 한마디에 본인의 처지를 떠올리며 더 쓸쓸해질 수도 있기 때문입니다.

누군가는 이렇게 말할지도 모릅니다. "빈손이어도 와 준 게 어디야." 물론 맞는 말입니다. 하지만 병원이라는 공간은 다릅니다. 한 사람의 아픔과 외로움이 농축되어 있는 곳이기에, 작은 성의 하나도 큰 감동이 될 수 있다고 확신합니다.

이곳에서의 시간을 겪으며 저는 깨달았습니다. 진정 감동을 주는 병문안 선물은 크고 화려한 것이 아니라, 지극히 일상적이고 따뜻한 것이라는 사실을. 간장게장 대신 멸치볶음 한 숟갈, 고급 쿠키 대신 파김치 한 접시, 그 모든 게 환자에게는 가장 맛있는 '집의 향기'임을 느낍니다.

언젠가 저도 누군가의 병실을 찾게 된다면, 그냥 아무거나 사 들고 가지 않으리라 다짐합니다. 미리 물어보고, 정성을 담고, 무엇보다 마음을 담아 다녀오고 싶습니다. 그게 진짜 위로니까 말입니다.

병실 문 앞,
그들의 자리

요양병원 간병인으로 생활하다 보면 하루에도 몇 번씩 마주하게 되는 장면이 있습니다. 바로 면회입니다. 면회는 상황보다 마음이 먼저 드러나는 순간입니다. 누가 어떻게 찾아오고, 어디에 앉고, 무슨 이야기를 나누는지를 보면 그 관계의 깊이를 가늠할 수 있습니다.

하루도 빠지지 않고 어김없이 식사 수발을 들러 오는 사람들. 그들은 거의 예외 없이 딸입니다. 딸들은 병원 침대 모서리에 걸터앉아 엄마, 혹은 아빠의 얼굴을 어루만지기도 합니다. 챙겨 온 간식을 건네며, 때로는 수저로 밥을 떠먹여 드립니다. 묵묵히, 하지만 오랜 시간 머무르며 따뜻한 말과 눈빛으로 병실을 채웁니다.

반면, 병실에 조심스레 들어섰다가 몇 분 머물고는 "갈게요."라는 짧은 말과 함께 돌아서는 사람들도 있습니다. 대부분 아들입니다. 물론 모든 아들이 그런 건 아닙니다. 자주 오고 살뜰하게 챙기는 이도 있습니다. 예컨대 앞 병실의 어느 아들은 정말 보기 드문

정성을 보였습니다. 자주 찾아와 목욕도 시켜드리고, 작은 요청에도 귀를 기울였습니다. 어르신의 병세가 안 좋아져 중환자실로 옮겨졌을 때는 제 마음도 무거웠습니다. 하지만 며칠 전, 다시 일반 병실로 내려왔습니다. 건강이 몰라보게 좋아졌고, 환한 얼굴로 제게 인사를 건넸습니다. "이건 효자 아들 덕분이 확실합니다." 저는 그렇게 말했습니다. 그만큼 지극정성으로 보살폈으니, 좋아지지 않는 게 오히려 이상한 일입니다.

그리고 며느리들. 그들이 환자 곁을 지키는 경우는 거의 없습니다. 대개 병실 문밖 복도, 의자에 앉아 핸드폰을 들여다보며 조용히 시간을 보냅니다. 함께 온 남편이 안에서 부모님을 챙기는 동안, 며느리는 병원 복도에 남아 있습니다. 물론 예외는 있습니다. 환자 곁에 나란히 앉아 웃고, 이불을 덮어 주고, 손을 꼭 잡고 있는 그런 며느리들도 있습니다. 그러나 그런 장면은 드뭅니다. 요양병원 복도에 혼자 앉아 있는 여성, 말없이 핸드폰을 내려다보는 그 모습은 간병인인 제가 보기에도 어떤 거리감이 느껴집니다.

가끔은 형제나 누이, 여동생이 면회 오는 경우도 있습니다. 그때 병실엔 조금 다른 공기가 흐릅니다. 말보다는 표정에서 전해지는 묘한 감정. 부채의식과 미안함, 안타까움과 추억이 섞인 그 표정이 방 안에 오래도록 남습니다.

면회는 자주 오는 사람과 오지 않는 사람으로 분명히 나뉩니다. 그 빈도는, 때로 환자의 재력과 비례하기도 합니다. 농담처럼 "아직 뜯어먹을 게 남아서 오시는 거 아니냐"고 말하긴 하지만, 완전히 틀린 말은 아닙니다. 그런 분들은 노년에 바보가 되기 싫어 아직 재산 정리를 하지 않은 경우가 대부분입니다.

또 어느 병실엔 백발이 성성한 환자가 계시는데, 한 달 가까이 면회 한 번 없고 병원비도 밀려 있습니다. 반면 다른 방에서는, 두세 명의 자녀가 매주 번갈아 찾아와 어머니의 머리를 감기고, 손톱을 정리해 드립니다. 그 차이는, 결국 그 사람이 살아온 방식의 흔적일지도 모릅니다. 자신밖에 모르고 살았던 사람은 병상에서도 혼자입니다. 누구도 찾지 않고 누가 오더라도 오래 머물지 않습니다. 그런 환자 곁엔 자식들이 남기고 간 텅 빈 마음과 안부 한마디만 있을 뿐입니다.

저는 오늘도 복도를 오가며 그들의 얼굴을 살핍니다. 누가 왔는지, 어떤 표정으로 앉아 있는지, 그 조각들을 조용히 모아 마음에 새깁니다. 면회는 단지 찾아오는 행위가 아닙니다. 그건 지금까지 어떻게 살아왔는지를 보여 주는 거울과 같은 것입니다. 말 한마디, 시선 한 번, 병실 문을 닫기 전 돌아보는 뒷모습 하나에 그 모든 시간이 다 담겨 있습니다.

딸의 유무,
요양병원 생활의 단면

요양병원에서 간병인으로 일하며 수많은 어르신들이 지나는 삶의 마지막 단계를 지켜봅니다. 이곳에서의 하루하루는 마치 인생의 축소판 같습니다. 그중에서도 제 시선을 붙잡는 것은 다름 아닌 '딸의 유무'가 만들어 내는 병원 생활의 미묘하고도 극명한 차이입니다. 언뜻 보면 아무것도 아닌 것 같지만, 딸이 있느냐 없느냐에 따라 어르신들의 병원 생활은 사뭇 다른 양상으로 전개되는 것을 목격합니다.

병원에서 딸의 존재는 마치 든든한 바람막이 같습니다. 물론 아들들도 부모님을 살뜰히 챙기지만, 딸들이 보여 주는 보살핌의 결은 사뭇 다르다는 것을 확인합니다. 딸들은 부모님의 작은 표정 변화 하나도 놓치지 않고, 불편함을 세심하게 헤아립니다. 주말마다 부모님을 모시고 외출을 나가거나, 병실에 오순도순 앉아 이런저런 이야기를 나누는 모습은 이곳에서 흔히 볼 수 있는 풍경입니다. 환자분들이 좋아하는 간식을 챙겨 오고, 병원 밥이 입에 맞지 않을까 봐 직접 반찬을 만들어 오거나 맛있는 배달 음식을 시켜 가져오는 것도 대부분 딸들의 몫입니다.

특히 여성 환자분들에게 딸의 존재는 더없이 중요합니다. 간병인으로서 환자분들의 개인적인 위생 관리를 돕다 보면, 아무래도 민감한 부분들이 많습니다. 그때 딸들이 병실을 방문하여 살갑게 어머니의 머리를 빗겨 주고, 손발톱을 다듬어 주며, 목욕이나 환자복을 꼼꼼하게 챙기는 모습을 보면 깊은 감동을 받습니다. 이는 단순히 '돌봄'을 넘어선 '정서적인 지지'이자 '사랑의 표현'임을 깨닫습니다. 딸들은 어머니의 심정을 가장 잘 이해하고 공감하며, 그 고통과 불편함을 함께 나누려 노력합니다.

반면, 딸이 없는 가정의 환자분들은 대체로 아들들이 보여 주는 다른 형태의 보살핌을 받으며 생활합니다. 아들들은 대부분 바쁜 사회생활로 인해 자주 병원을 찾기 어렵거나, 찾아오더라도 실질적인 돌봄보다는 경제적 지원에 더 중점을 두는 경향이 있습니다. 어쩌다 병실을 방문해도 부모님의 손발톱이 길어진 상황을 미처 살피지 못하거나, 먹거리를 챙겨 주지 못하는 경우가 적지 않습니다. 물론 아들들의 잘못은 아닙니다. 그저 성별의 차이에서 오는 생활 방식과 돌봄에 대해 인식의 차이가 있을 뿐입니다.

아들만 있는 환자분들은 따뜻한 정서적 교류나 세심한 일상적 배려를 경험할 기회가 상대적으로 적습니다. 물론 간병인들이 기본적인 케어를 제공하지만, 가족만큼의 친밀하고 개인적인 보살핌에는 한계가 따릅니다. 때로는 명절이나 특별한 날에도 면회객 하나 없이 홀로 시간을 보내는 환자분들을 보면 가슴 한편이 아려옵니다. 자식은 있지만, 딸이 없다는 이유만으로 이렇게 다른 삶의 단면을 경험해야 하는 현실이 안타깝기만 합니다.

이러한 현상은 우리 사회의 뿌리 깊은 성 역할 고정관념과도 무관하지 않습니다. '여성은 돌봄에 능하다'는 무의식적인 인식이 여전히 존재하고, 실제로 가정 내 돌봄 노동의 상당 부분을 딸들이 담당하고 있습니다. 아들들은 경제적인 지원을 통해 부모님께 효도한다는 인식이 강한 반면, 딸들은 정서적·신체적 돌봄의 영역에서 더 큰 역할을 기대받는 경향이 있습니다.

요양병원이라는 특수한 공간은 이러한 사회적 인식이 극대화되어 나타나는 곳입니다. 간병인으로서 저는 이러한 현실을 가장 가까이에서 지켜봅니다. 딸이 없는 환자분들의 외로움과 서운함 그리고 그것을 말없이 감당해야 하는 간병인들의 어려움이 뒤섞이는 현장을 매일 경험합니다.

물론 모든 경우가 그런 것은 아닙니다. 딸이 있어도 소원한 관계이거나, 반대로 아들이 지극정성으로 부모님을 모시는 경우도 분명 존재합니다. 하지만 대체적인 경향으로 볼 때, 딸의 유무는 요양병원 환자분들의 삶의 질에 지대한 영향을 미치는 것이 사실입니다.

이러한 현실을 마주하며 저는 다시 한번 건강의 중요성과 더불어 관계의 소중함을 깨닫습니다. 요양병원에 오지 않는 것이 가장 좋지만, 만약 이곳에 오게 된다면 단순한 돈이나 명예를 넘어, 가족과의 따뜻하고 돈독한 관계가 얼마나 큰 힘이 되는지를 절실히 느낍니다. 특히 딸과의 유대감은 노년기의 삶의 질을 결정하는 중요한 요소가 될 수 있다는 사실을 절감합니다.

어떤 부모도 자식에게 짐이 되고 싶어 하지 않습니다. 하지만 돌봄의 현실은 때로 냉혹합니다. 이곳에서 저는 따뜻한 손길과 진심 어린 대화가 얼마나 큰 위로가 되는지 매일 봅니다. 딸이 주는 특별한 보살핌을 보며, 앞으로 우리 사회가 성별에 관계없이 더욱 평등하고 통합적인 노인 돌봄 시스템을 구축해야 할 필요성을 느낍니다.

오늘도 저는 병실에서 조용히 기도합니다. 모든 환자분들이 따뜻한 보살핌 속에서 편안하게 지낼 수 있기를, 그리고 그들의 마지막 여정이 외롭지 않기를 바랍니다. 딸의 유무가 더 이상 슬픈 차이를 만들지 않는 날이 오기를 간절히 바랍니다.

너무 빨리 줘버린 것들

병원에서 마주하는 이야기 중 유난히 자주 들리는 말이 있습니다. "내가 너무 빨리 재산을 자식들에게 넘긴 것 같아." 그 말은 단순한 후회가 아닙니다. 누군가에게는 쓸쓸함이고, 또 누군가에게는 자존심의 상처입니다. 이곳에서 시간을 보내다 보면, 아주 작은 일에도 마음이 상하고 스스로 버림받았다는 느낌에 눈물이 고이는 환자들을 자주 봅니다.

누가 옳고 그르다 말하기 어렵습니다. 정답이 없는 문제이니까요. 그렇지만 아직 정리하지 않은 이들에게는 최대한 늦게 정리하는 것도 하나의 방법이라고, 적어도 저는 그렇게 조심스럽게 권해보고 싶습니다.

사람은 누구나 다릅니다. 그럼에도 불구하고, 손에 쥔 것을 다 내어주면 마음이 느슨해지는 건 인간의 본능일지도 모릅니다. 서양에서도 이런 속담이 있습니다. "위험한 순간이 지나가고 나면 신을 잊어 버린다(Danger past, God forgotten)." 우리식으로 말하자면, 화장실 갈 때 마음과 나올 때 마음이 다르다는 뜻입니다.

이곳 병실에서도 보호자들의 태도만 봐도 어느 정도는 가늠할 수 있습니다. 아직 환자의 말에 힘이 실리는 경우라면, 분명 무언가 행사할 권한이 남아 있음을 짐작합니다. 반대로 이미 모든 걸 넘긴 경우, 쥐꼬리만 한 자존심과 병상 위의 불편함만 남는 게 현실입니다.

특히 아들의 경우, 며느리라는 '변수'가 생깁니다. 물론 모든 며느리가 그렇다는 건 아닙니다. 다만, '내가 그 소수에 해당된다면 어쩌지.'라는 불안이 어르신들의 가슴을 조마조마하게 만듭니다. 실제로 팽팽한 기싸움이 전개되는 장면도 종종 목격합니다. 이미 기울어진 운동장 위에서 벌어지는 경기라 환자 입장에서는 더욱 답답할 수밖에 없다는 것을 알게 됩니다.

생각 없이 어쩌다 보면 이렇게 됩니다. 한때 당당하고 대범하던 이가 자식들에게 모든 것을 넘긴 뒤에는 병상에 누워 조용히 눈치만 살피는 사람으로 바뀌어 있는 것입니다. 돈이 곧 권력이라는 말이 새삼스레 떠오릅니다.

과거를 이야기할 때 환자들의 얼굴은 빛납니다. 자신이 지켜온 삶에 대한 자부심이 스며 있습니다. 그 시절로 되돌아간 듯한 표정에서 저는 잠시 함께 시간 여행을 떠난 기분이 들곤 합니다. 그러나 현실은, 병상 위에서 면회를 기다리며 외롭게 끼니를 때우는 날들이 더 많습니다. 그런 어르신께 제가 농담을 건넵니다.

"어르신, 가슴이 왜 이렇게 새까매요? 아직도 탈 게 남아 있었 나? 그리고 오늘 점심은 라면 끓여야겠네요. 머리에 냄비만 올려놓 으면 금방 익겠어요."

그렇게 웃어 드리면 조금 전까지 무표정하던 얼굴이 활짝 펴집 니다. 자식 이야기가 나오면 냉정한 마음도 한순간 녹아 버리는 게 부모입니다. 긴 병에 효자 없다지만, 그래도 자식이 얼굴만 비춰도 기쁘지 않은 부모가 있을까요?

저는 말합니다. "길어질 병이라면, 미리 대안을 세우셔야 합니 다." 그러면 대부분의 어르신들은 고개를 저으며 웃습니다. "그럴 순 없어. 자식은 내 목숨보다 더 귀한걸." 그 말이 거짓이 아니라는 걸, 저도 부모가 되어 알게 되었습니다.

그럼에도 저는 조심스럽게 한 번 더 말하고 싶습니다. 만에 하나 를 대비하라고요. 지금 손에 쥐고 있는 것이, 당신의 남은 시간을 지켜 줄지도 모르니까요. 어떤 책에서 이런 문장을 읽은 적이 있습 니다. "노년에는 통장의 큰 숫자보다 지갑 안의 현금이 더 중요하 다." 결국, 눈앞에 있는 현실이 가장 분명한 것입니다. 아무리 믿고 싶은 마음이 있어도 신뢰만으로는 지켜지지 않는 것이 세상사이기 도 하니까요.

이미 지나간 건 어쩔 수 없지만, 그 손에 남은 마지막 쥐꼬리만큼 은 어떻게든 지켜 드리고 싶은 마음입니다. 그것이 누군가의 마지 막 자존심일 수 있음을 깨닫습니다.

누군가의 어머니, 아버지

요양병원의 하루는 조용하지만, 그 고요함 안에 참 많은 일들이 일어납니다. 환자의 몸에 생긴 작은 변화들, 간병인의 눈빛에 밴 피로, 어르신들의 짧은 한숨. 그리고 그 조용한 리듬에 불쑥 끼어 드는 특별한 순간이 있습니다. 바로 면회입니다.

병실에 누군가의 가족이 들어서는 순간, 공기는 미묘하게 바뀝니다. 익숙한 병원 냄새 위로 낯선 향수가 섞이고, 희미한 침묵 위로 웃음 섞인 말소리가 흐릅니다. 간병인의 손이 아닌, 가족의 손이 어르신의 어깨를 잡아 주는 그 짧은 순간은 병실 전체에 작은 온기가 더해집니다. 하지만 그런 장면을 마주할 때마다 저는 한편으로 또 다른 시선을 의식하게 됩니다. 바로, 면회받지 못한 이의 조용한 침대입니다.

어느 날, 병실 다섯 분 중 네 분의 가족이 차례로 병실에 들렀습니다. 각자의 침대 옆에서 짧지만 따뜻한 말이 오가고, 음식이며 간식들이 손에서 손으로 옮겨졌습니다. 그 와중에 아무도 찾아오지 않은 한 분의 침대는 유독 더 조용해 보였습니다. 그날만 그런 것일 수도 있었지만, 저는 그 무언의 적막이 오래도록 마음에 남았습니다. 표정은 담담해 보였지만, 마음마저 그러했을지는 알 수 없었습니다.

면회는 단순히 누가 왔느냐, 몇 번 왔느냐의 문제가 아닙니다. 그 안에는 수없이 많은 전제가 있습니다. 누군가는 멀리 살아서 자주 오지 못하고, 누군가는 시간적인 여유가 없어 발걸음을 미룹니다. 어떤 이는 부모와의 관계가 오랜 시간 멀어져 있었고, 또 다른 이는 경제적 사정이나 건강 때문에 방문 자체가 부담일 수 있습니다. 심지어, 오고 싶어도 환자가 자신을 기억하지 못해 마음이 무너진다는 이도 있습니다. 그렇기에 면회의 유무만으로 그 사람의 삶을 단정하는 것은 위험합니다. 그럼에도 불구하고, 이 병실이라는 좁은 공간에서는 '누가 왔고, 누가 오지 않았는가'가 선명하게 대비됩니다. 그리고 그 선명함이 누군가에게는 상처가 됩니다.

저는 그것을 너무 자주 봅니다. 혼자 남겨진 침대에 누운 분이 창밖을 멍하니 바라보거나, 괜히 텔레비전에 더 집중하거나, 물을 마시러 나간다며 짧은 외출을 하는 모습. 그 안에 숨겨진 감정을 섣불리 해석하려 애쓰지는 않습니다. 그저 제가 할 수 있는 건, 말없이 간식을 드리고, 불편한 자세를 바로 잡아 드리는 일뿐입니다. 그게 유일하게 제가 드릴 수 있는 위로이기 때문입니다.

물론 모든 환자가 면회를 기다리는 건 아닙니다. 오히려 "난 괜찮아. 애들도 바쁜데 뭘 오냐." 하며 쿨하게 넘기는 분도 계십니다. 하지만 그 말조차 진심이 아닐 수도 있다는 걸 압니다. 그분들의 목소리에는 묘한 여운이 있습니다. "괜찮다"는 말 안에 "괜찮지 않음"이 숨겨져 있을지 모른다는 점을 이곳에서는 자주 느낍니다.

가끔, 자식들이 들렀다가도 저에게 눈길 한 번 주지 않고 병실을 나가는 모습을 봅니다. 환자를 돌보는 간병인에게 인사 한마디 없는 태도. 그저 무심한 건지, 감정이 묻어 있는 건지 알 수 없지만, 저는 그런 날이면 일 외의 것은 돕고 싶지 않아집니다. 하지만 그런 마음도 오래가지 않습니다. 결국은 또 나서게 됩니다. 다른 환자들에게 피해가 가지 않도록 조용히, 또 묵묵히 손을 뻗습니다. 왜냐하면 제가 하는 이 일이 결국, 누군가의 외로움을 채워 주는 일이기도 하기 때문입니다.

하루는 그런 일이 있었습니다. 한 환자분이 갑작스레 식사를 거부하셨는데, 약을 복용하려면 무어라도 드셔야만 했습니다. 간호사 선생님은 곤란해하셨고, 저 역시 망설였죠. 하지만 혹시 몰라 사다 놓았던 인스턴트 죽이 문득 떠올라, 조용히 여쭈었습니다. "호박죽 괜찮으시겠어요?" 천천히 끄덕이는 고갯짓에 저는 조용히 죽을 데워 드렸습니다. 이곳은 전자레인지조차 동전을 넣어야 돌아갑니다. 그리고 그날도 어떠한 감사의 말도 없었습니다. 환자분은 다 들고서 그저 조용히 돌아누우셨죠. 솔직히 서운한 마음이 드는 건 어쩔 수 없었습니다.

그러나 마음 한편은 이내 이렇게 속삭였습니다. '그래도, 잘했어요. 누군가를 위한 일이었잖아요.' 저는 그 말을 믿습니다. 이 일이 언제나 즉각적인 보답을 받는 건 아니지만, 제가 건넨 작은 온기가 어떤 이의 마음에 분명히 스며들 수 있다는 것을요.

요양병원은 단순히 병을 고치는 곳이 아닙니다. 기억을 지키는 곳이고, 남은 삶을 함께 살아 주는 공간입니다. 그리고 그 안에서 면회는 가장 작은 사랑의 방식이자, 때론 가장 큰 결핍의 흔적이기도 합니다. 그래서 저는 오늘도 다짐합니다. 비어 있는 자리에도 조용히 시선을 두고, 불 꺼진 침대 옆에도 같은 손길을 얹으며, 누군가에게서 외면당한 마음에 조심스럽게 다가가리라고. 그들이 비록 지금은 약해졌지만, 분명 누군가의 아버지였고 어머니였던 그 시간들을, 누군가는 반드시 기억하고 있으리라 믿으면서.

돌아갈 수 있는 집이 있음에도

요양병원에 새로 입원한 구순 어르신 한 분이 계십니다. 오래 누워 계시지도 않고, 말씀도 또렷합니다. 문제라고는 무릎과 허리 통증뿐입니다. 거동이 다소 불편할 뿐, 정신은 너무도 말짱합니다. 오히려 같은 병실에 누운 여든 초반의 어르신보다 더 낫습니다. 이쯤 되면 우리는 '데일리 케어' 수준이라고 말합니다. 입원이 아니라 '일일 돌봄 서비스'만으로도 충분하다는 뜻입니다.

어르신은 하루에도 몇 번씩 말합니다. "나 집에 가고 싶어…. 이 병원은 내 자리가 아니야." 그 말이 틀린 게 아닙니다. 사실 어르신은 지금 여기에 계실 이유가 없습니다. 자녀가 있고, 어느 정도 현금도 보유하고 있습니다. 자식의 도움 없이도 병원비를 자립할 만큼 경제적으로도 어렵지 않습니다. 문제는 오직 하나입니다. 그 자녀들이 어르신을 '집'으로 데려갈 생각이 없다는 것입니다.

어르신은 어제 햇빛을 쬐러 병원 앞으로 나가셨습니다. 간병사인 저도 짧게 시간을 내어 동행했습니다. 햇살이 얼굴에 닿자, 어르신은 갑자기 물으셨습니다. "나는 왜 데일리 케어에서 케어받고, 집에 있으면 안 되는 거냐?" 이 병원에도 6층에 데일리 케어센터가 있습니다. 그 말에 대답을 할 수 없었습니다. 가능하지 않은 것이 아닙니다. 할 수 있음에도 하지 않는, 자녀들의 '선택'이 문제입니다.

자녀들은 일주일에 한 번, 요일을 나눠 가며 면회를 옵니다. 하지만 그 면회는 형식입니다. '오긴 왔다'는 도장 하나 찍듯, 서둘러 다녀갑니다. 한 시간도 채 되지 않는 그 시간을 기다리느라 어르신은 한 주 내내 마음을 쓸어 담습니다. 간병사인 저는 가끔 면회 때 끼어들고 싶어집니다. 입에 담지는 않지만, 속으로 외칩니다. '이분은 지금도 집에 가실 수 있는 분입니다. 지금이 아니면 다시는 못 돌아갈지도 모릅니다.' 그런데 말하지 못 합니다. 저는 가족이 아니고, 간병사일 뿐이니까요. 저는 병실의 그림자이고, 그림자에게는 목소리가 없습니다.

정작 어르신은 하루하루 무너진다는 것을 느낍니다. 입맛도 줄고, 웃음도 줄고, 이야기하는 횟수도 줄어듭니다. "여기 왜 있어야 하는지도 모르겠어." 그 말이 메아리처럼 병실에 맴돕니다.

간병은 사람을 지키는 일이라지만, 간혹은 '지켜야 할 존엄이 무너지는 순간'을 가장 가까이서 본다는 것을 경험합니다. 이 어르신은 분명히 집으로 돌아갈 수 있는 사람입니다. 하지만 자녀들의 무관심은 그 가능성을 무너뜨립니다. 요양병원이라는 공간은 돌봐야 할 이들이 없을 때 마지막으로 맡기는 곳이 아닙니다. 마지막을 인간답게 지켜야 하는, 그래서 더 조심스러워야 하는 곳임을 깨닫습니다.

저는 오늘도 입술을 꾹 다문 채 그 곁을 지킵니다. 병원 앞에서 해를 바라보는 어르신의 뒷모습을 보며 마음속으로 그 가족분들께 중얼거립니다. "할 수 있는 일이 있다면, 제발 지금 해주세요. 지금이 마지막일지도 모릅니다."

병실에서 생활하고 계시지만 아직 집으로 돌아갈 수 있는 사람이 있습니다. 하지만 그를 기 다리는 집이 타인의 무심으로 닫혀 있다면, 그 삶은 누구의 것일까요? 저는 묻고 싶습니다. 이분의 남은 시간은 누구의 것인가. 돌봄이란, 내가 너를 위해 '시간을 내는 일'이 아니라 너를 위해 '돌아오게 하는 일'은 아닐까 하는 것을 생각합니다. 저는 여전히, 말을 삼킨 채 그 등 뒤를 쓸쓸히 바라볼 뿐입니다, 그저.

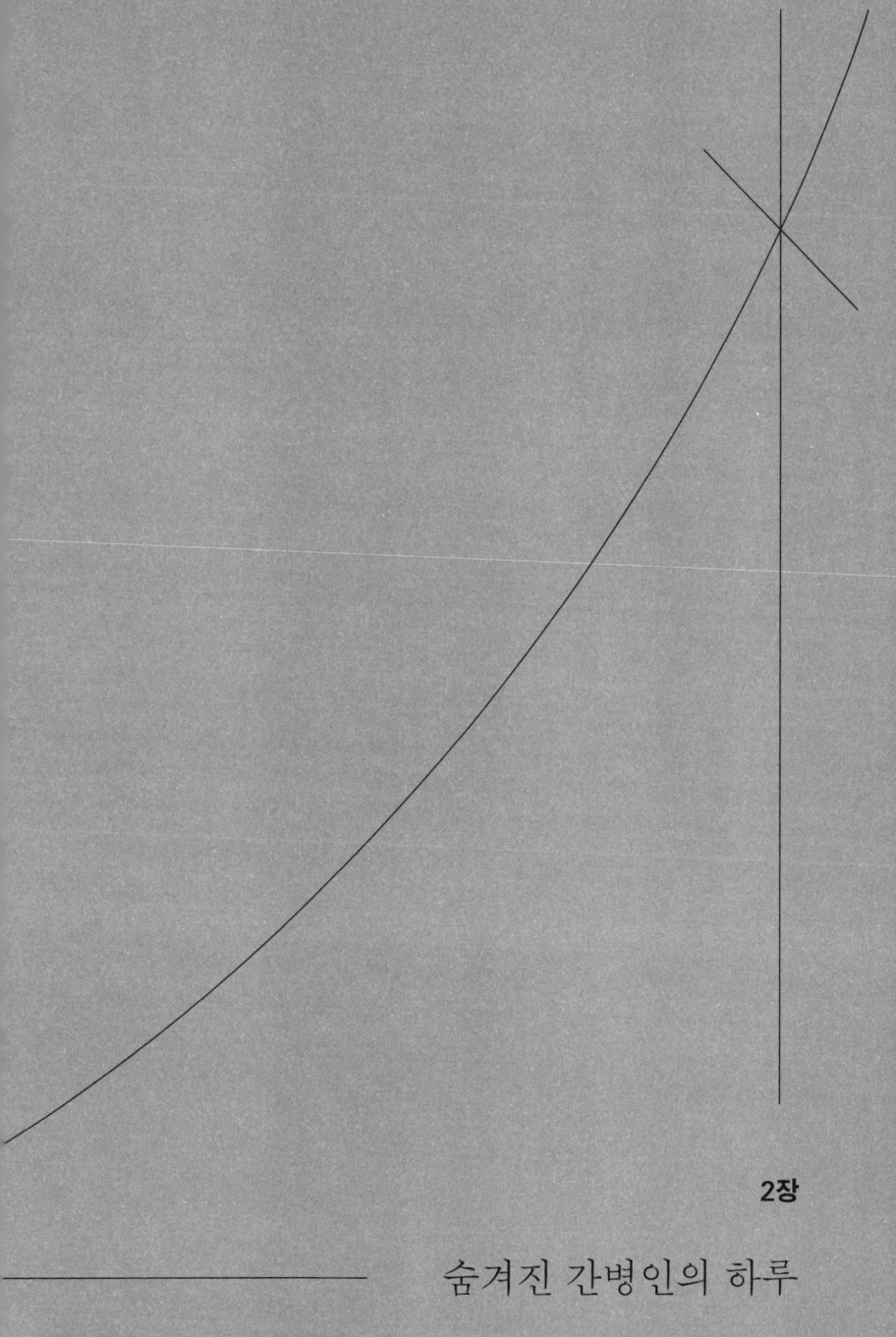

2장

숨겨진 간병인의 하루

잠 못 드는 그대에게

새벽, 모두가 깊은 잠에 빠져 있을 시간. 간병인의 밤은 다릅니다. 아니, 오히려 더욱 선명하고 잔인하게 다가옵니다. 낮 동안의 분주함이 가라앉고 고요함이 깃들면, 감각은 더욱 예민해집니다. 희미한 달빛 아래, 병원 침대 옆에 놓인 간이침대에 몸을 뉘어도 잠은 쉽사리 찾아오지 않습니다. 그저 눈을 감고 있다는 표현이 더 정확합니다.

수면은 간병인에게 가장 힘든 적수 중 하나입니다. 그 적수는 때때로 환자의 입을 빌려 찾아옵니다. "여보, 여보!" 밤새도록 울려 퍼지는 섬망 증세의 외침은 간병인의 마음을 찢어 놓습니다. 환자는 알 수 없는 공포에 사로잡혀 있거나, 과거와 현재를 혼동하며 엉뚱한 이야기를 꼬리에 꼬리를 물고 이어 갑니다. 잊었던 이름들을 부르거나, 존재하지 않는 사람들과 대화하기도 합니다. 환자의 불안한 눈빛과 혼란스러운 말들이 쏟아질 때, 간병인은 이 세상에 홀로 남겨진 듯한 깊은 외로움을 느낍니다. 어둠 속에서 오롯이 그 목소리를 감당해야 하는 순간들은 고독하고 아득합니다. 환자가 힘들어하는 모습에 가슴이 저릿하면서도, 한편으로는 끊어질 듯한 잠과의 사투에 지쳐 가는 자신을 발견합니다.

숨 쉬는 소리마저 크게 들리는 정적 속에서, 우렁찬 코골이 소리가 귓가를 파고들 때도 있습니다. 마치 옆에서 천둥이 치는 듯한 그 소리는 간병인의 얕은 잠을 매번 깨웁니다. 때로는 알아들을 수 없는 잠꼬대가 혼잣말처럼 이어지기도 합니다. 환자가 꿈속에서 어떤 이야기를 하고 있는지 짐작조차 할 수 없는 모호한 소리들은 잠의 얕은 막을 계속해서 찢어 냅니다. 깊이 잠들지 못하고 얕은 잠과 깨어남을 반복하는 밤은, 마치 끈적이는 거미줄처럼 몸과 마음을 옥죕니다. 작은 소리에도 온몸의 신경이 곤두서고, 심장이 쿵 내려앉는 일이 셀 수 없이 많습니다.

잠들지 못하고 부스럭거리는 소리 역시 간병인의 밤을 고통스럽게 만듭니다. 이불을 들었다 났다 하거나, 침대 난간을 붙잡고 몸을 뒤척이는 소리들이 밤새도록 이어집니다. 때로는 무언가를 계속 뒤적거리거나, 작은 물건을 만지작거리는 소리들이 조용한 밤을 깨웁니다. 그 소리들은 저의 잠을 훔쳐 가는 도둑처럼 느껴집니다. 환자의 작은 불편이나 무의식적인 행동이 그대로 간병인의 불편으로 연결되어 다가옵니다. 환자가 직접 침대의 높이를 올렸다 내렸다 반복하는 소음은 간병인의 잠을 가차 없이 깨웁니다. 환자가 불편함을 호소하거나 자세를 바꾸고 싶어 할 때마다, 침대 모터

소리가 밤의 정적을 가르고 울려 퍼집니다. 한 번의 조작이 끝나 간신히 눈을 붙였는데, 잠시 후 또다시 들려오는 소리에 퍼뜩 정신을 차립니다. 이러한 반복적인 움직임과 소음은 잠의 흐름을 끊고, 간병인에게 육체적인 피로를 가중시킵니다.

그리고 간병인의 잠을 방해하는 또 하나의 큰 이유는 바로 낙상 위험입니다. 잠든 사이 혹시라도 환자가 침대에서 떨어지거나, 혼자 움직이려다 균형을 잃고 넘어질까 봐 간병인은 깊은 잠에 들지 못하고 선잠을 자게 됩니다. 작은 뒤척임에도 귀를 쫑긋 세우고, 혹시 모를 상황에 대비해 온 신경을 곤두세운 채 잠을 청합니다. 잠시라도 눈을 붙일라치면 '혹시 지금 환자가 일어나려나?', '침대에서 내려오려고 하진 않을까?' 하는 불안감이 엄습합니다. 그 불안감은 수면의 질을 급격히 떨어뜨리고, 간병인을 더욱 지치게 만듭니다. 잠든 시간에도 쉬지 못하는 마음은 그렇게 간병인의 밤을 지배합니다.

간병인의 밤은 단순히 불면의 상황 이상의 의미가 있습니다. 그것은 환자의 고통을 함께 나누는 시간이자, 나 자신의 존재가 서서히 잠식당하는 과정입니다. 꿈조차 꾸지 못하는 잠, 그마저도 허락되지 않는 밤은 간병인의 영혼을 서서히 메마르게 합니다. 하지만 새벽이 오고 희미하게 동이 트기 시작하면, 간병인은 다시 한번 숨을 고르고 새로운 하루를 맞이합니다. 어젯밤의 피로를 짊어진 채, 환자를 위해 또다시 강인해져야 하는 숙명을 받아들입니다.

이런 밤들이 모여 간병의 시간이 됩니다. 그리고 그 시간 속에서 간병인은 사랑과 인내 그리고 자기희생이라는 눈물겨운 감정들을 깊이 경험합니다.

한밤의 낙상

　간병사들에게 일하면서 가장 힘든 순간을 꼽으라면, 저는 단연코 취침 시간에 일어나는 낙상 사고입니다. 그런 사고는 예고 없이 찾아옵니다. 제가 아무리 신경을 쓰고, 사전에 살핀다 해도 막을 수 없는 일들이 있습니다. 그리고 그 일이 벌어지고 나면, 아무리 제 탓이 아니라 해도 죄책감이 밀려옵니다. "내가 조금만 더 신경 썼다면….", "조금만 더 살폈더라면…." 되돌릴 수 없는 상황 앞에서 자책은 깊어집니다. 환자에게도, 간호사 선생님들에게도 괜스레 고개를 들 수 없습니다.

　물론 낙상을 예고하는 징후가 아예 없는 것은 아닙니다. 환자가 식사를 잘 하지 못하거나, 기력이 급격히 떨어지는 모습이 보이기도 합니다. 하지만 그건 말 그대로 '조짐'일 뿐이고, 저는 신이 아닙니다. 이유를 다 알 수도, 예외 없이 막아 낼 수도 없습니다.

　낙상의 대부분은 새벽에, 화장실을 가다가 일어납니다. 그 순간 환자도 아마 어안이 벙벙할 것입니다. 아픈 것도 잠시 잊을 정도로 황당하고 당황스러운 순간일지 모릅니다. 하지만 왜 안 아프겠습니까. 나이 들수록 작은 충격도 큰 부상으로 이어지는 법입니다. 우리 어른들은 낙상을 '아픔'보다 '창피함'으로 여기는 경향이 있습니다. 눈길에서 넘어져도 벌떡 일어나 "괜찮아요."라는 말을 입에 달고 사는 것이 익숙합니다. 그게 자존심이고, 체면이니까요. 그러나 병원에서는, 자존심보다는 안전이 먼저입니다. 그래서 더 안타깝습니다. 조금만 더 도움을 요청하셨다면, 조금만 더 자신을 내려놓으셨다면 어땠을까 하는 아쉬움을 느낍니다.

최근 저희 병실에서도 낙상 사고가 일어났습니다. 그 환자는 제가 3일간 휴가를 간 사이 거의 식사를 못 하셨다고 합니다. 복귀한 날, 만두 몇 개로 끼니를 때우시던 모습이 지금도 눈에 선합니다. 기저 질환으로 복용하는 약들이 있었고, 그런 상황에서 제대로 먹지 못하면 결국 몸이 버틸 리 없었습니다.

저는 매번 식사를 권했습니다. 밥 몇 숟가락이라도 드시게 하려고 애썼습니다. 도저히 입맛이 없다 하면, 칼로리 보충용 영양식이라도 어떻게든 드시게 했습니다. '영양제보다 밥 한 그릇이 낫다'는 말이 제 철칙이었으니까요. 환자에게 밥은 곧 약입니다. 그래서 저는 늘 말합니다. "밥을 먹어야 삽니다." 그러면서 정작 저는 식사를 거르기 일쑤입니다. 참 아이러니한 일입니다.

이번 낙상은 지난번 사건과 겹쳐 제 마음을 더욱 무겁게 만들었습니다. 물론 그 누구보다 힘든 건, 그 일을 겪은 환자 본인이라는

걸 압니다. 하지만 저는 매 순간 자문하게 됩니다. '내가 더 할 수 있는 일은 없었을까?'

낙상 사고를 막는 뾰족한 수는 없습니다. 하지만 한 가지 분명한 건 있습니다. 바로 '예방'입니다. 환자가 쓰러지기 전에, 기력이 다 빠지기 전에, 그 징후를 더 민감하게 느끼는 것. 그리고 사소해 보일지라도 할 수 있는 걸 먼저 해보는 것. 그게 제가 지금 할 수 있는 최선이라는 것을, 오늘 또 절감합니다.

이 글을 쓰며 저는 조용히 다짐합니다. '다시는 우리 병실에서 낙상이 없기를.' 그저 바라기만 해서 이루어질 일은 아닙니다. 1분 1초라도 환자 곁을 지키며, 조용히, 묵묵히, 더 최선을 다하는 수밖에 없습니다. 이게 저의 일입니다. 그리고 저의 책임임을 알고 있습니다.

요양병원에서 마주한 일상의 무게

　요양병원은 환자마다 다르게 다가옵니다. 누군가에게는 가벼운 교통사고 후 잠시 머무는 곳일 수도 있고, 또 누군가에게는 요양원에 들어가기 전 마지막 정거장이기도 합니다. 그리고 어떤 이들에게는 상급병원에서의 긴 치료를 마친 뒤 회복과 돌봄이 병행되는 치유의 공간이기도 합니다. 지금 저희 병동에 계신 암 환자 한 분도 그런 경우라는 것을 알고 있습니다.

　요양병원의 장점 중 하나는 의사가 상주해 있다는 점입니다. 응급상황에 완벽히 대응하긴 어렵지만, 간단한 처치와 1차 진료는 즉시 가능하다는 점에서 환자나 보호자 모두 심리적 안정감을 갖게 됩니다. 또한 요양원에 비해 병실당 인원이 적다는 것도 차이입니다. 보통 1인실, 2인실, 많아야 6인실이 대부분인데, 요양원은 한 간병사가 10명 이상의 환자를 돌보는 경우도 있다고 들었습니다. 그렇게 많은 인원을 관리하는 상황에서 간병인이 해 줄 수 있는 일은 사실상 기저귀 교체와 최소한의 케어로 한정될 수밖에 없습니다. 치매 환자처럼 위생 관리가 중요한 환자들이라도 세심한 돌봄을 기대하긴 어렵습니다. 제가 직접 경험한 건 아니지만, 요양병원에서 일하며 유추해 본 결과입니다.

요양병원에서는 환자 목욕이 주 1회가 원칙입니다. 목욕 처방이 나오지 않는 환자의 경우, 물수건으로 몸을 닦아 드리는 것이 전부입니다. 하지만 이마저도 꺼리거나 회피하는 간병사들이 있는 것이 현실이라는 것을 확인합니다.

특히 경직 환자 목욕은 간병사에게 있어 고난도 업무 중 하나입니다. 제가 담당하고 있는 환자도 그런 분입니다. 옷을 벗기는 건 그나마 수월한 편이지만, 목욕 후 상의를 다시 입히는 과정은 마치 한 편의 전쟁 같습니다. 움직일 수 없는 팔부터 끼우고, 반쯤 경직된 팔은 구부러지지 않아 결국에는 "사람 죽인다!" 소리가 나올 정도로 팔을 억지로 꺾어야 옷을 입힐 수 있습니다. 그 환자는 제가 본 환자 중 엄살 대마왕입니다. 손만 스쳐도 괴성을 지르시지만, 막상 옷을 입히면 금세 괜찮아집니다. 그래서 저는 때로 진짜 아픔의 표현이라기보다는 관심을 요구하시는 건 아닐까, 조심스럽게 짐작해 봅니다. 제가 쉬는 동안 이 환자를 맡았던 중국 교포 간병사는 결국 옷 입히기를 포기하고, 앞쪽을 등처럼 해서 뒤로 입혀 드렸다고 합니다. 그런 난코스를 지나면, 저는 "아, 또 일주일이 지났구나." 하고 이 일의 수고로움을 체감하게 됩니다.

이 환자를 처음 맡았을 때, 몸에서 악취가 심하게 났습니다. 손가락을 오므리고 있어 손 안쪽에 염증이 생겼는데, 그곳에서 나는 냄새가 말로 다 표현할 수 없을 정도로 심했습니다. 무엇보다도, 어떻게 관리해야 할지 몰랐기에 무척 당황스러웠습니다. 다행히 예전에 같은 유형의 환자를 돌본 간호사의 도움으로 치료를 마쳤고, 지금은 주 1회 목욕으로 위생을 철저히 유지하고 있습니다.

이처럼 환자의 위생은 치료 못지않게 중요합니다. 감염 예방을 위해서라도 반드시 지켜져야 하는 항목입니다. 저는 환자뿐만 아니라 간병사의 위생도 중요하다고 생각합니다. 그래서 하루를 샤워로 시작합니다. 사실 예전과 비교하면 제가 씻는 횟수는 거짓말 조금 보태서 100배는 늘었습니다. 너무 자주 씻다 보니 피부가 건조해져서 바세린도 꼭 챙깁니다. 간병사는 건강한 편이라 감염이 되더라도 쉽게 회복할 수 있지만, 환자들은 그렇지 않습니다. 면역력이 약해 작은 감염도 치명적으로 이어질 수 있습니다. 그래서 저는 조심 또 조심하며 일해야 한다는 것을 알고 있습니다.

병원이란 공간은 회복의 장소이지만 동시에 감염에 가장 취약한 장소이기도 합니다. 그만큼 세심한 위생 관리가 필요한 공간입니다. 요양병원이든 요양원이든, 인간에 대한 최소한의 예의와 상식을 반드시 지키기를 바랍니다. 정말 상식적인 일들이, 이곳에선 간절한 바람이 되어야 하는 현실이 아프게 다가온다는 사실을 느낍니다.

감정의 무게,
그 끝에서

간병사로 일하기 전까지는 이 일이 이렇게까지 감정 소모가 클 줄 몰랐습니다. 누구나 '간병'이라고 하면 단순히 병든 사람을 보살피는 일이라고 짐작합니다. 몸을 씻기고, 밥을 먹이고, 보조기를 챙기는 것. 하지만 막상 이 일을 해 보면 몸보다 마음이 더 많이 부서진다는 것을 매일같이 체감합니다.

특수한 감정 노동자

저는 간병사가 특수한 감정 노동자라고 생각합니다. 다른 감정 노동자들은 대체로 익명의 고객을 상대합니다. 하지만 간병사는 한 명의 환자와 아주 밀착된 관계를 맺어야 합니다. 그들의 고통을 옆에서 매일, 하루 내내, 얼굴을 맞대고 지켜봐야 합니다. 그래서 더고됩니다. 감정은 점처럼 주고받는 게 아니라, 선처럼 이어집니다.

요양병원 환자들의 대부분은 정신과 약을 복용 중입니다. 한 가지 병만 앓는 사람은 거의 없습니다. 지병에 치매나 섬망, 성격적 편향까지 겹치면 감정의 파편들이 난무합니다. 그들은 종종 아무 이유 없이 고성을 지르기도 하고, 이유를 알 수 없는 분노를 퍼붓습니다. 간병사에게 욕을 하기도 하고, 옆 침대 환자의 멱살을 잡기도 합니다.

우리 병실에도 '빌런'이 있습니다. 여러 가지 합병증 환자인데 개인적인 상황이 꼬이면 꼬일수록 더 날이 서 있습니다. 작은 자극에도 폭발하고, 감정이 한번 요동치면 말릴 수 없습니다. 간호사들도 이미 두 손 두 발 다 들었고, 저만이 적당한 거리두기로 그와 아슬아슬한 평화를 유지하고 있습니다.

그런 그와 며칠 전에는 다툼도 있었습니다. 소리치고, 버럭버럭. 그날 병실은 잠시 전쟁터였습니다. 그럼에도 시간이 조금 흐르면 다시 아무 일 없던 듯 말을 건네옵니다. 마치 부부 싸움이라도 한 듯. 하지만 그 상황을 겪는 순간만큼은 온몸이 무너집니다. 솔직히 말하면, 손해 보는 쪽은 환자입니다. 제 도움이 없으면 병원 생활이 쉽지 않다는 점을 누구보다 본인이 잘 알기 때문입니다. 그럼에도 그 분노를 주체하지 못해 저에게 풀어내는 것입니다. 그걸 알아도, 일방적인 그 분노를 버텨 내는 건 감정적으로 크나큰 고통입니다.

간병사는 환자와 다툴 수도 없습니다. 설령 환자가 명백히 잘못했더라도, 병원은 간병사 교체를 먼저 고려합니다. 환자가 고객이기 때문입니다. 억울해도 참아야 합니다. 입을 꾹 다물고, 물러서야 합니다.

이 일은 물리적으로만 고된 일이 아닙니다. 정신적으로도, 감정적으로도 극한 직업입니다. 하루 24시간을 병실 안에서, 긴장의 끈을 놓을 수 없이 지냅니다. 환자의 말 한마디, 눈빛 하나에 온 신경을 곤두세우며 버팁니다. 하루에도 몇 번씩 '그만두고 싶다'는 마음이 스쳐 갑니다. 그때마다 저는 묻습니다. "내가 여기 있는 이유는 무엇일까."

그럴 줄 몰랐습니다

간병 생활을 하다 보면 새로운 환자들을 꾸준히 만납니다. 입원과 퇴원이 교차하는 병원 특성상, 낯선 얼굴을 마주하는 것은 익숙한 일상이 됩니다. 그런데 어느 순간부터 깨닫게 된 사실이 있습니다. 병실에 들어오는 건 단지 환자만이 아닙니다. 그들의 삶도 함께 들어온다는 사실을 알게 됩니다.

언행 하나, 말투 하나에 그 사람의 과거가 스며 있습니다. 어떻게 살아왔는지, 어떤 관계 속에서 지내왔는지, 보호자들과의 대화를 들으며 더 또렷해집니다. 삶은 그 사람의 행동으로 묻어난다는 것을 깨닫습니다.

최근 공동 병실로 들어온 한 환자가 있습니다. 이전에는 개인 간병을 받던 분이었습니다. 작은 건물 한 채를 가진 분이라 들었습니다. 본인 말로는 지인의 도움으로 어렵게 마련한 재산이라고 했습니다. 아마 평생 가족을 위해, 오직 자신을 위해 쉼 없이 살아온 사람일 것입니다. 그 노력은 인정받아 마땅합니다. 그러나 문제는 그 과정에서 '함께 살아가는 방식'을 배우지 못한 듯 보인다는 점입니다. 배려가 있다 한들, 그것조차 자신 중심의 배려였고, 관계는 그에 종속된 것처럼 보였습니다. 말수도 적고, 속내도 드러내지 않지만, 그 침묵조차 '이건 내가 정하는 거다.'라는 무언의 메시지처럼 느껴졌습니다.

무엇보다 놀라웠던 건 그 가족들이었습니다. 보고 배운 대로 살아가는 듯했습니다. 상식에서 벗어난 행태들이 반복됐고, 저를 소개한 보호자까지 곤란해할 정도였습니다. 사실 저는 이 환자를 마지못해 맡게 되었습니다. 공동 병실 간병은 개인 간병보다 비용을 줄일 수 있기에, 나름의 조건이 있다고 들었습니다. 보호자 쪽에서 저를 조금 챙기겠다는 제안도 있었다고 합니다. 하지만 저는 선을 그었습니다. 그런 일은 애초에 없었던 걸로 했습니다. 무언가를 받는 순간, 그에 대한 기대와 계산이 함께 따라올 게 뻔했습니다. 간병은 그런 관계로는 오래가기 어렵습니다.

그러던 중, 경악할 만한 일이 벌어졌습니다. 저는 이 환자가 스스로 식사를 못 하시는 줄 알았습니다. 그래서 하루 세 끼를 정성껏 떠먹여 드렸습니다. 그게 간병사의 기본이라 여겼고, 저는 그 기본을 지키고 있다고 믿었습니다. 그러나 추석 휴가에서 돌아온 날, 저는 할 말을 잃었습니다. 그분이, 아주 능숙하게, 스스로 식사를 하고 있었던 것입니다. 처음엔 제가 잘못 본 줄 알았습니다. 아니길 바랐습니다. 하지만 그것은 명백한 현실이었습니다. 그토록 자연스러웠기에, 오히려 그간 제가 해 왔던 모든 행동이 허탈해졌습니다. 마치 농락당한 기분이었습니다. 진심으로 했던 일들이 우스워진 느낌이 들었습니다.

그날 밤, 한숨도 자지 못했습니다. 머릿속이 복잡했고, 마음은 분노와 허탈함으로 들끓었습니다. 이해도, 해석도 되지 않는 감정들만이 가득했습니다. 다음 날부터 저는 식사 준비까지만 해 드렸습니다. 그 이상은 감정적으로 도저히 할 수 없었습니다. 물론, 겉으로 내색하지 않으려 애썼습니다. 하지만 그 순간부터 저는 더 이상 그분을 같은 눈으로 볼 수 없게 되었습니다.

그리고 앞서 말했던 보호자와의 약속은, 말 그대로 공수표가 되어 사라졌습니다. 그 가족들은, 그저 간병사를 '모든 걸 대신 해 주는 사람'으로 여겼습니다. 기본적인 존중도, 고마움도 찾아볼 수 없었습니다.

저는 간병을 직업으로 삼고 있지만, 사람을 대하는 일에는 기본이 있다고 믿습니다. 저 역시 그 믿음 안에서 환자 한 사람 한 사람을 정성껏 대하려 했습니다. 하지만 이번 일로 마음 깊은 곳에서부터 무너지는 기분을 느꼈습니다. 저는 단지, 상식을 기대했을 뿐입니다. 아마 앞으로 이보다 더한 경우를 겪을 수도 있습니다. 그러나 분명한 건, 이 경험은 제 안에 오래 남을 것이라는 점입니다. 사람이란, 얼마나 다채롭고, 때론 얼마나 잔인할 수 있는지를 또 한

번 경험하는 계기가 됩니다.

간병인이 사라졌습니다

요양병원에서 근무하다 보면, 어떤 날은 평온하고, 어떤 날은 아주 조용하게 일이 터집니다. 오늘 새벽이 그랬습니다. 옆 병실 간병인이 사라졌습니다. 그것도 말도 없이, 조용히, 새벽에 도망치듯 사라진 초유의 사태였습니다. 놀랍기도 했지만, 한편으로는 이해가 갔습니다. 그 병실은 결코 쉬운 곳이 아니었기 때문입니다. 환자들의 상태가 까다롭고, 수발의 강도도 높은 편이었습니다. 하지만 아무 말 없이 떠난다는 건, 그 책임의 무게를 놓고 도망친 것이기도 했습니다.

새벽 4시 무렵, 나이트 근무 중이던 간호사 선생님이 다급하게 달려왔습니다. "혹시 옆 병실 좀 도와주실 수 있을까요?" 주저할 것도 없이 저는 고개를 끄덕였습니다. 다행히 저희 병실은 이제 어느 정도 체계가 잡혀 있어서 급하게 돌봐야 할 일은 없었습니다. 재빨리 저희 병실의 아침 업무를 마무리하고, 옆 병실로 향했습니다. 무너진 병실 안으로 들어서니, 냄새부터 달랐습니다. 기저귀는 이미 포화 상태였고, 바닥엔 먼지와 얼룩이 묻어 있었습니다.

저는 우선 급한 기저귀 교체부터 시작했습니다. 입실한 지 며칠이 지났어도 손길이 덜 닿은 시트들은 교체가 필요했고, 방 안 공기도 탁했습니다. 한 번의 청소로는 부족해 두 번을 했고, 그제야 창문을 열고 환기를 시킬 수 있었습니다. 냄새가 조금씩 빠지고, 깨끗한 시트가 병실에 깔리자 제가 더 기분이 좋아졌습니다. 제가 무언가를 '정리해 내고 있다'는 감각은, 간병인에게 가장 큰 보람 중 하나이기도 합니다.

무엇보다 고마웠던 건, 다른 간병인들의 자발적인 도움이 있었다는 것입니다. 옆 여자 간병사님도, 개인 간병사 여사님도, 묻지도 따지지도 않고 병실에 들어와 소변통을 비워 주고 시트를 갈아 주고 돌아갔습니다. 제가 "혼자 해도 돼요."라고 말해도, 그들은 그냥 묵묵히 도움의 손길을 제공했습니다. 그 순간, 이런 생각이 들었습니다. "그래도 세상은 아직 살 만한 곳입니다." 이런 정이 남아 있는 한, 그렇게 외롭지는 않겠다 싶었습니다.

오전 내내 엉덩이 한 번 붙이지 못하고 뛰어다녔습니다. 그러던 중, 대체 간병인이 오후에 온다는 소식을 들었습니다. 하지만 실제로는 점심 배식 시간에 도착했습니다. 낯선 얼굴의 그분은 어딘지 모르게 노련하고 정리된 느낌을 주었습니다. 베테랑 간병인 특유의 눈빛, 동작, 말투. 처음 보는 분이었지만, 마음이 놓이기도 했습니다. 게다가 한국인 간병사였습니다. 요즘엔 거의 보기 힘든 풍경이라 더 의외였습니다. 이런저런 인수인계를 건네며 이야기를 나눠 보니, 그분은 경력 10년 차의 간병인이었습니다. 말투도 능숙했고, 손도 상황 판단도 빨랐습니다.

그분은 저에게 이렇게 말했습니다. "저는 다른 곳으로 또 이동해요. 원래 이런 일이 제 일이거든요." 자세히 들어 보니, 그분은 간병협회 실장의 요청에 따라 급한 불을 끄는 소방수 간병사, 즉 대근자였습니다. 급하게 사람이 공백이 생긴 병실로 들어가 2~3일간 업무를 임시로 맡고, 다음 병원으로 이동한다고 했습니다. 근무 방식도 독특했습니다. 첫날은 오후만 근무, 둘째 날은 풀 근무, 셋째 날은 오전 근무 후 이동. 시간 대비 효율도 좋고, 스케줄도 유연했습니다. 말 그대로, 간병 노동의 틈새 시장을 정확히 꿰뚫고 있는 베테랑이었습니다.

그렇게 그분이 떠난 뒤, 새로운 간병사로 중국 동포분이 오셨습니다. 제가 지금까지 봐 온 중국 교포 간병인 중, 가장 온순하고 따뜻한 인상을 주는 분입니다. 말수는 적지만 행동 하나하나에 배려가 묻어 있고, 무슨 일이든 먼저 배우려는 자세가 분명했습니다. 아직은 낯설겠지만, 저는 마음속으로 바랐습니다. '이분은 오래 이 자리에 남아 주셨으면 좋겠다.' 그래서 요즘 저는 그분이 병실에 적응할 수 있도록 간호사 선생님들께도, 다른 간병인들께도 말없이 연결 고리가 되어 주려 합니다. 조용히 물을 떠다 주고, 함께 물품 정리를 하며 말없이 응원합니다.

언제 어떤 일이 생길지 모르는 이 요양병원에서, 우리는 말없이 일하고, 때론 말없이 사라지고, 그리고 말없이 새로운 누군가를 맞이합니다. 그 속에서 제가 배운 건 단 한 가지였습니다. 진짜 간병은, 손으로만 하는 일이 아니라 마음으로 연결되는 일이라는 것입니다.

일상이 그리운 사람

간병사 일을 하면서 가장 고된 것은 무엇일까. 육체적인 고통도, 감정적인 소진도 분명 큰 몫을 차지합니다. 하지만 저에게 가장 **뼈** 아프게 다가오는 건 일상의 부재입니다.

보통 사람들의 하루는 정해진 흐름 속에 있습니다. 집에서 눈을 뜨고, 출근길에 오르고, 퇴근 후에는 소소한 일상의 안온함 속으로 돌아갑니다. 때론 친구들과 가볍게 소주 한잔을 기울이고, 어깨를 나란히 한 채 걷는 골목길의 밤공기에 웃음이 섞입니다. 누군가는 너무도 당연하게 여길 이 장면들이, 저에게는 감히 손댈 수 없는 먼 풍경이 되었습니다.

간병사는 24시간을 병실 안에서 붙박이처럼 살아갑니다. 퇴근이라는 개념이 없습니다. 저녁이 있는 삶, 그마저도 사치입니다. 하루는 시작도 끝도 없이 흐르고, 매일의 반복은 그저 '오늘'이라는 이름으로 덧칠될 뿐이라는 점을 깨닫습니다.

이곳은 '병'과 '죽음'만이 주인인 공간입니다. 희망이라는 단어조차 꺼내기 조심스러운 공기 속에서, 누군가는 고통을 견디고, 누군가는 지쳐 스스로를 놓아 버립니다. '먹고, 자고, 싸고' 인생의 가장 기본적인 기능만 남은 이들의 곁에서 저는 하루를 지킵니다. 우리는 농담처럼 말하곤 합니다. "직업이 환자다."라고 말입니다.

환자들이 이곳을 벗어나는 가장 확실한 방법은 '퇴원'이지만, 그조차 쉽지 않습니다. 병원에 입원하는 순간, 환자는 선택의 주체가 아닙니다. 퇴원 여부도, 집으로 돌아가는 것도, 온전히 본인의 의지로 결정할 수 없는 시스템이라는 점을 확인합니다. 충분히 회복된 것처럼 보이는 어르신들이 "나는 이제 나갈 수 있다."라고 말하면서도 병실 창문만 하염없이 바라보는 모습을 보면, 저조차도 숨이 막힙니다.

물론 이해합니다. 누군가를 집에서 온전히 돌본다는 건 말처럼 쉽지 않은 일입니다. 현실은 각자에게 벅차고, 누군가를 위해 직장과 자기 삶을 포기해 달라고 요청할 수 없습니다. 하지만 그럼에도 마음 한편이 싸늘하게 식어 가는 걸 막을 수는 없습니다.

자주 면회를 오는 가족이 있는 환자들은 대체로 여유 있는 사람들입니다. 형편이 넉넉치 않은 환자들의 가족은 그저 '눈도장'만 찍고 갑니다. 병실에서 함께 생활하다 보면 그런 차이는 단박에 드러납니다. 가족에게조차 외면당한 환자의 마음은, 말없이 곁을 지키는 간병사에게로 전해집니다. 속이 터집니다. 말할 수 없어, 그저 혼잣말처럼 중얼거립니다. "자식도 이렇게 외면하는데, 나라고 무슨 힘이 있겠나…."

우리는 이곳에서 희망도, 절망도, 기쁨도, 분노도 함께 겪습니다. 한 사람의 마지막 시간을 함께 보내는 일이 반복되다 보면, 마음이 다 닳아 버릴 것만 같습니다. 세상은 "내려놓으라"고 쉽게 말하지만, 이곳은 더 이상 내려놓을 것도 없는 사람들로 가득합니다. 비워야 채운다고도 하지만, 이들은 이미 다 비워 버렸고, 남은 건 분노와 허무뿐입니다. 마음의 문을 열어 본다면, 까맣게 타 버려 재조차 남지 않았을지도 모른다고 생각합니다.

그런 속에서도 저는 하루를 살아 냅니다. 이곳에서의 '오늘'은 대개 아무 일 없는 하루이기를 바라는 '기도'에 가깝습니다. 그럼에도 저는 바랍니다. 저녁이 있는 삶, 누구에게나 주어지는, 너무도 사소한 듯한 그 하루를. 퇴근 후 친구와 맥주를 한잔 나누고, 귀갓길 골목에서 흥얼흥얼 노래를 부르며 걷는 삶을. 비틀거리는 걸음 속에서도 자유가 느껴지는 그 밤을 말입니다.

이 일이 가진 무게를 압니다. 간병사의 운명이라는 것 또한 이해합니다. 하지만 사람이기에, 저도 사람답게 살고 싶습니다. 일상을 살아 내고 싶습니다. 보통의 저녁을, 아무 일 없는 하루를, 저도 누릴 수 있기를. 그렇게 바라는 오늘입니다.

3장

———————— 그럼에도 불구하고, 간병인의 철학

내가 간병사에 최적화된 이유

제가 간병사라는 일을 시작한 지 어느덧 넉 달이 넘었습니다. 처음에는 매일이 전쟁이었습니다. 병실 구석 어딘가에 묻혀 멍하니 하루를 흘려보낼 때도 많았습니다. 그런데 시간이 흐르면서 저는 조금씩 이 일에 맞춰지는 걸 느낍니다. 그리고 어느 순간, 문득 이런 생각이 들었습니다. '나는 간병사에 최적화된 사람일지도 모르겠다.'

저는 원래 TV보다 책을 가까이하던 사람이었습니다. 틈만 나면 책을 펼쳤고, 뭔가를 하게 되면 늘 공부부터 시작하는 성격이었습니다. 그래서 간병 생활을 하다 빈 시간은 곧 '공부 시간'이었습니다. 처음엔 노인 질환이나 죽음에 대한 책을 찾아 읽었습니다. 그 책들은 단지 지식을 더해주는 것을 넘어서서, 환자들을 보는 제 시선을 조금씩 바꿔 놓았습니다. 이해의 폭이 넓어졌고, 공감의 깊이도 더해졌습니다.

읽은 책들은 되팔 수 있었기에, 공간 문제도 그리 걱정할 일은 아니었습니다. 책에서 배운 가족 간호의 개념은 실제 상황에서도 꽤 유용했습니다. 휴가를 가야 하는 보호자에게 대근을 추천하고, 그 대근 후 고맙다는 인사를 받기도 했습니다. 간병 일에는 '대근'이라는 독특한 문화가 있습니다. 간병인은 병실을 비울 수 없기 때문에, 자리를 비우는 동안엔 반드시 누군가가 그 자리를 대신해야 합니다. 그래서 '대리 근무', 즉 대근이 존재하는 것입니다. 사실 저도 언젠가는 대근 위주로 일해 볼까 고민도 했습니다. 시간 선택의 자유가 있는 그 방식이 매력적으로 보였기 때문입니다. 하지만 아직은 제자리를 지키는 게 더 중요한 시기라 생각해 보류 중입니다.

제가 간병 일을 하며 가장 도움을 받은 건 유튜브와 책입니다. 책은 저에게 이론과 가치관을 알려 주었고, 유튜브는 실전 기술을 몸에 익히게 해 주었습니다. 노인 케어나 위급상황 대처법, 석션 요령, 사레 방지법 같은 실용 정보들은 그야말로 생존 기술이었습니다. 어깨너머 배운 감각도 중요하지만, 정확하고 체계적인 정보는 저를 한층 더 단단하게 만들어 주었습니다.

간병 일을 하며 자주 듣는 말이 있습니다. "그 일, 뭘 그리 유난 떨며 하냐." 그 말이 맞을지도 모릅니다. 하지만 저는 누군가에게 보이기 위해 일하는 게 아닙니다. 그 누구가 아니라 "내가 보고 있잖아요."라고 말했던 이효리 남편 이상순 씨가 나무 의자 안쪽을 꼼꼼히 칠하던 장면이 떠오릅니다. 보이지 않아도, 티가 안 나도, 결국 저는 압니다. 그 사실이 저를 움직이게 합니다.

간병 현장은 많은 부분이 '보이지 않는 일'의 연속입니다. CCTV가 24시간 돌아간다지만, 일상의 모든 순간을 기록하고 감시할 수는 없습니다. 문제가 생긴 순간만 들춰 보는 것일 뿐입니다. 그사이 간병인의 태도와 성실함은 철저히 양심의 몫이 됩니다. 특히 말이 어려운 환자, 인지능력이 떨어지는 어르신들 앞에서는 더욱 그렇습니다. 그들은 약자 중의 약자입니다.

이런 이야기를 들은 적이 있습니다. "제 어머니가 간병사에게 상처를 받은 것 같다."고. 처음엔 귀를 의심했지만, 그럴 수도 있겠다는 생각이 곧 들었습니다. 그만큼 간병은 감시 사각지대에서 이루어지는 일이 많고, 그 책임은 오롯이 개인에게 귀속됩니다. 제가 여기에 있는 동안, 그리고 제가 이 일을 계속 하는 동안 저는 '책임 있는 돌봄 노동자'로 남고 싶습니다. 보이지 않는 곳까지 닿는 손길이 되기 위해, 책을 읽고, 배움을 멈추지 않고, 저 자신을 꾸짖으며 나아가고 싶습니다.

간병은 단지 환자를 씻기고 밥을 떠먹이는 일이 아닙니다. 그 안에는 마음을 살피고, 작은 이상을 감지하고, 존엄을 지키는 수많은 일이 숨어 있습니다. 그 일을 감당하려면 제 마음부터 곧게 서 있어야 합니다. 그래서 오늘도 저는 책을 펼칩니다. 책장을 넘기며, 저는 제가 잘하고 있는지를 스스로 묻습니다. 그리고 묵묵히, 한 줄씩, 간병사의 길을 써 내려갑니다.

병실에 자리를 잡는다는 것

요양병원에서 간병사로 정착한다는 건, 생각보다 훨씬 더 어렵고 복잡한 일입니다. 그저 병실에 배치되어 일을 시작했다고 자리를 잡은 게 아닙니다. 환자와 신뢰를 쌓고, 보호자와 적당한 거리를 유지하며, 동료 간병사들과의 관계에서 불필요한 마찰 없이 조화롭게 버텨 내야 합니다. 그 모든 조건이 충족되어야 비로소 '정착'이라 부를 수 있습니다.

저희 병동의 사례를 보면 그게 얼마나 어려운 일인지 실감할 수 있습니다. 한번 자리를 잡은 병실을 제외하면, 참 많은 간병사들이 들어오고 나갔습니다. 하루이틀 만에 사라지는 경우도 부지기수였습니다.

저는 일을 잘하고 못하는 능력보다, 인성이라는 기준을 더 중요하게 봅니다. "사람은 고쳐 쓰는 게 아니다." 오래전부터 제 삶의 철칙 중 하나입니다. 특히 간병사라는 직업에서 이 말은 놀라울 정도로 정확하게 들어맞는다는 점을 발견합니다.

저희 병동 간병사 대부분은 중국 교포들입니다. 하루이틀만 같이 있어 보면 어떤 사람인지 단번에 드러납니다. 일을 하는 게 아니라, 환자를 자기 방식으로 '길들이려' 하는 사람이 많습니다. 말을 안 들으면 "나갈 거야." 하고 겁을 주고, 자신을 "선생님"으로 불러야 한다고 주장하는 사람도 있었습니다. 정말 어처구니가 없습니다. 환자를 돌보고 그에 대한 급여를 받는 사람이, 어떻게 환자에게 갑질을 할 수 있을까요?

어떤 병실은 간병사에게 그런 방식으로 길이 든 경우도 있습니다. 원하는 걸 들어주지 않으면 큰 소리가 나고, 그게 해결되지 않으면 병실 분위기는 바닥까지 가라앉습니다. 실제로 그런 일이 저희 병동에서도 있었습니다. 큰 소리가 난 환자를 옆방으로 옮긴 뒤 모든 요구를 들어줬더니, 그토록 날이 서 있던 환자가 거짓말처럼 얌전해졌습니다. 그럼에도 불구하고 병원 측이 간병사를 교체하지 않는 이유는 간단합니다. 그 사람이 '평균'은 하기 때문입니다. 다른 대체자가 오히려 더 못할 가능성이 크기 때문에, 울며 겨자 먹기로 그냥 두는 것입니다.

결국 환자만 불쌍합니다. 그리고 보호자들도 마찬가지입니다. 마음에 안 들어도, "그래도 우리가 못하는 걸 대신해 주는 사람이니까." 하는 마음으로 쉽게 말을 못 꺼냅니다. 그 약점을 누구보다도 간병사들이 잘 알고 있습니다.

그래서 저는 오히려 '무경험자'를 선호합니다. 기존의 왜곡된 방식에 물들지 않은 신참들. 모르면 기꺼이 배울 자세가 있는 사람들. 그들은 처음부터 잘하지 못해도, 적어도 환자를 얕잡아 보지는 않습니다. 물론 문제도 있습니다. 주변 간병사들의 영향을 받기 시작하면 금세 마음이 흐려지는 경우가 생깁니다. 그럴 때는 종종 중국어로 대화를 하며, 알 수 없는 분위기를 만들어 내기도 합니다. 말릴 방법이 없어 답답할 뿐입니다.

지금 저희 병동은 개인 간병실에서 공동 간병실로 빠르게 전환 중입니다. 며칠 후엔 또 하나의 공동 병실이 오픈합니다. 걱정이 앞섭니다. 또 어떤 간병사들이 오게 될까요? 좋은 사람이 들어와, 조용히 정착해 주기만을 바랄 뿐입니다.

병동에는 10개의 병실이 있는데 그중 남자 병실은 단 세 개뿐입니다. 나머지는 전부 여자 병실입니다. 아무래도 여성이 더 오래 산다는 통계가 이 병동 안에서도 그대로 드러나는 것 같습니다. 간병사들 사이에서 통용되는 호칭도 참 흥미롭습니다. 여자 간병사는 '여사님', 남자 간병사는 '남사님'이라고 부릅니다. 처음엔 저도 적응이 어려웠습니다. 아직도 '남사님'이라는 말은 어색합니다. 한국 보호자나 간호사는 보통 '선생님'이라고 부르는데, 중국 교포 간병사들은 유독 '남사님'이라는 표현을 씁니다. 아마 '여사'와 '남사'라는 식으로 대응하려다 생긴 표현이겠지만, 왠지 아직은 귀에 익지 않습니다.

요즘은 중국 교포들이 식당이나 서비스 업종에서 간병업으로 많이 이동하고 있다는 이야기도 들립니다. '헐하다', 즉 일에 비해 수월하다는 말로 표현하기도 합니다. 그 말 자체가 간병이라는 일의 진짜 무게를 제대로 모른다는 점을 암시합니다.

간병은 '일'이 아니라 '사람을 돌보는 일'입니다. 몸을 돌보는 동시에, 마음까지 어루만져야 하는 일입니다. 그걸 헐하다고 여기는 사람에게 그 어떤 환자가 마음을 내어 줄 수 있을까요? 그러니 오늘도 조용히 바랍니다. 새로 들어올 간병사가, 제발 좋은 사람이기를 바랍니다. 제발 환자 앞에서 부끄럽지 않은 사람이기를 바랍니다.

병실에 자리를 잡는다는 건, 결국 마음을 얹는 일이라는 것을 잊지 않기를 바랍니다.

복은 받는 것이 아니라 짓는 것

요양병원에서 환자는 간병사를 잘 만나는 것이 복이고, 간병사는 환자를 잘 만나는 것이 복이라는 사실을 깨닫습니다. 제가 평소에도 입버릇처럼 하는 말이 있습니다. "인생은 누구를 만나느냐에 달렸다." 그중에서도, 매사에 불평불만을 쏟아 내는 사람은 가까이 하지 말라고 저는 충고합니다. 그들은 늘 부정적입니다. 도전은 해보기도 전에 포기하고, 안 되는 이유를 줄줄이 끌어다 늘어놓습니다. 그들의 입에서 자주 나오는 말은 '때문에'입니다. 경기 때문에, 정부 정책 때문에, 대기업 때문에, 세상 모두가 문제고, 정작 자신은 행동 하나 하지 않습니다.

병원 안에서도 그런 사람은 있습니다. 조금만 힘든 환자가 오면, 시작도 해 보기 전에 불평부터 늘어놓습니다. 하지만 반대로 묵묵히 현실을 받아들이고 최선을 다하는 간병사도 있습니다. 환자 입장에서 보면, 누굴 만나느냐에 따라 회복의 질이 달라집니다. 복있는 환자와 복 없는 환자의 갈림길은 어쩌면 그런 지점에서 생겨나는지 모릅니다.

간병사는 환자를 선택할 수 없습니다. 빈 침상에 새 환자가 들어오는 구조이기 때문에, 말 그대로 복불복입니다. 하지만 환자 대부분은 처음부터 까다롭거나 무례하지 않습니다. 자신의 요구가 무시되거나, 관심이 부족하다고 느낄 때 불만이 폭발한다는 사실을 알게 됩니다. 실제로 매일같이 간병사와 고성이 오가던 환자를 제가 맡은 적이 있었습니다. 그분을 209호 병실로 모시고 온 이후, 사람들은 '209호 매직'이라고 불렀습니다. 저는 별다른 마법을 부린 게 없습니다. 그저 환자가 원하는 것을 가능한 선에서 해 드렸을 뿐입니다. 원칙을 어기지 않는 한도에서 먼저 다가가고 먼저 챙겼습니다. 설명이 필요한 일에는 시간을 들여 이해를 구했고, 그렇게 마음을 얻어 냈습니다.

손이 덜 가는 환자가 있는 병실을 부러워하는 간병사들도 있습니다. 환자들이 조용하고 수월하면, 아무래도 일이 덜하니까요. 하지만 저는 그런 비교는 하지 않으려 합니다. 지금 힘든 환자도 결국은 시간이 지나면 퇴원하거나 나아집니다. 환자 역시 제게 온 '인연'이라 생각하고 받아들입니다. 한 사람 한 사람에게 최선을 다하고, 제 할 일을 묵묵히 해 나가는 것이 저의 방식임을 다짐합니다.

저는 이 병원에서 문제 환자들을 많이 맡아 왔습니다. 그러나 그들을 '문제'로 보지 않습니다. 그저 성향을 파악해 맞춰 드리고, 말하기 전에 필요한 것을 먼저 해 드리면, 대부분 말없이 흘러갑니다. 손바닥도 마주쳐야 소리가 나는 법입니다. 저는 그 손바닥을 내밀지 않습니다.

요식업을 하는 사람에게 했던 말이 있습니다. "손님이 불러서 하는 건 '일'이고, 알아서 해 주는 게 '서비스'입니다." 이 말을 지금 제가 실천 중입니다. 요즘 치료의 패러다임이 '치료보다 예방'으로 바뀌고 있습니다. 간병도 마찬가지입니다. 문제가 생긴 후에 해결하려 하지 말고, 문제를 만들지 않도록 예방하는 것이 중요함을 강조합니다.

좋은 간병사란 무엇인가

간병사로 일하면서 절감한 사실이 있습니다. 그 어떤 능력보다도 간병사에게 가장 중요한 자질은 '인성'이라는 것입니다. 우리는 단순히 환자의 신체를 돌보는 것이 아니라, 그들의 정서와 심리까지도 어루만져야 하는 사람들입니다. 결코 가볍게 여길 수 없는, 무게 있는 직업이라는 것을 깨닫습니다.

간병사에게 가장 먼저 요구되는 자질은 공감 능력입니다. 환자의 생각, 감정, 고통을 이해하고, 그 입장에서 함께 느낄 수 있는 능력입니다. 지금 병원 현장에서는 안타깝게도 간병사가 오히려 환자를 가스라이팅하는 경우를 종종 목격합니다. 특히 여자 병실에서 그런 일이 더 심하게 나타나고 있어 마음이 아픕니다. 옆에서 보고 있자니 고통스럽지만, 제가 대신해줄 수 없어 더욱 괴로운 것을 느낍니다.

두 번째는 봉사 정신입니다. 일로서만 환자를 대하는 데에는 한계가 있습니다. 진정한 돌봄은 인간적인 배려에서 비롯됩니다. 환자를 그저 '관리 대상'이 아닌, 하나의 인격체로 바라보아야 가능한 일입니다. 간병사라는 직업은 그 본질 자체가 '봉사'라는 단어와 맞닿아 있다는 사실을 인식합니다.

세 번째는 인내심입니다. 환자와의 커뮤니케이션 과정에서는 때때로 화가 치밀어 오를 수밖에 없습니다. 그럴 때마다 마음을 다잡고, 욱하는 감정을 억누를 줄 아는 내면의 힘이 필요합니다. 가끔 뉴스에서 들려오는 '환자 괴롭힘' 사건들의 대부분은 인내심의 부족에서 비롯됩니다. 저도 때때로 화가 나지만, 그 순간 '이분은 환자다.'라는 사실을 스스로 되새기며 자제하려 노력합니다. 그들이 내뱉는 말이 본심이 아니라, 고통에서 비롯된 것임을 알기에, 더욱 참아 내야 함을 인지합니다.

네 번째는 책임감입니다. 환자의 건강과 안전을 지켜야 하는 자리인 만큼, 간병사는 늘 무거운 책임감을 안고 일해야 합니다. 작은 실수가 큰 사고로 이어질 수 있기에, 늘 조심스럽고, 세심하게 움직여야 합니다. '돈 받고 하는 일'이라는 가벼운 마음으로는 결코 해낼 수 없는 일이라는 사실을 확신합니다.

다섯 번째는 의사소통 능력입니다. 이 부분은 특히 간병 현장에서 더 절실한 요소입니다. 요양병원 대부분의 간병사들이 중국 동포분들인데, 이분들과의 소통이 쉽지 않습니다. 한국어가 능숙한 분들도 말의 뉘앙스나 표현 방식이 달라 오해가 생기기 쉽습니다. 특히 언어가 서툰 경우엔 환자나 간호사들과의 대화 자체가 난관

이 됩니다. 하지만 현재 인력 구조상, 이분들의 노동 없이 병동 운영은 사실상 불가능한 상태입니다. 안타깝지만, 그 현실을 부정할 수는 없다는 사실을 인정합니다.

마지막으로, 가장 중요한 것은 긍정적인 태도입니다. 환자 앞에서는 어떤 상황에서도 절망적인 언사나 부정적인 태도를 보여서는 안 됩니다. 병으로 인해 이미 불안과 무기력에 시달리는 그들에게 필요한 건, 단 한마디의 희망입니다. 환자가 웃을 수 있게 하는 일, 그것이 약보다 더 큰 치료제가 될 수 있다고 저는 믿습니다. 하루 내내 누워 있는 그들의 지루함과 고통을, 따뜻한 말 한마디, 다정한 미소 하나로 덜어 줄 수 있다면, 그게 바로 진짜 간병이 아닐까 생각합니다.

저는 늘 생각합니다. '내가 만약 환자라면, 어떤 돌봄을 받고 싶을까?' 그 질문에 답하려는 노력이 저를 성장하게 만들었고, 오늘도 그 마음으로 병실을 누비고 있습니다.

저의 요즘 목표는 하나입니다. 최고의 '프로 간병 노동자'가 되는 것입니다. 그 목표를 향해, 저는 오늘도 묵묵히 환자 곁에 서 있다는 것을 확고히 합니다.

디테일의 힘

디테일은 작지만, 그 힘은 무엇보다 강합니다. 어쩌면 지금 우리가 살아가는 시대는 '큰 것'보다 '작은 것'이 더 강한 힘을 발휘한다는 사실을 깨닫습니다. 무엇이든 큰 구조는 이미 평준화되었고, 이젠 미세한 차이가 모든 경쟁의 승패를 가르는 것을 확인합니다.

간병사의 일도 마찬가지입니다. 굵직한 업무는 모두가 합니다. 기저귀를 갈고, 식사를 챙기고, 배설을 도와주는 일들. 표면적으로 보면 별 차이가 없어 보입니다. 하지만 실은, '언제' 어떻게 하느냐가 다르고, 그것이 곧 간병사의 '격'을 나누는 것임을 경험합니다. 대부분의 간병사들은 환자가 요청할 때 움직입니다. 하지만 저는 환자의 생활 패턴과 요구를 미리 파악해 말이 나오기도 전에 먼저 행동합니다. 처음엔 별 차이 없어 보일지 모르지만, 시간이 쌓이면 환자는 분명히 안다는 것을 알게 됩니다. 이 사람이 날 '돌보는' 사람이 아니라, '존중해 주는' 사람이라는 것을 느낍니다.

작은 차이는 결국 큰 신뢰를 만듭니다. 그 순간부터 환자도 달라집니다. 미안함보다 고마움이 커지고, 때로는 본인이 뭔가라도 도와주고 싶다는 마음을 표현하기도 합니다. 그건 단순한 돌봄의 범주를 넘어선, 사람 대 사람의 관계임을 확신합니다.

저는 일을 하는 것이 아니라, '서비스'를 제공한다고 생각합니다. 음식점에서도 그렇습니다. 잘되는 집은 손님의 의도를 미리 읽고, 선제 대응을 합니다. 안주가 부족해 보이면 먼저 작은 안주를 덧붙여 내놓습니다. 작은 배려에 감동하지 않을 손님이 어디 있겠습니까. 그게 디테일입니다. 거창하지 않아도 좋습니다. 작지만 진심이 담긴 디테일은 무시무시한 힘을 발휘합니다.

저는 병동 안에서도 '누구의 몫도 아닌 일'을 기꺼이 맡습니다. 휴일에 넘친 쓰레기통을 비우고, 복도에 떨어진 티슈 하나를 주워 버립니다. 이런 건 누가 시켜서 하는 게 아니라, 누군가는 해야 하니까요. 그리고 매번 반복되면, 그것은 단순한 습관을 넘어 한 사람의 '태도'가 됩니다. 그 태도는 결국 병동 사람들의 기억 속에, '좋은 사람'으로 각인된다는 것을 알고 있습니다.

디테일은 노림수로는 오래가지 못합니다. 그건 누가 봐도 '보여주기 위한 일회성'임이 티가 나니까요. 하지만 제가 하는 행동은 누군가에게 필요한 것이고, 제가 상대에게 원하는 것을 먼저 베푸는 것. 그게 바로 '성공의 정의'입니다. 간병사는 환자에게 바랄 것이 없습니다. 오히려 환자들이 간병사에게 바라는 것이 많습니다. 하지만 대부분 미안하고 조심스러워 말하지 못합니다. 진짜 돌봄은 그 '말하지 못한 마음'을 읽고, 먼저 움직이는 손길임을 확신합니다.

해야 할 일도 제대로 하지 않는 간병사가 있는 현실에서, 조용히 작은 디테일을 채워 가는 간병사는 결국 인정받을 수밖에 없습니다. 크게 보여 주지 않아도, 작게 오래가는 사람이 결국 '프로'가 된다는 사실을 깨닫습니다.

저는 프로 간병사입니다. 돈을 받는다는 건, 그만큼의 결과를 보여 줘야 한다는 뜻입니다. 돈만 받아 가는 '돈 먹는 하마'가 되어서는 안 됩니다. 회사를 다니는 사람들 사이에서는 '월급 루팡'이란 말도 있지만, 제게 그런 타이틀은 있을 수 없습니다.

저는 작은 디테일에 집중합니다. 누구에게든, 기억에 남는 간병사가 되고 싶습니다. 눈에 띄지 않아도, 누구나 좋아할 수 있는 간병사. 그게 지금 제가 세우고 있는, 작지만 단단한 목표임을 다짐합니다.

돌봄,
그 끝없는 과정

돌봄은 끝이 없는 과정이라는 것을 확인합니다. 우리 모두는 누군가를 돌보고, 또 누군가의 돌봄을 받으며 살아가고 있기 때문입니다. 어쩌면 돌봄은 결과보다 그 과정 자체가 더 중요하다는 것을 깨닫습니다.

돌봄은 단순한 물리적 도움을 넘어섭니다. 그것은 타인의 고통과 어려움을 이해하고 공감하며 그들의 필요를 먼저 생각하는 마음입니다. 어떤 상황에서도 상대방의 존엄성을 지키고, 그 존재를 가치 있게 여기는 것, 그것이 바로 돌봄의 핵심임을 강조합니다.

돌봄은 인내와 희생, 그리고 사랑에서 비롯됩니다. 돌봄이 필요한 사람에게 단순히 손을 내미는 것만이 아니라, 그 사람의 이야기를 들어주고 마음을 이해해 주는 것이 중요합니다. 돌봄은 인간이 인간답게 살아가도록 돕는 것이며, 더 나은 상태로 회복할 수 있도록 지지하는 과정임을 확신합니다.

상대방의 가치를 인정하고 존중하는 것이 기본이 되며, 서로를 이해하고 지지하는 그 모든 흐름이 돌봄의 본질이 아닐까 싶습니다. 누군가에게 돌봄을 받는 사람은 죄책감이나 무력감 을 느끼거나, 자존감에 영향을 받을 수도 있습니다. 그러나 누군가가 곁에 있다는 사실만으로도, 그것은 큰 위로가 되기도 합니다.

돌봄은 결코 일방적인 행위가 아닙니다. 상호적인 관계 속에서 이루어지는 것임을 알 수 있습니다. 돌봄을 받는 사람의 자존감을 존중하고, 그들의 의견과 느낌을 중요하게 여기는 자세가 필수적입니다.

넓게 본다면 간병도 돌봄의 일부에 속하지만, 간병은 의료적 필요에 초점을 둔 실질적 도움에 가깝습니다. 반면, 돌봄은 보다 폭넓은 정서적·생활적 지원을 포함하는 개념입니다.

누군가를 돌보는 데 있어 가장 먼저 필요한 것은 공감입니다. 그 다음은 경청입니다. 단순히 귀로 듣는 것이 아니라, 마음으로 듣는 진심 어린 경청이어야 합니다. 그리고 존중이 필요합니다. 동등한 위치에서 상대방의 선택과 의견을 배려하는 태도가 중요합니다. 결국 돌봄은 단순한 행위가 아니라 마음과 마음이 만나는 일임을 알고 있습니다.

마지막으로, 돌봄은 지속성이 필요합니다. 일시적인 도움이 아닌 꾸준한 관심과 지원이 함께해야 합니다. 그래서 누군가를 진심으로 돌본다는 일은 결코 쉬운 일이 아니라는 것을 경험합니다.

무엇보다도 중요한 것은 돌보는 자신의 건강과 마음을 돌보는 것입니다. 자신을 돌볼 여유가 없다면 진정한 돌봄은 어려워집니다. 정신적 안정과 신체적 건강이 뒷받침되어야 지속 가능하게 타인을 돌볼 수 있습니다. 돌봄 제공자도 감정적 소모로 인해 번아웃이 올 수 있기 때문입니다.

결국 가장 중요한 것은, 돌봄을 받는 사람이 자신이 존중받고 사랑받고 있다는 감정을 느낄 수 있어야 한다는 점임을 확신합니다. 진정한 돌봄은 삶의 질을 높이고 사람과의 연결을 더욱 깊게 해주는 것입니다. 그리고 그 모든 과정 속에서, 매순간 진심을 다하는 것, 그게 바로 진짜 돌봄이라고 저는 믿습니다. 오늘도 저는 누군가를 마음 다해 돌보고자 합니다.

마음 세탁 공장

제주 할망은 여전히 똥공장을 잘 돌리고 있다는 것을 확인합니다. 저도 그걸 본받아 공장 하나쯤은 돌려 봐야 하지 않을까 싶습니다. 제가 돌려 보려는 공장은 바로 '마음 세탁 공장'입니다.

이곳 병원에는 때 묻고 더럽혀진 마음들이 이곳저곳에 널브러져 있습니다. 가끔은 해진 마음을 꿰매기는커녕, 오히려 더 큰 구멍을 내고 있는 듯합니다. 아직 마음 세탁 공장이 본격적으로 가동되지 않아서인지, 해진 마음 틈으로 욕설이 튀어나오고, 날 선 감정들이 병실을 가득 채우고 있음을 느낍니다.

지금으로선 일회용 반창고를 붙이듯 급한 대로 감정만 덮고 있는데, 이건 오히려 불쏘시개가 되어 갈등을 더 키웁니다. 이 병동의 마음들은 너무 오랫동안 겹겹이 오염되어 왔습니다. 한 번의 세탁으로는 어림도 없습니다. 먼저 애벌세탁부터 시작해야 하는데, 이조차도 간에 기별도 가지 않을 정도입니다. 하나하나 껍질을 벗겨 내는 데도 오랜 시간이 걸릴 것이라는 사실을 알고 있습니다. 게 다가 마음이 너무 많이 닳고 해져서 솔직히 새로 장만하는 게 나을지도 모르겠습니다. 하지만 그럴 수는 없는 노릇이라, 작고 소소한 구멍부터 메우는 수밖에 없습니다.

우선 세제로는 '진심 어린 경청'을 사용하려 합니다. 그리고 유연제로는 '따뜻한 배려'를 더합니다. 마지막 표백제는 결국 '스스로의 각성과 노력'밖에 없습니다. 세제와 유연제는 임시방편일 뿐, 결국 마음의 본질을 변화시키는 건 본인 자신이기 때문입니다.

긴 세월 동안 누적된 마음의 때는 쉽게 씻기지 않습니다. 변화를 바란다면 세상이 아닌 '나'부터 바뀌어야 한다는 점을 깨닫습니다. 안타깝게도 인간은 대부분 안정을 원하고 변화를 두려워합니다. 하지만 변하지 않으면 도태되는 것이 오늘날의 현실입니다. 결국 변하지 않는 유일한 것은 세상이 항상 변한다는 사실뿐입니다.

긴 세월 동안 쌓인 자기만의 고정관념을 세탁한다는 건, 낙타가 바늘구멍을 통과하는 것만큼 어려운 일일 수 있습니다. 하지만 저는 이곳 병원에서, 몸의 치유뿐 아니라 마음의 세탁도 가능하다고 믿습니다. 물론 요양병원에서는 정신건강과 관련된 진료가 외진을 통해서만 가능하기에, 병동 안에서는 일상 속 소통을 통해 세탁 작업을 시도해 보고자 합니다.

그렇기에 저는 병동에서 작은 마음 세탁 공장을 열어 보려 합니다. 진심으로 이야기를 들어 주고, 공감과 배려를 더해, 조금씩 묵은 마음의 때를 벗겨 내고자 합니다. 세제는 진심, 유연제는 배려,

표백제는 스스로의 성찰이라는 것을 명심합니다. 얼마나 많은 마음을 세탁하거나 수선할 수 있을지는 알 수 없습니다. 하지만 시도는 해 보고 싶습니다. 공장이 잘 돌아갈지는 미지수지만, 하고 또하고, 또 하다 보면 한 꺼풀쯤은 벗겨 낼 수 있지 않을까 싶습니다. 작은 구멍 하나쯤은 메울 수 있지 않을까 싶습니다.

물론 지난한 일이 될 것입니다. 간병일 하나도 벅찬데 마음 세탁 공장까지 돌릴 수 있을지, 저도 의문스럽습니다. 하지만 어쩌면 지금까지 제가 해 왔던 많은 일이 바로 이 마음 세탁의 연장이었는지도 모른다고 생각합니다. 실제로 저는 이미 몇 가지를 시도하고 있었고, 그중 '휴머니튜드 기법'은 참 좋은 세제였다고 생각합니다. 그래서 결심했습니다. 세탁 공장만으로는 부족합니다. 이제는 '마음 안경점'도 함께 열어야 할 것 같습니다.

사람은 누구나 색안경을 끼고 상대를 봅니다. 저 역시 환자들을 향해 편견이라는 안경을 쓰고 있지는 않은지 돌아봐야 합니다. 이왕이면 검사도 받고, 필요하면 새 안경도 맞춰야 하지 않겠습니까? 정확한 시선이 있어야 올바른 돌봄도 가능함을 확신합니다. 저뿐만 아니라 병원의 모든 이들이 이 안경점을 찾아 주면 좋겠지만, 이건 강요할 수 있는 일이 아닙니다. 기다리는 수밖에 없습니다.

그래도 바랍니다. 제주 할망의 똥공장처럼, 제 마음 세탁 공장도 씽씽 잘 돌아가고, 마음 안경점도 손님들로 북적였으면 좋겠습니다.

간병사가 절대 해서는 안 될 일들

간병사로 일하며 하루하루를 살아가다 보면, 때로는 이 일이 단순한 직업이 아니라, 누군가의 삶 한복판에 서 있는 일이라는 사실을 실감합니다. 그만큼 무게도 크고, 책임도 무겁습니다. 그래서인지 늘 되새기는 원칙이 있습니다. 간병사로서 절대 해서는 안 될 일, 그리고 항상 조심해야 할 태도들입니다.

절대로 해서는 안 되는 다섯 가지

첫 번째, 무단 의료행위는 절대 금물입니다. 간병사는 의료인이 아닙니다. 의사나 간호사의 지시 없이 임의로 약을 주거나 치료를 해서는 안 됩니다. 경험이 쌓일수록 '이 정도는 괜찮겠지.'라는 오만이 고개를 들지만, 그 순간이 가장 위험합니다. 간병의 기본은 '조심'과 '신중'입니다.

두 번째, 어떠한 형태의 학대도 안 됩니다. 신체적이든 정신적이든, 환자를 함부로 대하는 건 절대 용납되어서는 안 됩니다. 환자가 거친 말을 한다고, 떼를 쓴다고, 화를 낸다고 해서 우리가 마음으로 선을 그어서는 안 됩니다. 누구보다 지쳐 있는 사람이 환자이고, 그래서 더욱 따뜻한 말과 손길이 필요합니다.

세 번째는 개인정보를 유출해서는 안 됩니다. 환자의 이야기, 병력, 가족사 등은 모두 민감한 사적 정보입니다. 우리가 흘리는 한마디가 누군가에게 깊은 상처가 되기도 합니다. 사람의 존엄은 단지 몸이 아닌, '이야기'와 '기억' 속에도 있다는 사실을 기억해야 합니다.

네 번째는 금전적 착취입니다. 작은 호의로 시작된 것도, 그 경계를 넘는 순간 '뇌물'이 됩니다. 보호자가 고마움의 표시로 무언가를 건넸을 때, 마음만 받는 자세가 필요합니다. 간병료 외의 어떤 명목으로도 금전을 요구하거나 받지 않는 것, 그것이 이 직업의 품격을 지키는 길입니다.

다섯 번째는 무단이탈과 태만입니다. 환자를 홀로 남겨 두고 자리를 비우는 순간, 우리는 보호자로서의 책임을 저버리는 것입니다. 병실은 늘 비상 상황이 잠재된 공간입니다. 언제 어떤 일이 벌어질지 모릅니다. 환자의 안전을 최우선으로 두는 자세, 그것이 간병사의 기본입니다.

조심해야 할 다섯 가지 마음

첫 번째, 감정에 휘둘리지 않아야 합니다. 때로는 환자와 정이 들어 지나치게 친밀해지고, 개인적인 감정에 휘말릴 때가 있습니다. 하지만 간병은 '돌봄의 거리'를 지켜야 가능한 일입니다. 친절하되 선을 지키고, 애정을 품되 감정에 잠식되지 않아야 합니다.

두 번째는 섣부른 판단과 조언을 삼가는 일입니다. 환자의 상태에 대해 "괜찮을 거예요."라는 한마디가 때로는 큰 혼선을 불러오기도 합니다. 우리는 의료진이 아닙니다. 어떤 변화든 의료진에게 정확히 전달하고, 그 지시에 따라 움직이는 것이 원칙입니다.

세 번째는 안전사고 예방입니다. 요양병원에서 가장 많은 사고는 낙상과 사레입니다. 환자의 작은 움직임 하나에도 예민하게 반응하고, 침대 높이와 휠체어 브레이크까지 꼼꼼히 확인해야 합니다. 사고는 늘 '기본을 놓쳤을 때' 일어난다는 것을 확신합니다.

네 번째는 의사소통의 오류를 줄이는 일입니다. 가족과 보호자, 환자와 나누는 말에는 늘 책임이 따릅니다. 모호하게 말해서는 안 되고, 흘려들어서도 안 됩니다. 말의 무게를 아는 사람이 간병을 할 자격이 있다는 사실을 명심해야 합니다.

마지막으로는 스트레스 관리입니다. 이 일은 사람을 상대로 하는 일입니다. 때로는 욕을 듣고, 억울한 오해를 받기도 합니다. 하지만 그 감정을 환자에게 풀어서는 안 됩니다. 필요할 땐 동료에게 털어놓고, 혼자 감당하기 어려울 땐 전문가의 도움을 받아야 합니다. 자신의 마음을 다스리는 사람이 타인의 마음도 돌볼 수 있습니다.

사람의 끝을 지키는 사람

누군가는 삶을 이야기할 때 찬란했던 순간들만을 떠올립니다. 처음 발걸음을 떼던 날, 첫사랑에 가슴 설레던 날, 무언가를 마침내 이루어 냈던 성취의 날들. 하지만 삶은 그렇게 빛나는 순간들로만 채워지지 않는다는 것을 확인합니다. 그 끝자락에는 늘 고요한 병실과 희미해지는 숨결 그리고 그 곁을 묵묵히 지키는 누군가가 있습니다.

저는 그 자리에 서 있습니다. 사람이 가장 연약해졌을 때, 한없이 외로워졌을 때, 삶의 모든 것을 내려놓고 싶어질 때, 그 마지막 순간을 함께 맞는 사람입니다. 저는 간병사입니다.

간병: 육체의 도우미이자 마음의 안내인

간병이라는 일은 단순히 누군가를 '돌보는 일'을 넘어섭니다. 그것은 누군가의 '인간다움을 마지막까지 지켜 주는 일'입니다. 몸을 닦아 주고, 밥을 떠먹이고, 대소변을 치우는 물리적인 행위만이 아닙니다. 잠 못 드는 밤에는 조용히 등을 토닥이며 그들이 조금이나마 편히 잠들 수 있도록 돕는 일입니다. 단순한 육체노동처럼 보이지만, 실상은 감정의 모든 것이 총집합된 일입니다. 간병사는 '육체의 도우미'이자 '마음의 청소부'이고, 때로는 '생의 마지막을 동행하는 조용한 안내인'임을 깨닫습니다.

저는 이 일을 하며 생의 후반부가 얼마나 고요하고도 황량할 수 있는지를 두 눈으로 직접 보았습니다. 젊은 날에는 누구보다 바쁘게 살아가며 가족을 돌보고, 세상에 큰 자취를 남긴 사람도 이곳에 오면 기저귀를 찬 채 침대에 누워, 한 모금의 물에도, 말 한마디에도 온전히 의지하는 존재가 됩니다. 이것이 인간의 피할 수 없는 운명이라면, 간병사는 그 운명의 마지막 언덕을 함께 오르는 존재일 것입니다.

하지만 이 중요한 일에는, 이상할 정도로 '직업의 위계'가 존재하지 않습니다. 사람의 마지막을 지키는 이 숭고한 일이 세상에서는 천한 노동처럼 치부되곤 합니다. 간병사의 감정은 무시당하고, 인격은 소모되며, 일의 보람은 '의무'라는 이름 아래 짓눌려 있습니다. '돌보다'라는 말에는 분명 애틋함이 담겨 있는데, 실제의 간병 현장은 고통과 절망 그리고 체념이 어지럽게 뒤엉켜 있습니다.

존엄과 예의: 간병의 진정한 철학

그러나 저는 압니다. 제가 했던 모든 수발의 순간들 속에는 그 누구도 흉내 낼 수 없는 고유한 인간 존중의 철학이 숨어 있다는 것을 느낍니다. 간병은 사랑이 아니라 존엄입니다. 사랑은 때때로 선택할 수 있는 감정일지 모르지만, 존엄은 마땅히 지켜야 할 의무입니다. 누군가에게 아무것도 할 수 없는 순간이 왔을 때, 그의 마지막 자리를 정돈하고, 마지막 숟가락을 떠먹이며, 마지막 눈빛을 바라봐 주는 일. 그것은 더도 말고 덜도 말고, 인간으로서 인간에게 베풀 수 있는 최소한의 예의입니다.

철학자 카를 야스퍼스(Karl Jaspers)는 "한 인간은 자신의 한계를 경험할 때 가장 깊은 진실에 도달한다."라고 했습니다. 저는 병상 위의 환자들 그리고 그 곁을 묵묵히 지키는 저 자신을 보며 그 말의 의미를 생생하게 실감합니다. 삶의 끝자락에서 사람은 가장 본질적인 질문을 마주합니다. "나는 무엇으로 남을 것인가?" 그 물음 앞에서 저는 자주 멈칫합니다. 그리고 조용히 환자의 얼굴을 닦아 냅니다.

이 일이 늘 자랑스러운 것은 아닙니다. 감정엔 매일같이 피멍이 들고, 몸은 늘 피로에 잠겨 있으며, 존중받지 못하는 순간에는 자존감이 침전물처럼 가라앉는다는 사실을 경험합니다. 하지만 누군가는 끝까지 옆에 있어야 하기에, 누군가는 이 삶의 마지막을 기록해야 하기에, 저는 이 일을 계속할 수밖에 없다는 것을 확인합니다. 그리고 저는 이 모든 경험을 담아 글을 씁니다.

저의 선언: 마지막 불빛이 되기를

이 글은, 간병사인 저의 선언입니다. 저는 누군가의 마지막을 지키는 사람이 되고 싶습니다. 삶이 점점 작아지고, 몸이 점점 가벼워지며, 의식이 점점 저 너머로 건너가려는 그 순간까지, 사람으로서의 품격을 놓치지 않도록 등을 토닥여 주고, 눈을 감겨 주고, 손을 잡아 주는 사람이 되고 싶습니다.

간병은 직업이기 전에 철학입니다. '내가 아니라 너를 먼저 생각하는 마음', '지금 이 자리에서 함께 있음의 가치를 믿는 신념' 그리고 '사람은 마지막까지 사람이어야 한다'는 변치 않는 믿음. 그것이 제가 만난 간병의 본질이고, 제가 이 글을 통해 세상에 남기고 싶은 이야기입니다.

오늘도 병실의 불을 끄며 저는 생각합니다. 이 어둠 속에서 누군가의 삶이 조용히 사라질지도 모른다고. 그렇다면 저는, 그 마지막 불빛이 되어 주어야 하지 않을까. 그것이 사람이 사람을 지키는 마지막 예의라고 생각합니다.

청결이라는 이름의 사명

병원 생활에서 개인 위생의 중요성은 두말할 것도 없습니다. 특히 요양병원은 청결이라는 기본이 무너지면 모든 것이 무너질 수 있음을 배웁니다. 환자의 위생 관리는 간병사가 맡은 역할 중 가장 중요한 축을 차지합니다. 그리고 그보다 앞서, 간병사 본인의 위생 관리야말로 기본 중의 기본입니다. 제가 간병 일을 하며 단 한 번도 이 원칙을 어기지 않은 이유이기도 합니다.

공동 병실에서는 통상적으로 환자 목욕을 일주일에 한 번 시행합니다. 물론, 중간중간 실수로 목욕을 추가로 시행해야 하는 경우도 있지만, 그것은 예외입니다. 저는 이 주기를 철저히 지킵니다. 강직 환자를 목욕시키는 일은 쉽지 않습니다. 온몸에 땀이 흥건하게 차올라, 결국은 제가 샤워를 한 듯한 기분이 들 정도입니다. 하지만 그 고된 작업으로 오히려 개운함을 느낍니다. 마치 제 몸이 정화되는 듯한 이상한 경험입니다. 목욕은 단순한 위생 차원을 넘어 혈액 순환을 돕고 욕창을 방지하는 치료의 일환이라고 믿기에, 저는 그 과정을 더욱 집요하게 챙깁니다.

목욕 다음으로 중요하게 여기는 것은 양치질입니다. 예전에 읽은 책에서, 양치를 꾸준히 한 환자군이 그렇지 않은 환자군보다 회복 속도가 빠르다는 내용을 접한 이후로는 양치질에 대한 집착이 생겼습니다. 그래서 세수보다 양치부터 하게 만듭니다. 억지로라도 시킵니다. 입안은 생각보다 세균이 많고, 입속 관리가 건강 전반에 영향을 준다는 사실을 환자에게 늘 강조합니다.

환자 위생을 돌보다 보면 참으로 묘한 의문이 드는 지점이 있습니다. 바로 발톱입니다. 일반인의 발톱은 손톱깎이로도 충분히 자를 수 있을 정도지만, 장기 입원 환자들의 발톱은 두께가 상상을 초월합니다. 손톱깎이는 전혀 먹히지 않습니다. 그래서 저는 작은 가위로 조금씩 다듬어 드립니다. 장기적으로는 안 될 것 같아 전용 발톱깎이를 따로 구매해 봤지만, 사용법이 까다롭고 직관적이지 않아 무용지물입니다. 비싼 수업료를 치른 뒤 배운 사실입니다. 여전히 의문은 남습니다. 어째서 장기 입원 환자들의 발톱은 남녀를 불문하고 그렇게 두꺼워지는 걸까요? 누군가는 순환 문제라고 설명할지도 모르지만, 저에게는 여전히 풀리지 않는 숙제입니다.

개인 위생만큼이나 중요한 것은 위생 용품 관리입니다. 절대로 다른 환자들과 용품을 함께 사용해서는 안 됩니다. 병이 다르고 면역력이 약한 만큼, 사소한 접촉만으로도 감염 위험이 생기기 때문입니다. 그래서 우리는 철저하게 1인 1장갑 원칙을 지킵니다. 환자

한 명, 새 장갑 한 켤레. 번거로워도 지켜야 합니다. 그것은 보호가 아니라, 책임입니다.

환자의 몸뿐 아니라 병실 관리도 중요합니다. 저는 지금까지 단 한 번도 물걸레질이나 청소를 빼먹은 적이 없습니다. 침구와 환의도 먼저 챙깁니다. 병실이 지저분하다면, 그것은 곧 제가 간병을 잘못하고 있다는 것을 공표하는 것이라고 여깁니다. 실제로 환자들은 위생에 무심할 수밖에 없습니다. 몸이 괴로우니 작은 일에는 신경 쓸 여력이 없습니다. 그래서 간병사가 필요합니다. 그것이 우리의 역할입니다.

하지만, 돌보다 보면 간과하게 되는 부분이 생깁니다. 특히 손발톱처럼, 사소하지만 꺼려지는 일들이 그렇습니다. 남의 손톱을 깎는 것은 결코 쉬운 일이 아닙니다. 그러나 결국 그것이 진짜 돌봄입니다.

저는 늘 믿습니다. 병실의 청결과 환자의 위생은 약 못지않은 치료제라는 것을 배웁니다. 그래서 오늘도 병실의 먼지 한 조각, 티끌 하나와 치열한 전투 중입니다. 이것이야말로 제가 맡은 전장입니다.

간병사
: 명증과 공리로 삶을 마주하다

세상에는 두 종류의 진리가 존재합니다. 하나는 어떤 설명도 필요 없이 명백한 진리, 또 다른 하나는 아무리 설명해도 끝끝내 이해받지 못하는 진리입니다. 간병사는 바로 그 두 진리 사이에 서 있는 존재라고 생각합니다. 누구에게나 꼭 필요하지만, 동시에 누구도 선뜻 되고 싶어 하지 않는 존재. 설명 없이도 마땅히 그러해야 할 사람으로 여겨지지만, 막상 설명하려 하면 좀처럼 제대로 이해받지 못하는 사람. 그것이 바로 간병사의 숙명입니다.

저는 요양병원이라는 작은 우주에서 매일, 삶의 가장 내밀하고 말 없는 부분들을 다듬으며 살아갑니다. 한 사람의 고요한 침묵을 닦아 내고, 고통을 수습하며, 시간의 경계를 두지 않는 헌신적인 노동을 반복합니다.

간병이란 무엇인가: 명증적 고통 앞에서

간병이란 대체 무엇일까요? 한 철학자는 "참된 삶은 명증적인 고통 앞에서 시작된다."라고 말 했습니다. 그 말을 들으며 저는 묻습니다. 그렇다면 참된 사람됨은 어디서부터 시작되는가? 저는 그 답을 병실 한가운데, 바로 이 간병의 현장에서 찾습니다.

간병사는 누군가의 마지막 남은 존엄을 소중히 감싸는 사람입니다. 살아온 날들을 조용히 정리해 주는 손길, 마지막 잠자리를 다정하게 여며 주는 눈빛, 차가워진 등을 조심스레 쓸어 주는 따뜻한 존재. 이 모든 것이 간병사의 역할입니다.

이것은 명증입니다. 명백하고도 증명된 진실입니다. 누군가는 반드시 이 간병의 자리에 있어야 하고, 그 누군가는 따뜻한 감정을 지닌 사람이어야 한다는 명증 말입니다. 그리고 저는 바로 그 자리에 서 있습니다.

공리: 사람은 끝까지 사람이어야 한다

그렇다면 공리는 무엇일까요? 공리는 따져 묻지 않아도 모든 이에게 진리로 받아들여지는 보편적인 원칙입니다. 저는 그것이 '사람은 끝까지 사람이어야 한다'는 변치 않는 믿음이라고 생각합니다. 몸이 병들어 망가지고, 의식이 흐릿해지며, 말을 잃고 표정을 잃어도, 한 인간으로서 마땅히 존중받아야 한다는 절대적인 명제.

저는 그 공리의 최전선에서 일합니다. 환자의 몸을 씻기고, 침구를 정돈하며, 한 사람의 '사람다움'을 끝까지 지키는 일을 합니다. 이 일은 단순히 연민에서 시작된 것이 아니라 인간에 대한 예의에서 비롯된 것입니다. 일시적인 동정이 아닌, 삶을 함께 나누는 공존의 의미를 담고 있습니다. 그리고 이는 단순한 기술이 아닌, 삶에 대한 깊은 철학이 동반되어야 가능한 일입니다.

이 일에는 특별한 기술적 능력이 필요하지 않습니다. 다만 한 사람을 마지막까지 '사람'으로 대할 수 있는 따뜻한 마음, 그것 하나만이 유일한 자격입니다. 그래서 간병사는 기술자가 아닙니다. 직업인 동시에 삶의 태도이고, 노동인 동시에 흔들리지 않는 신념입니다.

저는 하루에도 몇 번씩 그 명증을 확인합니다. 환자의 손이 제 손을 잡고, 그 눈이 제 눈을 향하며, 그 체온이 제 마음을 지나갈 때, 저는 분명히 압니다. 제가 하는 이 일이 누군가에게는 마지막 남은 삶의 빛이자 유일한 위로가 된다는 점을 확신합니다.

그리고 매일 밤 병실의 불을 꺼 주며, 저는 다시금 이 공리를 마음에 깊이 새깁니다. "사람은 끝까지 사람이어야 한다." 간병사는 바로 그 고귀한 명제를 가장 가까운 거리에서 지켜 내는 증인입니다.

그렇게 저는 오늘도 한 사람의 삶의 끝자락을 작고 조용한 진실로 감싸안고 있습니다.

4장

돌봄 노동자 1호의 꿈

돌봄 노동자 1호의 꿈

요즘 세상, 누가 뭐래도 '돌봄'은 가장 뜨겁고도 시급한 키워드입니다. 인구 구조는 빠르게 고령화되고, 가족 형태는 점점 더 개인화되고 있습니다. 여기에 맞춰 돌봄 경제의 지형도는 가파른 곡선을 그리고 있습니다. 복지의 영역을 넘어, 이제는 사회와 경제를 떠받치는 한 축으로까지 자리 잡고 있다는 사실을 발견합니다. 그 중심에 간병이 있습니다.

하지만 현실은 어떻습니까. 지금 현장에서는 경험조차 없는 간병사들이 계속해서 유입되고 있습니다. 어찌 보면 그 자체가 수요의 폭증을 증명하고 있는 셈입니다. 현장의 상황은 이미 포화 상태이며, 돌봄 대란은 시간문제라는 생각이 듭니다.

실제로 병원에서 간병사로 일하다 보면, 느끼는 게 많습니다. 우리 병동 간병사들 대부분은 중국 동포들입니다. 연령은 60대 중반을 넘은 경우가 많습니다. 그 연세에 이만한 일거리가 드물기에, 힘든 줄 알면서도 계속 현장을 지키고 계십니다. 하지만 분명한 것은, 이 구조는 오래가지 못한다는 사실입니다.

"그렇다면, 대안은 무엇인가?" 간병 업무를 공공의 시스템으로 편입시켜야 합니다. 자격과 교육을 갖춘 사람들에게 정규직 일자리를 보장하고, 3교대 근무 체계로 안정을 꾀해야 합니다. 그렇게만 된다면, 오히려 많은 사람들이 이 직업에 자부심을 가지고 뛰어들 수 있으리라고 확신합니다.

"지금이야말로 간병을 '돌봄 노동'으로 재정의해야 할 때입니다." 현재 간병사들은 협회 소속 프리랜서 형태입니다. 병원에서 직접 관리받으며 업무 지시를 받는데도, 고용 계약서는 없습니다. 노동자로서의 권리도 없습니다. 이 고용 구조는 말 그대로 기형적입니다. 간병사는 '고용 가능한 자영업자'입니다. 도무지 이해할 수 없는 현실입니다. 중국 동포분들은 그저 참고 받아들이는 경우가 많지만, 우리나라 사람들이 이 일을 지속적으로 선택하려면 반드시 개선이 필요합니다. 그래야 간병의 질도, 지속성도 확보할 수 있습니다.

"누군가는 이 목소리를 내야 합니다." 그렇다면, 제가 하겠습니다. 누군가는 이 부당함을 세상 밖으로 끌어내야 하고, 누군가는 제도적 개선을 위해 발버둥 쳐야 한다면, 저는 기꺼이 그 '누군가'가 되겠다고 다짐합니다. 어쩌면 지난한 길이 될 것입니다. 제 말이 쉽게 닿지 않을 수도 있고, 싸워야 할 상대는 거대할지도 모릅니다. 하지만 저는 믿습니다. 돌봄은 인간이 인간답게 살아가기 위한 마지막 울타리라고. 그 돌봄을 맡는 이들의 권리가 보장되지 않는 한, 환자의 삶도 결코 따뜻할 수 없다는 점을 확신합니다.

제 목표는 돌봄 노동자 1호가 되는 것입니다. 저는 오늘도 환자 곁을 돌보며 생각합니다. 언젠가 제가 돌봤던 이들처럼, 누군가의 노후가, 삶의 끝자락이, 지금보다 조금은 더 따뜻해지기를 바랍니다.

그 시작이, 지금 여기서부터라면, 저는 주저 없이 한 걸음 더 내딛을 것을 선언합니다.

간병의 미래,
그리고 나의 자리

앞으로 간병의 일은 어떻게 흘러가게 될까. 이 병원 복도 끝에서, 문득 그런 생각이 듭니다. 막연한 걱정이 아니라, 현실적인 불안감이 진하게 다가온다는 것을 느낍니다.

지금 우리나라는 초고령 사회입니다. 네 사람 중 한 명이 65세 이상이라니, 인구로 따지면 천만 명이 넘는 수치입니다. 그만큼 병원과 요양시설을 찾는 이들은 점점 많아지고, 삶의 끝자락을 누군가의 손에 맡겨야 하는 상황도 자연스러운 과정이 되어 갑니다.

예전에는 가족이 직접 집에서 돌보던 때도 있었습니다. 그러나 이제는 여건도, 마음도, 다들 예전 같지 않습니다. 경제적으로 여유 있는 집은 요양병원을, 그렇지 못한 이들은 요양원으로 부모를 보내는 게 일반적인 풍경이 되어 버렸습니다. 안타깝지만, 이곳에서 그런 현실을 매일 마주하게 됩니다. 요양병원은 그나마 의사라도 상주하지만, 요양원은 그조차 없습니다. 가장 큰 차이는 간병비입니다. 병원비나 치료비는 보험으로 어느 정도 해결되지만, 간병비만큼은 철저히 본인 부담입니다.

　공동 간병 기준으로 한 달 백만 원 미만입니다. 누군가에겐 그것조차 버거운 금액입니다. 게다가 병원비, 치료비까지 더해지면 그 부담은 곧 가족의 결정으로 이어집니다. "요양원으로 옮깁시다."라는 말이 무겁게 떨어진다는 것을 경험합니다.

　이곳 간병사 대부분은 중국 동포들입니다. 수요는 많은데 공급은 턱없이 부족한 실정입니다. 협회도, 병원도, 이미 인력난에 골머리를 앓고 있다고 확신합니다. 간병협회는 사람을 구하기 급급하고, 병원은 오늘 하루를 무탈하게 넘기기에 바쁩니다.

　그 결과, 간병은 '케어'가 아니라 '근무'가 됩니다. 사람을 돌보는 일이 아니라, 시간을 때우는 일이 되어 버리는 것입니다. 사실 간병은 기술이 아니라 마음으로 하는 일입니다. 정성과 배려, 인내심 없이는 불가능한 직업임을 깨닫습니다. 하지만 지금 현장의 분위기는 그렇지 않습니다. 환자 중심이 아닌, 간병사 중심의 돌봄이 되어가는 것을 느낍니다.

　물론 모두가 그런 건 아닙니다. 좋은 간병사도 있고, 정성껏 돌보는 이도 있습니다. 하지만 그 수가 점점 줄고 있다는 게 문제입니다. 그리고 그 빈자리는 결국 환자가 감당해야 합니다.

　저는 이곳에서 여러 환자들을 만났습니다. 말없이 버티는 분도 있고, 간병사와의 갈등으로 전실을 반복하는 분도 있습니다. 하지만 그 원인을 가만히 들여다보면, 대부분은 '환자가 원하는 것을 제대로 들어주지 못한 것'에서 시작됩니다. 작은 요구 하나가 무시될 때, 그 상처는 생각보다 깊게 남는다는 것을 발견합니다.

지금 간병 현장은 개선이 시급합니다. 그러나 정부도, 병원도 뚜렷한 해법을 내놓지 못하고 있습니다. 그렇다면 누군가는 나서야 하지 않을까 싶습니다. 더 나은 돌봄, 더 인간적인 간병 환경을 만들기 위해서 말입니다.

저는 이곳에서 직접 보고 듣고 느꼈습니다. 그래서 생각합니다. '나라면 할 수 있지 않을까.' 누군가 거인의 어깨에 올라서야 한다면, 저는 그 어깨를 제대로 읽어 낸 사람이 되고 싶습니다. 현장의 고충을 알고, 환자의 마음을 이해하며, 간병사와 보호자, 병원이 모두 존중받을 수 있는 구조를 만들고 싶습니다.

지금 이 길은 분명 '블루오션'입니다. 아직 누구도 제대로 다듬지 않았지만, 앞으로 가장 중요한 사회적 역할을 감당할 분야입니다. 누구도 피할 수 없는 길이기에 이 길을 준비하고 있는 지금의 제가 조금은 더 앞서 있다고 자신합니다.

급할 건 없습니다. 서두르지 않고, 천천히. 차근차근 준비하고 싶습니다. 분석하고, 배우고, 현장을 더 깊이 체험하며, 진짜 돌봄이 가능한 시스템을 만들어가고 싶습니다. 그래서 언젠가, 지금 제가 간병하는 이들에게도 "이런 간병이 바로 사람이 사람을 돌보는 일이구나."라는 진심을 전하고 싶습니다.

그게, 제가 이곳에서 매일을 견디며 조용히 품고 있는 꿈입니다.

그림자 속 존엄

돈벌이로만 치부되는 직업, 중국 국적이라는 이유로 더 심해지는 차별, 일 자체에 대한 근본적인 비하 그리고 직장이 아닌 일용직 취급. 간병사들이 현장에서 마주하는 현실은 이러한 비인격적인 대우의 연속입니다. 마치 소모품처럼, 환자들의 '종'처럼 인식되며 막말은 기본으로 감수해야 하는 이들의 삶은 우리 사회의 보이지 않는 곳에서 끊임없이 상처받고 있습니다. 이 글은 간병사들의 애환을 면밀히 살피고, 이러한 문제들이 왜 뿌리 깊게 박혀 있는지 그 원인을 함께 숙고하고자 합니다.

직업이 아닌 돈벌이, 그 이면의 비극

간병은 단순한 돈벌이가 아닙니다. 누군가의 가장 취약한 순간을 함께하며, 신체적 · 정신적 어려움을 나누고 삶의 존엄을 지켜 주는 숭고한 노동입니다. 하지만 현실에서 간병사들은 종종 '돈을 받고 하는 일'이라는 단순한 논리로 평가절하됩니다. 이러한 인식은 간병 노동의 본질적인 가치를 폄훼하며, 그들의 헌신과 노고를 보이지 않게 만듭니다. '직업'으로서의 존중이 결여된 시선은 결국 간병사를 '돈 때문에 어쩔 수 없이 하는 사람'으로 낙인찍고, 이는 곧 부당한 대우를 정당화하는 빌미가 되곤 합니다.

국적의 굴레: 이방인 간병사의 설움

특히 중국 국적의 간병사들이 겪는 설움은 더욱 깊습니다. 이들은 언어와 문화의 장벽을 넘어 타국에서 생계를 꾸려 나가야 하는 이중고를 겪는 동시에, '외국인'이라는 이유만으로 또 다른 차별에 직면합니다. 한국인 환자나 보호자들 중 일부는 이들에게 더욱 무례하게 대하거나, 심지어 노골적인 혐오 발언을 서슴지 않기도 합니다. 같은 인간으로서 최소한의 존중조차 받지 못하는 상황은 이들에게 심각한 정신적 고통을 안겨 주며, 이는 간병 노동의 질에도 부정적인 영향을 미칠 수밖에 없습니다. "중국 사람이니까 더럽다.", "말도 못 알아듣는 주제에." 같은 말은 비수처럼 이들의 가슴에 깊이 박힙니다.

일에 대한 근본적인 비하와 소모품 취급

간병은 고도의 인내심과 섬세한 기술 그리고 강인한 정신력을 요구하는 전문적인 영역입니다. 하지만 많은 사람이 간병을 '누구나할 수 있는 허드렛일'로 치부합니다. 환자의 용변을 처리하고, 몸을 씻기고, 식사를 돕는 일련의 과정들은 단순히 힘만 쓰는 일이 아닙니다. 환자의 상태를 면밀히 관찰하고, 미묘한 변화를 감지하며, 필요에 따라 적절한 조치를 취하는 판단력 또한 필요합니다. 그럼에도 불구하고 이들의 노동은 그 가치를 인정받지 못하고, 심지어 '더러운 일'로 치부되며 모욕적인 시선에 노출됩니다.

이러한 인식은 간병사를 마치 '소모품'처럼 여기는 태도로 이어집니다. 언제든 대체 가능한 존재, 감정 없는 도구처럼 취급하는 것입니다. 조금이라도 불만이 생기면 "간병사는 널렸다"는 식으로 윽박지르고, 본인들의 편의를 위해 무리한 요구를 하거나 업무에 대한 정당한 보장 없이 부당한 업무를 지시하는 경우도 부지기수입니다. 이들의 육체적·정신적 한계는 고려 대상이 아니며, 오직 환자나 보호자의 필요만을 채워 주는 존재로 여겨집니다.

그리고 간혹 이러한 소모품 취급은 황당한 방식으로 현실화되기도 합니다. 간병사가 멀쩡히 자신의 업무를 수행하고 있는데, 새로운 간병사가 병실에 도착하는 웃픈 상황이 벌어지곤 합니다. 아무런 사전 통보도 없이, 새로운 사람이 눈앞에 나타나고서야 비로소 자신이 더 이상 필요 없는 존재가 되었다는 사실을 깨닫습니다. 마치 물건을 바꾸듯 간병사를 교체하는, 그 비인간적인 절차는 이들의 자존감에 깊은 생채기를 남깁니다.

직장이 아닌 일용 근무자 취급과 '갑질'의 만연

간병사들은 대부분 프리랜서 형태로 일하며, 노동법의 보호를 전혀 받지 못합니다. 이는 간병사들을 '직원'이 아닌 '일용 근무자'로 취급하게 만드는 구조적인 문제로 이어집니다. 심지어 정당한 요구를 했을 때에는 "그럼 다른 사람을 부르면 된다"는 식의 협박을 당하기도 하고 바로 교체를 당하는 수모를 겪기도 합니다.

이러한 취약한 지위는 '갑질해도 되는 사람'이라는 인식을 확산시킵니다. 환자나 보호자는 자신들이 '돈을 지불하는 고용주'라는 이유만으로 간병사에게 함부로 대하고, 사적인 심부름을 시키거나, 인격적으로 모욕하는 언행을 서슴지 않습니다. 간병사들은 이러한 부당한 대우에도 불구하고 생계를 위해 참고 견딜 수밖에 없는 처지입니다. "막말은 기본"이라는 말이 나오는 이유도 여기에 있습니다.

환자들의 '종'으로 인식되는 슬픈 현실

가장 안타까운 것은 간병사들이 환자나 보호자에게 '종'처럼 인식되는 현실입니다. 이들에게 간병사는 '대가를 받고 시키는 일은 무엇이든 해야 하는 존재'로 여겨집니다. 환자의 상태가 좋지 않아 신경이 예민해진 것은 이해할 수 있지만, 그렇다고 해서 간병사에게 화풀이를 하거나 인격적으로 모욕하는 행위가 정당화될 수는 없습니다. 심지어 간병사를 '하인' 취급하며 반말을 하거나 인신공격적인 발언을 서슴지 않는 경우도 비일비재합니다. 이러한 인식은 간병사들의 자존감을 갉아먹고, 직업에 대한 회의감을 불러일으킵니다.

애환을 넘어, 근본적인 문제 해결을 위하여

간병사들의 이러한 애환은 단순히 개인적인 불운이나 일부 몰지각한 사람들의 문제가 아닙니다. 이는 우리 사회가 간병 노동을 어떻게 인식하고 평가하는지, 그리고 사회적 약자에 대한 보호 시스템이 얼마나 미비한지를 보여 주는 적나라한 단면입니다.

근본적인 문제 해결을 위해서는 다음의 변화가 시급합니다. 첫째, 간병 노동의 가치를 재평가하고 사회적으로 존중하는 분위기를 조성해야 합니다. 간병이 단순한 육체노동이 아닌 전문적인 돌봄 서비스임을 인식하고, 이에 합당한 대우와 인정해 줘야 합니다. 둘째, 간병사들의 노동권을 강화하고 보호할 수 있는 법적·제도적 장치를 마련해야 합니다. 개인 계약이라는 취약한 형태에서 벗어나 안정적인 고용 환경을 제공하고, 최저임금 준수, 근로시간 보장, 휴식권 보장 등 기본적인 노동권을 지킬 수 있도록 해야 합니다. 셋째, 환자와 보호자의 인식 개선을 위한 교육과 캠페인이 필요합니다. 간병사가 단순한 서비스 제공자가 아닌, 환자의 회복을 돕는 동반자이자 존중받아야 할 한 인격체라는 사회적 인식을 확산시켜야 합니다. 넷째, 외국인 간병사에 대한 차별을 철폐하고 인권 보호를 강화해야 합니다. 이들이 언어와 문화적 차이로 인해 불이익을 받지 않도록 다문화 교육을 확대하고, 인권 침해 발생 시 적극적으로 개입하고 처벌하는 시스템을 구축해야 합니다.

간병사들은 우리 사회의 가장 어둡고 그늘진 곳에서 누군가의 삶을 지탱하는 중요한 역할을 하고 있습니다. 이들의 헌신과 희생 없이는 많은 이들이 인간다운 삶을 영위하기 어려울 것입니다. 그림자 속에 가려진 이들의 존엄을 회복하고, 더 나은 환경에서 일할 수 있도록 우리 사회 모두의 관심과 노력이 절실합니다. 간병사가 존중받는 사회야말로 진정으로 건강하고 성숙한 사회가 아닐까요?

보이지 않는 상처

이른 아침, 병원 복도를 가득 채우는 병원 특유의 기운은 누군가에게 익숙한 하루의 시작을 알리는 신호일 것입니다. 하지만 간병사들에게는 그 기운이 때로는 묵직한 하루의 시작을 알리는 것처럼 느껴지기도 합니다. 환자의 손발이 되어 주고, 가족의 마음을 헤아려 주는 이들. 그들은 몸의 피로뿐 아니라 마음의 고단함까지 감내하며 매일을 보냅니다. 우리가 미처 헤아리지 못했던 간병사들의 깊은 정신적 고통과, 이 소중한 마음들을 어떻게 보듬고 치유해야 할까요?

막말과 인격 비하의 칼날

병실 문이 열리면, 간병사들의 하루는 시작됩니다. 어떤 환자는 그들에게 따뜻한 존댓말과 진심 어린 감사를 전하지만, 안타깝게도 또 다른 환자는 듣기 힘든 막말을 서슴지 않습니다. "야, 너 빨리 와!", "이것도 제대로 못 해? 돈 받고 일하는 거 아니야?" 환자의 고통을 알기에 묵묵히 견디지만, 비수처럼 날아드는 말 한마디 한마디는 간병사들의 여린 가슴에 깊은 생채기를 남깁니다. 환자의 몸이 약한 만큼, 간병사의 마음 또한 쉽게 상처받을 수 있습니다.

더 나아가, 일부 환자들은 간병사의 인격을 비하하는 태도를 보이기도 합니다. 간병이라는 직업을 하찮게 여기고, 자신보다 낮은 위치에 있다고 생각하는 시선은 간병사들의 소중한 자존감을 갉아먹습니다. 그들은 단순히 환자의 몸을 돌보는 것을 넘어, 한 인간으로서의 존엄성을 지켜 주는 숭고한 일을 합니다. 하지만 이러한 헌신적인 노력이 무시당하고 폄하될 때, 간병사들은 깊은 좌절감과 무력감을 느낄 수 밖에 없습니다.

보호자의 과도한 요구와 갑질

환자뿐만 아니라, 보호자들의 태도 또한 간병사들의 마음 건강에 지대한 영향을 미칩니다. 간병사에게 과도한 요구를 하는 보호자들이 적지 않습니다. 본래 가족이 해야 할 일까지 간병사에게 전가하거나, 심지어 사적인 심부름을 시키는 경우도 비일비재합니다. 이미 쉴 틈 없이 환자를 돌봐야 하는 간병사들에게 이러한 요구는 육체적인 피로를 넘어 정신적인 큰 부담으로 다가옵니다.

더욱 가슴 아픈 것은 일부 보호자들의 갑질입니다. 작은 실수에도 언성을 높이거나, 마치 자신의 하인처럼 부리려 드는 태도는 간병사들에게 극심한 스트레스와 잊히지 않는 모멸감을 안겨 줍니다. 간병사들은 그들의 자리에서 최선을 다해 환자를 돌보고 있음에도 불구하고, 이러한 불합리한 대우 속에서 매일 마음속으로 소리 없는 눈물을 삼켜야 합니다.

병원 관계자들의 직업적 차별과 근본적인 구조의 차별

환자와 보호자들로부터 겪는 어려움 외에도, 간병사들은 병원 내에서 직업적인 차별을 경험하기도 합니다. 의사나 간호사 등 다른 의료 전문직에 비해 간병사는 '직업적'으로 온전히 인정받지 못하는 경우가 많습니다. 그들의 땀과 노력이 간과되고, 때로는 의료 시스템에서 가장 낮은 단계로 취급받는 현실은 간병사들의 사기를 크게 떨어뜨립니다. 그렇게 충분히 존중받지 못하는 상황은 간병사들에게 깊은 소외감과 함께 고립감을 안겨 줍니다.

이러한 개별적인 차별을 넘어, 간병 시스템 자체에 내재된 근본적인 구조적 차별도 간병사들의 고통을 심화시킵니다. 간병사의 지위는 법적으로 명확하게 보호받지 못합니다. 게다가 열악한 근무 환경, 불안정한 수입, 마땅한 휴식조차 보장받기 어려운 현실은 간병사들의 삶을 더욱 힘겹게 만듭니다. 그들은 누군가의 소중한 생명을 지탱하는 없어서는 안 될 역할을 수행함에도 불구하고, 사회적 안전망의 사각지대에 놓여 있습니다. 이러한 구조적인 문제들이 바로 간병사들에게는 정신적 고통을 더욱 깊게 만드는 뿌리 깊은 원인이 됩니다.

지친 마음을 어루만지는 치유의 손길

간병사들이 겪는 정신적 고통은 단순히 개인의 문제가 아니라, 우리 사회 전체가 함께 고민하고 해결해야 할 시급한 과제입니다. 이들의 지친 마음을 보듬고 치유하기 위해서는 다각적인 노력이 절실합니다.

첫째, 따뜻한 존중과 감사 표현이 가장 중요합니다. 환자와 보호자 그리고 모든 의료 관계자들이 간병사들의 노고와 헌신을 인정하고, 진심으로 감사하는 마음을 표현해 주었으면 좋겠습니다. "수고 많으십니다.", "정말 감사합니다."와 같은 따뜻한 말 한마디는 간병사들에게 큰 위로와 힘이 됩니다. 이들의 직업에 대한 사회적 인식을 높이고, 그들의 역할이 얼마나 중요한지 알리는 캠페인도 필요합니다.

둘째, 정서적 지지 프로그램의 확대가 시급합니다. 간병사들이 겪는 스트레스와 감정 소모는 상상을 초월합니다. 이를 해소할 수 있는 전문적인 심리 상담이나 치유 프로그램이 마련되어야 합니다. 병원이나 관련 기관에서 정기적인 스트레스 관리 교육, 마음 돌봄 세션 등을 제공해 간병사들이 자신의 감정을 솔직하게 나누고 위로받을 수 있는 안전한 공간을 만들어 주어야 합니다. 서로의 고통을 공감하고 지지할 수 있는 동료 모임 활성화도 좋은 방법입니다.

셋째, 권리 보호 및 제도적 개선이 절실합니다. 간병사들의 근로 조건과 지위를 명확히 규정하고, 적절한 휴식 시간, 안정적인 임금 그리고 안전한 근무 환경을 법적으로 보장해야 합니다. 부당한 요구와 갑질에 시달릴 때 기댈 수 있는 명확한 고충 처리 시스템을 마련하고, 필요시 법률적 지원을 받을 수 있도록 돕는 것도 중요합니다. 간병 교육 시스템을 강화해 전문성을 높이고, 이를 통해 간병사의 자부심을 높여 주는 노력도 병행되어야 합니다. 간병사를 단순한 '일용직'이 아닌 '전문 직업인'으로 인정하고 대우하는 사회적 분위기 조성이 필요합니다.

넷째, 소통의 창구 마련과 갈등 중재입니다. 환자, 보호자 그리고 간병사 간의 오해나 갈등이 발생했을 때, 이를 해결할 수 있는 공식적인 소통 창구를 마련해야 합니다. 중립적인 입장에서 갈등을 중재하고, 각자의 입장을 이해할 수 있도록 돕는 역할을 하는 전담 인력을 배치하는 것도 고려해 볼 만합니다. 서로의 어려움을 이해하려는 노력과 소통이 있다면, 불필요한 감정 소모를 줄일 수 있습니다.

간병사들은 우리 사회의 보이지 않는 곳에서 묵묵히 헌신하는 소중한 사람들입니다. 그들의 땀방울과 눈물이 헛되지 않도록, 우리는 이제 그들의 지친 마음을 어루만지는 치유의 손길을 내밀어야 합니다. 이들이 건강한 마음으로 환자들을 돌볼 수 있을 때, 우리 사회의 보살핌의 질 또한 한 단계 더 높아질 것입니다.

돌봄의 미래를 꿈꾸며

간병인 생활 두 달. 처음엔 이 일이 나와 맞을까, 체력은 버틸까 하는 궁금증에서 시작했습니다. 하지만 어느새 저는 간병이라는 세계의 속살 깊숙한 곳까지 들어가 있었습니다. 그리고 잠시, 휴가를 떠났습니다.

휴가는 협회를 통해 미리 신청해 두면 대체 간병인이 들어옵니다. 요양병원은 워낙 인력이 부족해, 대부분의 간병인들이 붙박이처럼 지내며 교대 없이 일합니다. 특히 이 병원도 그렇듯, 거의 모든 간병인들은 중국 국적의 동포들입니다. 물론 그분들이 아니면 지금 요양 시스템이 제대로 돌아가기 힘듭니다. 하지만 동시에, 저는 그 공백에서 작은 가능성을 배웁니다. 바로 '주말 간병인 사업'입니다.

주말에만 일할 수 있는 사람들을 위한 간병 매칭. 예를 들면 평일엔 다른 일을 하고 주말엔 부수입을 원하는 이들, 혹은 정년퇴직 후에도 건강하지만 할 일이 없는 시니어들. 지금은 모두가 투잡이 당연한 시대입니다. 누군가는 새벽 배송을 하고, 누군가는 대리운 전을 하며 삶을 유지합니다. 그렇다면 간병도 그렇게, 시간 단위로 나누어 일할 수 있는 구조로 바뀌어야 하지 않을까요?

지금의 간병 시스템은 한마디로 비정형적 고정 노동 구조입니다. 24시간, 병원 안 침대 하나가 간병인의 생활 공간이고, 거기서 밥을 먹고, 잠을 자고, 일합니다. 삶과 일이 철저히 겹쳐 있습니다. 그래서 쉬는 것도 어렵고, 스스로를 단정하게 돌아보는 시간조차 갖기 힘듭니다. 이런 환경은 오래 버틸 수 없는 구조입니다. 게다 가 앞으로 우리나라에서도 간병인이 중국인에서 한국인으로 바뀌 는 흐름이 시작될 텐데, 그때 지금처럼 고정형 붙박이 시스템을 유 지한다면 공급의 지속 가능성은 크게 흔들릴 것입니다.

그래서 저는 상상해 봤습니다. 주말 간병인 플랫폼. 정년퇴직자 나 건강한 중년층, 혹은 평일 반일 근무자들 중에서 돌봄의 철학을 가진 이들을 교육해 간병이 필요한 병실에 시간 단위로 연결해 주 는 것입니다. 수요는 분명히 있습니다. 우리 사회는 초고령화를 향 해 달려가고 있고, 노인이 노인을 돌보는 '노노(老老)간병' 시대는 이 미 현실입니다. 하지만 그럼에도 간병은 '대체 가능한 노동'이 아니 라 삶의 마지막을 함께 걷는 일이기 때문에, 그만큼 정교한 철학과 인식, 품격 있는 실행 방식이 필요합니다.

문제는 간병이라는 일이 여전히 제대로 된 교육 없이 투입되는 구조라는 데 있습니다. 대부분 3일짜리 간단한 유료 교육만 받고,

현장에 곧바로 투입됩니다. 중증 환자의 대응조차 '하면서 배우는' 방식이 일반적입니다. 이건 돌봄이 아니라 버티기입니다. 그리고 더 심각한 문제는 의사 표현이 어려운 환자들을 상대로 벌어지는 비인격적 행위들입니다. CCTV는 있지만, 실시간으로 감시되지는 않습니다. 말 못 하는 이들 앞에서 일어나는 일들은 기록되지 않고 사라집니다. 뉴스에서 환자 폭행을 보며 고개를 젓지만, 사실 그 밑바닥엔 제대로 된 교육과 선별 없는 시스템이 있습니다.

저는 생각합니다. 간병 사업의 핵심은 기술도 아니고, 시설도 아닙니다. 사람과 사람 사이의 거리, 존중과 이해의 간격을 좁히는 데 있습니다. 그래서 제가 이 일을 하게 된다면, 교육의 시작은 단연코 이 세 가지가 되어야 합니다.

다정한 눈맞춤

따뜻한 대화

가벼운 스킨십

아무리 약을 잘 챙겨도, 아무리 식사를 잘 보살펴도 돌봄의 온기가 없다면 간병은 기계적 행위에 불과합니다. 결국 본질은 '간병'이 아니라 '돌봄'입니다. 단순히 육체를 보조하는 일이 아니라 존재 전체를 부드럽게 감싸안는 일. 그렇게 되려면, 간병인은 직업인이자 감정의 번역가여야 합니다.

　이 사업이 현실로 이루어질지는 저도 잘 모릅니다. 하지만 분명한 건, 이 일이야말로 나이 듦과 함께 오래 할 수 있는, 품위 있는 노동이라는 것입니다. 단지 정직하고 다정한 마음만 있다면, 돌봄의 일은 누군가의 생애를 따뜻하게 마무리 지을 직업이 될 수 있습니다. 그리고 그런 구조를 설계하는 일, 그게 바로 제가 다시 '간병'을 떠올리는 이유입니다.

사람을 귀하게 여기는 마음

직장인들이 흔히 하는 착각이 있습니다. 바로 자신이 그만두면 회사가 돌아가지 않을 것이라는 착각입니다. 하지만 현실은 그 반대입니다. 누군가 빠질 수는 있지만, 그 누구도 대체되지 못할 사람은 없습니다. 회사는 어쨌든 돌아갑니다. 어딘가에서 누군가는 그 자리를 채우고, 시스템은 그렇게 계속 굴러 가는 것입니다.

문제는 효율성입니다. 조직이 흔들리는 건 누가 떠났기 때문이 아니라, 시스템이 망가졌기 때문입니다. 저는 현장에서 수없이 그런 모습을 보아 왔습니다. B급 관리자 아래에는 A급 인재가 절대 남아 있지 않습니다. 결국 B급 관리자 밑에는 또 다른 B급, 아니면 C급이나 D급이 줄지어 있을 뿐입니다. 그럼에도 불구하고 조직은 망하지 않습니다. 다만, 효율은 눈에 띄게 떨어집니다. 그리고 그 피해는 고스란히 조직을 이용하는 사람에게 돌아갑니다. 병원이라면 환자에게 돌아가겠죠.

진짜 문제는 따로 있습니다. 자신이 해야 할 일과 직원이 해야 할 일을 구분하지 못하는 관리자입니다. 시간당 급여만 따져 봐도 손실은 상당합니다. 자기가 직접 움직여야 직성이 풀리는 사람은, 종종 조직 전체를 망치게 됩니다.

요즘 같은 시대에는 '무엇을 할 수 있느냐' 보다 '무엇을 하지 말아야 하느냐'가 더 중요합니다. 관리자는 손을 떼야 할 일에는 확실히 떼고, 위임할 수 있는 일은 믿고 맡겨야 합니다. '주인의식'을 강조하는 이들도 많습니다. 하지만 그것은 어디까지나 바람일 뿐, 강요할 수 있는 성질의 것이 아닙니다. 오죽하면 이런 말도 있지 않습니까. "주인의식은 결국 '주인을 의식한다'는 뜻 아니냐"고. 조직에서 주인의식을 가진 직원은, 어쩌면 자기만의 미래를 준비하고 있는지도 모릅니다. 그 정도의 열정과 책임감은, 언젠가 독립을 염두에 두고 있지 않다면 쉽게 가질 수 있는 것이 아닙니다.

그렇다면 B급 관리자와 그 이하가 조직을 망치지 않으려면 어떻게 해야 할까요? 제 결론은 간단합니다. 바로 '시스템화'입니다. 사람에게 기대는 것이 아니라, 시스템에 기대야 합니다. 업무의 흐름을 구조화하고, 데드라인을 명확히 하며, 피드백과 책임 구조를 명료하게 세워야 합니다. 시스템이 정비되지 않으면, 결국 조직은 서서히 가라앉을 수밖에 없습니다.

조직의 규모가 커질수록 핵심은 결국 '사람'입니다. 그리고 그 사람을 어떻게 대하느냐가 조직의 운명을 결정 짓습니다. 직원을 부속품처럼 대하는 순간, 조직의 초석은 금이 갑니다. 관리자가 그런 태도를 보이면, 가장 열심히 일하던 직원부터 등을 돌립니다.

지금 제가 몸담고 있는 병원도 그렇습니다. 직원들이 줄줄이 그만두기 시작했습니다. 병원은 어떻게든 굴러 가겠지만, 결국 일을 잘하는 상위 2퍼센트는 지쳐서 떠날 것입니다. 그 결과는 뻔합니다. 업무의 질은 떨어지고, 입원 환자들은 하나둘 병원을 떠날 것입니다. 겉보기에는 사람이 넘쳐 나는 듯하지만, 실상은 믿고 맡길 사람이 없습니다.

이런 상황에서 경영자가 직원을 '대체 가능한 인력'으로만 본다면, 그 눈에는 사람이 아닌 단지 부품 하나로밖에 보이지 않을 것입니다. 특히 간병사는 더더욱 그렇습니다. 저는 직접 보았습니다. 옆 병실의 간병사가 아무런 설명도 받은 바 없이 새 간병사가 병실에 온 것을 보고서야 자신이 교체되었다는 사실을 인지했습니다. 무엇이 문제였는지, 왜 교체되었는지 설명조차 없었습니다. 고쳐 나가면 될 일을, 간단한 교체라는 방법으로 정리해 버린 것입니다.

그 피해는 누구에게 돌아갈까요? 환자입니다. 익숙한 간병인이 갑자기 바뀌면, 환자는 다시 낯선 사람에게 자신의 몸을 맡겨야 합니다. 그 불안감은 생각보다 훨씬 큽니다. 특히 여성 병실은 더 심각합니다. 간병사 교체는 단순한 인력 문제가 아니라, 환자의 정서와 안정을 신중히 고려해야 하는 결정입니다. 아무튼 문제가 뭐였든 간에 가장 큰 피해는 환자에게 향하기 때문입니다. 그리고 "언제든 교체 가능하다"는 인식은, 아이러니하게도 "어디서든 일할 수 있다"는 역설로 되돌아옵니다.

사람을 귀하게 여기는 일. 그것은 기술이나 경력으로 대체할 수 없는, 인간의 가장 기본적인 존엄에 관한 태도입니다. 그 마음 하나면, 조직도, 현장도, 결국은 사람도 바꿀 수 있습니다. 저는 그렇게 믿습니다. 그리고 그 믿음을 오늘도 제 일터에 담습니다.

유일한 한국인 간병인이라는 사실

이곳 요양병원에서 공동 간병인을 맡고 있는 한국인은 저 하나뿐입니다. 병동 복도를 걷거나, 재활치료실로 이동할 때, 그리고 그 외 모든 상황에서 저는 그 사실을 자주 체감합니다. 나머지는 모두 중국 국적을 가진 분들입니다.

처음엔 별생각 없었습니다. 그저 말이 조금 다르고, 일하는 방식이 조금 다를 뿐이라고 여겼습니다. 하지만 시간이 흐르면서 그 간극은 단순한 문화 차이를 넘어, 요양병원이 중국인 간병인 없이는 운영될 수 없다는 뼈아픈 현실로 다가오기 시작했습니다. 이 일은 누가 봐도 3D 업종입니다. 힘들고, 위험하며, 감정 노동까지 포함된 직업이죠. 어쩌면 누구도 오래 하고 싶지 않은 일입니다. 그래서 한국인 간병인은 결국 저만 남았습니다.

중국인 간병인 중에는 부부로 일하는 경우도 종종 있습니다. 그들의 전략은 단순하지만 합리적입니다. 이곳은 24시간 상주 근무이고, 공동 간병인에게는 보호자용 간이침대가 하나 주어집니다.

침대라고 말하기엔 민망할 정도로 작고 낡았지만, 박스와 매트를 덧대면 그럭저럭 환자 침대 크기로 확장됩니다. 제가 일하는 209호 병실도 전임자가 그렇게 꾸며 놓고 갔고, 저는 거기에 간이 매트를 깔아 사용 중입니다. 처음에는 잠을 자다 등과 허리에 담이 오기도 했지만, 지금은 나름대로 적응이 되었습니다. 사실, 익숙해졌다기보다는 그저 피곤해서 아무 곳에서나 쓰러지듯 자고 있는 셈입니다.

이 생활은 조금 과장하면 자발적인 구속이라고 할 수도 있습니다. 출근과 퇴근이 따로 없고, 식사도 제공되며, 잠자리도 해결됩니다. 밖에서 돈 쓸 일이 없으니, 부부가 한 달간 일하면 적게는 400만 원, 많게는 500만 원 가까이 모을 수 있다고 합니다. "아무데도 갈 필요 없으니, 효율적이지 않습니까?"라는 말이 들리는 듯합니다. 하지만 저는 그들의 장점보다, 구조적인 불안정성에 더 눈길이 갑니다.

중국인 간병인들이 모두 부족하거나 미흡한 것은 아닙니다. 그들 중에도 성실하고 따뜻한 분들이 분명히 있습니다. 하지만 직업 교육이나 간병 철학 없이 들어온 사람들이 많다는 점은 분명 문제입니다. 체계적인 간병 지식 없이 힘으로 환자를 다루는 모습, 환자의 저항에 감정적으로 대응하는 모습이 눈에 들어오기도 합니다. 그때마다 저는 쓸쓸한 마음으로 눈을 돌리거나, 조심스럽게 개입합니다. 힘없는 환자가 그 상황을 얼마나 두려워할지, 얼마나 속으로 울고 있을지를 생각하면 가슴이 먹먹해집니다.

물론 저라고 화가 나지 않는 건 아닙니다. 어느 날은 치매 환자 분의 반복되는 행동에 제 인내심도 흔들렸습니다. 순간적으로 북받치는 감정에 저도 모르게 마음이 시끄러워지기도 했습니다. 하지만 그럴 때마다 저는 스스로에게 조용히 되뇝니다. "이분은 아픈 분이다. 이런 삶을 스스로 선택한 것도 아니다. 지금은 누군가의 손길 없이는 단 하루도 온전히 살아갈 수 없는 여린 존재다."

흥미롭게도, 병동의 많은 사람들은 제가 한국인이라는 사실을 모릅니다. 환자나 보호자, 심지어는 일부 중국 교포 간병인들까지도 저를 중국 교포로 착각하곤 합니다. 가끔 그분들이 다가와 유창한 중국어로 말을 건네면, 당황한 저는 조용히 미소만 지을 뿐입니다. 그들의 착각은 저를 더욱 이질적 존재로 만듭니다. 제가 이 병동에서 홀로 한국인 간병인으로 서 있다는 사실을 더욱 선명하게 느끼게 합니다.

아무튼 정신적으로 불안정한 사람이 간병을 하게 되면 어떤 일이 벌어질지, 뉴스나 CCTV 속 사건들이 알려 줍니다. 작은 소동이나 말다툼은 기록되지 않습니다. 어지간한 일은 묵인되고 넘어갑니다. 그리고 그 틈에서 가장 고통받는 건, 결국 아무 말도 할 수 없는 환자입니다. 저는 그런 일이 일어나지 않기를 바랍니다. 적어도 제가 지키는 병실 안에서는 그런 일을 막을 수 있기를 바랍니다. 그러나 동시에 절감합니다. 이 구조는 바뀌기 어렵다는 사실을요. 중국인 간병인이 없다면, 이 병원은 내일이라도 운영을 중단해야 할지 모릅니다. '진퇴양난'이라는 말이 이렇게 정확하게 맞아떨어지는 상황은 처음 봅니다.

앞으로 간병 수요는 더 늘 것입니다. 노인은 점점 많아지고, 가족 돌봄은 더 이상 기본이 아닌 시대입니다. 그런데 간병인을 하겠다는 사람은 없습니다. 저도 언젠가 이 자리를 떠날 것입니다. 저 또한 늙어 가고 있기 때문입니다. 그러면 이 자리는 누가 채울까요? 그때도 여전히 이 병실은 외국인 간병인에 의해 지탱되고 있을까요?

간병인으로 일하면서, 저는 자주 미래의 제 모습을 봅니다. 지금 제가 돌보는 누군가처럼, 저 또한 어느 날 병실 침대에 누워 있을지 모릅니다. 그리고 저를 도울 간병인이, 말이 안 통해도 저를 존중해 줄까요? 제가 약해지고, 말이 느려지고, 반복된 질문을 해도 화내지 않고 받아 줄까요? 그 물음 앞에서, 저는 오늘도 조용히 다짐합니다. 지금 제가 하는 이 간병이라는 일이, 저의 미래를 준비하는 일이라는 사실을 잊지 않기로. 제가 받길 원하는 간병을, 지금 누군가에게 하고 있기를. 그게 제가, 이 병동의 유일한 한국인 간병인으로 오늘도 버티고 있는 이유입니다.

요양병원 공동 간병사의
못다 한 이야기

고요한 병실에 햇살이 스며들 때마다, 제 안에서는 복잡한 감정들이 일렁입니다. 저는 요양병원에서 여러 어르신을 함께 돌보는 공동 간병사입니다. 이곳에서의 삶은 때론 따스하고 보람차지만, 이내 잔잔한 죄책감과 미안함으로 물들곤 합니다.

채울 수 없는 100퍼센트의 만족

저는 어르신 한 분 한 분의 표정, 눈빛, 작은 기침 소리 하나에도 신경을 곤두세웁니다. 이분들은 저마다의 사연과 아픔을 가지고 계시죠. 한 분께 좀 더 오래 머물며 이야기를 들어드리고 싶다가도, 저를 기다리는 다른 어르신의 눈빛에 발길을 돌려야 합니다. "간병사님, 내 이야기를 더 들어줘요." 애처로운 목소리가 귓가를 맴돌지만, 몸은 이미 다른 곳으로 향합니다.

많은 환자를 케어한다는 현실은 언제나 저에게 좌절감을 줍니다. 저는 최선을 다하려 애쓰지만, 모든 어르신께 100퍼센트의 만족을 드릴 수 없다는 사실이 저를 짓누릅니다. 따뜻한 손길이 필요한 순간, 익숙한 얼굴을 보고 싶어 하는 순간, 그 모든 바람을 채워 주지 못할 때마다 가슴 한편이 시립니다. 혹시라도 제가 미처 보지 못한 아픔이 있을까 봐, 제가 더 잘해 드릴 수 있었는데 놓친 것이 있을까 봐 마음이 무겁습니다.

건강함에 대한 미안함

어르신들의 침상 옆을 오가며 저의 건강한 두 다리와 자유로운 몸을 볼 때마다 이상한 죄책감이 듭니다. 저는 자유롭게 걷고, 먹고 싶은 것을 먹고, 가고 싶은 곳을 갈 수 있습니다. 하지만 이곳의 어르신들은 침대에 기대거나 휠체어에 의지해야만 움직일 수 있는 경우가 많습니다. 숟가락 하나 들기도 힘겨워하시는 손을 보며 제가 덥석 잡아 올리는 밥숟가락이 그리 미안할 수 없습니다.

바깥세상 이야기에 눈을 반짝이시다가도 이내 깊은 한숨을 내쉬는 모습을 보면, 괜히 건강한 저의 존재 자체가 죄스러워지기도 합니다. 제게는 너무나 당연한 일상이 어르신들께는 멀고 먼 꿈처럼 느껴질까 봐, 그 간극이 저를 아프게 합니다.

풍요로운 먹거리에 대한 미안함

식사 시간이 되면, 저는 병실에서 어르신들과 같은 식판에 밥을 받지만, 반찬은 제가 직접 사 오거나 집에서 가져온 것을 더해 먹습니다. 따뜻한 국물과 잡곡밥 그리고 제가 가져온 반찬을 맛있게 먹는 제 모습을 어르신들이 물끄러미 바라보실 때면 목구멍으로 넘어가는 밥알 하나하나가 가시처럼 느껴집니다.

때로는 제 음식을 조금 나눠 드리고 싶지만, 어르신들의 건강 상태와 식이에 대한 엄격한 지침 때문에 그마저도 쉽지 않습니다. '나만 너무 잘 먹는 건 아닌가.' 하는 생각에 숟가락을 놓는 순간에도 마음이 편치 않습니다.

시간의 여유가 주는 미안함

저는 24시간 내내 병실에 붙어 있습니다. 주어진 업무를 마친 뒤 병원 문을 나서는 것이 아니라, 병실 안에서 휴식을 취하거나 대기합니다. 카페에 가서 좋아하는 커피를 마시거나, 친구를 만나 수다를 떨고, 영화를 보러 갈 수 있는 자유는 저에게 허락되지 않습니다. 어르신들과 마찬가지로 저 역시 이곳 병실 안에서 모든 시간을 보냅니다.

간병인의 숨겨진 하루

하지만 그럼에도 불구하고, 어르신들께는 면회 시간 외에는 대부분의 시간이 천장만 바라보는 순간이거나, 공동 간병사인 제가 잠시 곁에 머물다가는 짧은 순간들이 전부입니다. 제가 잠시 눈을 붙이거나, 개인적인 용무를 보는 그 짧은 순간마저도 어르신들께는 '없는 시간'이라는 사실이 미안해집니다. 어르신들의 시간은 마치 멈춘 듯 느리게 가는데, 저의 시간은 너무나 빠르게, 너무나 자유롭게 흘러갑니다. 그 간극에서 오는 미안함은 설명하기 어려운 먹먹함으로 제 마음을 채웁니다.

감정 케어의 한계

어르신들은 신체적인 아픔뿐만 아니라 깊은 외로움과 우울감에 시달리는 경우가 많습니다. "내가 왜 여기 있어야 하는지 모르겠어.", "이제 살고 싶지 않아."와 같은 말들을 들을 때마다 가슴이 저며 옵니다. 그분들의 손을 잡고 위로의 말을 건네고 싶지만, 때로는 한계에 부딪힙니다.

전문적인 심리 상담가가 아니기에 제가 드릴 수 있는 위로는 지극히 제한적입니다. "힘내세요, 어르신." 그저 이런 말밖에 해 드릴 수 없을 때, 무력감에 휩싸입니다. 어르신의 감정의 깊이를 제가 다 헤아리지 못하고, 그 아픔을 온전히 덜어 드릴 수 없다는 사실이 슬퍼집니다.

'환자'라는 이름 아래의 비교

이곳에서는 모두가 '환자'라는 하나의 이름으로 묶입니다. 하지만 그 안에는 각기 다른 과거와 삶의 경험이 존재합니다. 한때 사회의 중추였던 분들, 누군가의 부모였고, 누군가의 친구였던 분들입니다. 그런데 이곳에서는 병명과 상태에 따라 분류되고, 때로는 다른 환자와 비교되기도 합니다.

"저분은 휠체어에 앉아서 산책이라도 하시는데, 나는⋯.", "저분은 가족들이 자주 찾아오는데, 나는⋯." 이런 비교의 말들을 들을 때마다 제 마음은 찢어지는 듯합니다. 어르신들의 개개인의 삶과 존엄성이 '환자'라는 틀 안에 갇히는 듯한 느낌을 받을 때, 저는 깊은 안타까움을 느낍니다.

요양병원 공동 간병사의 삶은 이렇듯 매일매일 미안함과 죄책감, 채울 수 없는 아쉬움 속에서 흘러갑니다. 하지만 이 모든 감정의 기저에는 어르신들에 대한 깊은 사랑과 존경이 깔려 있습니다. 오늘도 저는 어르신들의 작은 미소를 위해, 그리고 그분들의 하루가 조금 더 편안하고 따뜻하기를 바라며 제 자리에서 최선을 다합니다. 이 마음들이 언젠가 어르신들께 온전히 전해지기를 바라며, 저는 다시 어르신들 곁으로 향합니다.

간병인의 숨겨진 하루

간병사의 일기
: 마지막 밤의 창가에서

병동 한쪽, 오래된 창틀 위 햇빛이 오늘도 조용히 침상 하나를 비춥니다. 늘 반복되는 하루를 살지만, 어쩌면 오늘이 마지막일 누군가의 얼굴 위로 말입니다. 그 얼굴을 바라보다 보면 저도 모르게 마음속에서 먼지처럼 감정들이 일어납니다. 덜컥 무너지고 싶을 때도 있고, 조용히 등을 돌려 병실 밖으로 도망치고 싶을 때도 있습니다. 하지만 오늘도 저는 이곳에 있습니다.

이 일을 시작하며 저는 '누군가를 돌보는 일'이 단지 손으로만 이루어지는 것이 아니라는 사실을 깨달았습니다. 환자의 입에 밥을 넣는 손, 등을 두드려 주는 손, 기저귀를 갈아 주는 손, 그 손들 뒤에는 언제나 감정을 삼키는 마음이 따라붙습니다.

저는 수많은 이름을 잊었습니다. 하지만 단 한 번, 손을 꼭 잡고 제게 "고맙다" 말하던 눈빛은 지금도 생생합니다. 그 눈빛 하나에 버텼고, 그 눈빛 하나로 여전히 여기에 있습니다.

글을 쓰며 저는 자주 흔들렸습니다. '이걸 써도 될까?', '누군가에게 상처가 되지는 않을까?' 하지만 돌아보면, 상처를 받는 쪽은 오히려 저였을지도 모릅니다. 무시당하고, 욕을 먹고, 침묵 속에서 저 자신조차 잊어버릴 것 같은 순간들. 그때마다 저는 글을 붙들고 견뎠습니다. 한 문장, 한 단어에 저의 분노와 체념, 연민과 사랑을 녹였습니다.

솔직히 말하자면, 저는 아직도 이 일이 어렵습니다. '인간'이라는 존재를 마주하는 일이 어렵고, 그 존재를 지켜 주는 일을 계속해야 한다는 책임이 무겁습니다. 누군가의 마지막 밤을 함께 보낸 후, 아침이면 아무 일 없었다는 듯 또 다른 침상을 정리해야 하는 일. 그건 고되고, 때로는 무정하게까지 느껴집니다.

가장 아쉬운 것은, 이토록 중요한 일이 세상에서 가장 천한 일처럼 취급받고 있다는 점입니다. 사람이 사람을 돌보는 일에 왜 이리 값을 매기길 좋아하는지, 왜 누군가의 마지막 시간을 옆에서 지킨 손길이 비용으로 환산되어야 하는지, 저는 아직도 그 물음에 답을 찾지 못했습니다.

이 글을 다 쓰고 나면, 누군가는 "그래도 참 보람된 일이네요."라고 말할지도 모릅니다. 그 말이 틀린 건 아니지만, 그 말로는 설명되지 않는 날들이 더 많았다고 말해 주고 싶습니다. 이 일은 아름답기만 하지 않습니다. 하지만 누군가의 생이 끝나가는 자리에서 끝까지 눈을 마주해 주는 존재가 필요하다면, 저는 그 역할을 감당하고 싶습니다. 아름답기 때문이 아니라, 외면하면 안 되기 때문입니다.

간병인의 숨겨진 하루

저는 간병사입니다. 그리고 저는 이 글을 통해, 어쩌면 평생 누구에게도 들려 주지 못했을 제 마음을 세상에 내보이고 싶었습니다. 혹시 이 글을 읽는 당신이 어느 날 병실의 희미한 불빛 아래 저를 본다면 꼭 말해 주었으면 합니다. "당신 덕분에 그날의 삶이 조금 덜 외로웠습니다." 그 한마디면, 저는 내일도 다시 이불을 펼 수 있습니다. 그리고 오늘처럼, 조용히 누군가의 하루를 함께 지켜볼 수 있을 것입니다.

마치는 소회
: 침묵 속 피어난 이야기, 그 잔잔한 울림

이 글을 마무리하며, 저는 병실의 희미한 불빛 아래에서 잠시 벗어나 온전히 저의 이야기와 마주합니다. 키보드 위를 오가는 제 손가락은 간병이라는 이름 뒤에 숨겨진 수많은 침묵의 순간들을 조심스럽게 끄집어냈습니다. 삶과 죽음의 아슬아슬한 경계에서, 인간의 가장 취약한 순간들을 함께하며 느꼈던 감정의 소용돌이들. 그것은 때로는 숨 막히는 고통, 한없이 깊은 무력감 그리고 세상의 무관심 속에서 홀로 피어나는 처절한 외로움이었습니다. 이 글쓰기는 그 모든 복잡한 감정들을 직면하는 용기였고, 저를 짓누르던 무거운 침묵을 깨부수는 과정이었습니다.

펜 끝에서 흘러나온 문장들은 단순한 기록이 아니었습니다. 그것은 저를 지탱해 준 작은 빛들에 대한 진심 어린 고백이었습니다. "고맙다"는 짧지만 진한 한마디, 그리고 "곁에 있어 주어 덜 외로웠다"는 고백은 어둠 속에서 길을 잃지 않도록 저를 굳건히 붙잡아 주었습니다. 이 글쓰기 작업을 통해 저는 저의 일을 다시금 깊이 이해하고, 이전보다 더 큰 사랑으로 품게 되었습니다. 간병은 결코 아름답기만 한 이야기가 아닙니다. 때로는 지독한 현실로, 때로는 차갑게 외면당하는 고단함의 연속입니다. 하지만 저는 이 일이, 누군가의 마지막 생 앞에서 끝까지 눈을 마주하고 인간다운 온기를 나누는 가장 인간다운 행위라고 굳게 믿습니다. 외면해서는 안 되기에, 저는 오늘도 묵묵히 이 자리에 서 있습니다.

이제 글쓰기는 끝이 났지만, 저의 간병은 변함없이 계속됩니다. 저는 내일 아침에도 익숙한 병실 풍경 속에서 새로운 하루를 맞이할 것입니다. 침대를 정리하고, 환자 한 분 한 분의 얼굴을 살피며, 어제와 다름없는 일상을 살아 낼 것입니다. 부디 이 이야기가 저와 같은 길을 걷는 동료 간병인들에게는 깊은 공감과 따뜻한 위로가 되기를 바랍니다. 그리고 이 글을 읽는 당신에게는 간병이라는 직업이 지닌 진정한 가치와 삶의 무게를 이해하는 작은 창이 되기를 소망합니다.

저의 지난하고도 소중한 이야기에 귀 기울여 주셔서 진심으로 고맙습니다. 이 작은 울림이 당신의 마음에 오래도록 머물기를 바랍니다.